btb

Das faszinierende Debüt einer außergewöhnlichen literarischen Stimme aus Irland: Erzählungen über Liebe, Verrat und die Wendepunkte im Leben eines Menschen. Ausgezeichnet mit dem renommierten Windham-Campbell Prize.

Eine junge Frau lernt ihren Mann von einer ganz anderen Seite kennen, als sie zum ersten Mal gemeinsam seine Heimat an der nordirischen Küste besuchen; eine Mutter will verstehen, warum ihr kleiner Sohn so besessen ist von Tierknochen …
In Danielle McLaughlins Geschichten ist die Welt ebenso schön wie fremd. Männer und Frauen, Alt und Jung bewegen sich durchs Leben, wie ein Tourist ein fernes Land erkundet: aufmerksam, mit einer Mischung aus Staunen und Misstrauen.
»Ein großartiges Buch.« *Colum McCann*

DANIELLE MCLAUGHLIN war Rechtsanwältin, bevor sie mit vierzig Jahren zu schreiben begann. Ihre preisgekrönten Geschichten erschienen in *The New Yorker, The Irish Times* und in *The Stinging Fly*. Der Erzählband »Dinosaurier auf anderen Planeten« wurde mit dem Windham-Campbell Prize ausgezeichnet. 2022 erschien ihr Roman »Die Kunst des Fallens«. Danielle McLaughlin lebt im County Cork, Irland.

Danielle McLaughlin

Dinosaurier auf anderen Planeten

Erzählungen

Aus dem Englischen von
Silvia Morawetz

btb

Die englische Originalausgabe erschien unter dem Titel
»Dinosaurs On Other Planets« bei The Stinging Fly Press, Dublin

FSC www.fsc.org
MIX
Papier | Fördert
gute Waldnutzung
FSC® C014496

Penguin Random House Verlagsgruppe FSC® N001967

1. Auflage
Genehmigte Taschenbuchausgabe November 2022
btb Verlag in der Penguin Random House Verlagsgruppe GmbH,
Neumarkter Straße 28, 81673 München

Umschlaggestaltung: semper smile, München
unter Verwendung eines Motivs von © Mark Walsh
Druck und Einband: GGP Media GmbH, Pößneck
Klü · Herstellung: sc
Printed in Germany
ISBN 978-3-442-77287-2

www.btb-verlag.de
www.facebook.com/btbverlag

INHALT

Für meine Eltern Mury und Ted

DIE KUNST DES FÜSSEBINDENS

Beginne am Tag des Fests für die Göttin Guanyin, damit sie ihre Gunst gewähre. Oder an der Schwelle zum Winter, wenn Knochen vor Kälte fühllos und spröde werden wie das gesprungene Eis auf einem See. Beginne, wenn sie klein ist, wenn die Knochen noch mehr Wasser enthalten und ein Fuß umgelenkt werden kann wie der Lauf eines Gebirgsbachs.

Es ist Dienstag, die Frau, die zum Putzen kommt, war da, und danach riecht es im Flur immer wie in einem Taxi, nach einem künstlichen Tannennadelduft namens Alpine Spring, dabei ist es Anfang November. Janice knöpft den nassen Mantel auf, hängt ihn an einen Haken. Sie hat erwogen, mal zu erwähnen, dass sie den Duft nicht mag, aber sie und die Putzfrau sind selten gleichzeitig im Haus, und auf einem Zettel – *Ich mag das Raumspray nicht* – nimmt sich die Beanstandung banal aus, fast kleinlich. Hinzu kommt noch, dass die Frau auch bei anderen Müttern aus der Schule putzt, und Janice spürt schon jetzt eine Hierarchie von Bündnissen, befürchtet kleine Akte von Verrat und Indiskretion.

Musik dringt von oben herab, heftig wummernde Bässe, von denen die Decke vibriert: So klingt es, wenn Becky das Hockeytraining schwänzt. Mrs Harding von nebenan wird nicht weit sein. Sie wird schon vorn am Fenster gesessen und auf Janices Rückkehr gewartet haben, sich nun mühsam in ihren knöchellangen Pelz hüllen und sich die Schuhe zubinden, bereit für den Überfall auf den Stufen vor Janices Haustür. Sie wird sich darüber beschweren, dass die rutschig sind vom nassen Laub, ganz so, als hätte Janice ihr eine Falle gestellt, und dann, wenn die Musik aufgehört hat, eine geschlagene Stunde am Küchentisch sitzen, eine Tasse Tee schlürfen und reden.

Beim Hinaufgehen hält Janice auf dem Treppenabsatz kurz inne und richtet die Figürchen ihrer Kristallsammlung neu aus, kleine Vögel und Tiere, die auf einem Tischchen am Fenster stehen, wo das Licht sie am besten zur Geltung bringt. Jeden Dienstag nimmt die Putzfrau sie herunter, um den Staub auf dem Tisch abzuwischen, und jeden Dienstag baut sie sie in umgekehrter Reihenfolge wieder auf. Unerklärlicherweise sieht das Tischchen heute aus, als sei es gar nicht abgestaubt worden, und trotzdem stehen die Figürchen nicht an ihrem Platz.

Im Zimmer ihrer Tochter blickt eine Reihe Stofftiere von einem Regal herab. Die Jahre haben es nicht gut mit ihnen gemeint, jedes Spielzeug leidet an einem Gebrechen: der zerrupfte I-Aah hat keinen Schwanz mehr, der sich mausernde Teddybär nur noch ein Auge. Becky zieht einen Flunsch, als sie ihre Mutter sieht. »Du sollst doch anklopfen«, sagt sie und schaltet die Musik aus. Sie ist im Juli vierzehn geworden und mit einem Mal in die Höhe geschossen und in die Breite gegangen. Ihr Gesicht, eh schon zu rund, um hübsch zu sein, ist noch runder geworden, und sie hat sich angewöhnt, ihr langes braunes Haar, das Beste an ihr, als strengen Knoten zu tragen. Sie sitzt, noch in Schulbluse und -rock, auf dem Bett. Die Schuhe und die grauen Wollsocken hat sie ausgezogen, und sie umwickelt sich den rechten Fuß mit einer von Janices Strumpfhosen, die an der Stelle, wo das Nylon über den Zehen spannt, bereits eine Laufmasche hat.

»Was soll das werden, wenn es fertig ist?«, fragt Janice.

»Ich binde mir die Füße.«

Janice sieht zu, wie ihre Tochter sich die Zehen unter die Füße biegen will und die Zehen gleich wieder heraufschnellen. »Das ist nicht dein Ernst, oder?«

»Das ist für ein Geschichtsprojekt bei Ms Matthews. Es geht darum, was Frauen früher alles zu leiden hatten. So ungefähr.«

»Ich verstehe immer noch nicht, wieso du dir die Füße bindest.«

»Damit ich Em-pa-thie lerne?«, sagt Becky. »Damit ich merke, wie Unterdrückung sich anfühlt. So ungefähr.«

»Wie alt ist Ms Matthews?«

Becky antwortet nicht. Sie windet sich die Strumpfhose wie ein Band um die Zehen. Direkt unter dem Knöchel hat sie eine blassrosa Narbe an der Stelle, wo sie sich als Kind mal den Fuß in der Tür eingeklemmt hat und die Haut eine Spur heller nachgewachsen ist. Becky nimmt sich einen Streifen weißen Stoff von dem Häufchen, das auf dem Bett neben ihr liegt, und bandagiert sich den Fuß, wickelt den Stoff so lange herum, bis der Fuß ein weißer Stumpf ist.

Schneide einem lebenden Kalb den Bauch auf und tauche ihre Füße in die Wunde, so tief, dass die Knöchel mit Blut bedeckt sind. Hast du kein Kalb, so erhitze das Blut eines

Affen bis zum Kochen und gib Maulbeerwurzel und Tannin dazu. Tauche die Füße so lange hinein, bis die Haut weich ist.

Es ist kalt in Beckys Zimmer, und Janice steigt über die auf dem Boden verstreuten Sachen – Unterwäsche, Zeitungen, Spraydosen – und schließt das Fenster. Tampons in grellbunten Schutzhüllen liegen auf dem Frisiertisch wie aus der Schachtel gekippte Bonbons, daneben Lidschatten und Lipgloss. Sie wirken deplatziert, diese Erwachsenendinge, so als hätte ein Kind im Spiel die Handtasche seiner Mutter ausgeräumt. Das Zimmer geht nach hinten hinaus, mit Blick auf einen schmalen Garten, der zum Fluss hin sacht abfällt. Als Becky noch klein war, hatte Janice immer Angst, dass sie womöglich fortlief und ertrank. Den einen Sommer hatte Philip dann aus Blechstreifen, die er an Holzpfähle nagelte, einen Zaun gebaut. Er erfüllte seinen Zweck, ist heute aber, wo die Bleche verbeult und verrostet sind, eine Beleidigung für das Auge. Wenn das Frühjahr kommt, denkt Janice, wenn die Tage länger sind und das Wetter milder ist, wird sie den Zaun abreißen. Sie schließt das Fenster und zieht die Vorhänge vor.

Becky ist immer noch mit der Strumpfhose beschäftigt. Neben ihr auf dem Bett liegen mehrere Blätter Papier, darunter eines mit der Überschrift »Die Kunst des Füßebindens«, die schlechte Fotokopie einer handschriftlichen Anleitung. Daneben liegt eine Seite mit Fotos und Diagrammen, zum Teil versehen mit Anweisungen: *Reibe die Füße mit Bianstein oder einem Stück vom Horn eines Ochsen.* Janice identifiziert das Ding auf den Fotografien nicht sofort als Fuß. Es ist ein grauweißer Klumpen, die Zehen mit der Sohle verschmolzen wie Plastik, das zu nahe am Feuer lag. Schüchtern lächelt die Besitzerin des Fußes in die Kamera. Es hat etwas Groteskes, beinahe Schäbiges, wie sie ihre Deformation herzeigt, hat etwas von der Zurschaustellung Missgebildeter in einem alten Wanderzirkus, und Janice wendet sich ab, sieht wieder auf die Füße ihrer Tochter. An den Stoffstreifen, die Becky sorgfältig um ihren Fuß wickelt, erkennt Janice die zarte Langette, mit der die Kissenbezüge aus ägyptischer Baumwolle im Gästezimmer umrändert sind.

»Verflucht, Becky! Hast du eine Ahnung, wie teuer die sind? Hättest du nicht etwas anderes nehmen können? Irgendwas?«

»Ich hab überall gesucht«, sagt Becky, »es war nichts anderes da. Wenn du zu Hause gewesen wärst, hätte ich dich fragen können, aber du warst nicht da.«

»Vielleicht sollte ich Ms Matthews mal über die drückenden Kosten von Kissenbezügen aufklären.«

Becky zieht ein finsteres Gesicht, hält im Wickeln inne. »Warum musst du wegen Ms Matthews so rumzicken?«

»Hab ich dir nicht gesagt, du sollst dieses Wort lassen?«

»Welches denn?«

»Das weißt du genau. Und, um das ein für alle Mal klarzustellen, ich habe nichts gegen Ms Matthews, ich finde nur, sie hat komische Vorstellungen von Hausaufgaben.«

»Du hasst sie«, sagt Becky.

Janice holt tief Luft. »Ich hasse sie nicht«, sagt sie langsam. »Ich kenne sie ja nicht mal persönlich«, doch noch während sie das sagt, fällt ihr von dem Tag der offenen Tür vor zwei Jahren die schmächtige rothaarige Frau mit einem asymmetrischen fransigen Haarschnitt und Ugg-Stiefeln ein, die sie damals allerdings für eine Schülerin gehalten hatte, weil sie sich kaum von den Teenagern unterschied, die sie in einem schnatternden Pulk umstanden.

»Wenn du zum Elternabend gegangen wärst, hättest du sie kennengelernt. Dad hat sie kennengelernt. Dad mag sie.«

Janice überlegt, beschließt, die Sache auf sich beruhen zu lassen. Sie hebt stattdessen Kleider vom Boden auf, um sie in den Schrank zu hängen.

Becky bandagiert weiter ihren Fuß. »Ms Roberts hasst sie auch«, sagt sie, »aber die ist bloß eifersüchtig, denn Ms Matthews ist ein Schatz, und Ms Roberts ist eine blöde Fotze. Das sagen alle, und das ist sie auch, echt jetzt.«

»Becky!« Janice erstarrt mit den Kleidern in der Hand. »Dieses Wort will ich von dir nicht noch einmal hören, hast du mich verstanden?«

»Bei Ms Matthews dürfen wir sagen, was wir wollen.«

»Ich warne dich, Becky …« Dann ertönt das Geräusch, auf das sie gehofft hat – das Läuten des Haustelefons. »Wir sind damit noch nicht fertig, Becky«, sagt sie mit erhobenem Zeigefinger, »noch lange nicht.«

Wenn die Haut geschmeidig ist, brich die vier kleinen Zehen am zweiten Gelenk und biege sie nach unten. Nimm ein Messer und schäle die Nägel ab. Sie können sich sonst wie mongolische Todeswürmer ins Dunkel der Ferse bohren, und dadurch ginge ein Fuß verloren.

Am Tag zuvor war sie mit Philip bei einer Party zu einem 40. Geburtstag gewesen, die in einem Restaurant in Douglas gefeiert wurde. Angela, das Geburtstagskind, war eine alte

Freundin aus dem College. Genauer gesagt war sie Philips alte Freundin aus dem College, denn auch wenn sie damals alle zu einer Clique gehört hatten, konnte Janice sie noch nie leiden. Angelas Töchter waren auch da, drei Teenager, die bereits die Eigenarten ihrer Mutter übernommen hatten: das süßliche, kokette Kichern, die Angewohnheit, anderen zu dicht auf die Pelle zu rücken und sie anzufassen, auch wenn es nicht nötig war. Kreischend waren die drei auf Philip zugerannt, und eine, die Mittlere, hatte ihn »Onkel« genannt und geküsst.

Im Auto auf der Heimfahrt sagte Janice: »Ich finde, Angela ist schon zu dünn, man sieht es ihr im Gesicht an.«

»Ich fand, sie sah gut aus«, sagte er. »Und kein bisschen wie vierzig, das steht fest.«

Janice fuhr. Sie warf ihm auf dem Beifahrersitz einen Blick zu, aber er schaute zum Fenster hinaus. »Weißt du, was ihre Schwester mir erzählt hat?«, sagte sie. »Angela hat sie alle auf Diät gesetzt. Die armen Mädchen, die Kleine kann doch nicht älter als zwölf sein.«

»Vierzehn«, sagte er, »genauso alt wie Becky.«

»Das ist trotzdem viel zu jung, Philip.«

»Sie hat ihnen die Chips und die Schokolade gestrichen«, sagte er, nun ihr zugewandt. »Das ist ja wohl kein Menschenrechtsverstoß.«

Sie näherten sich einer Kreuzung, und Janice bremste scharf. »Und das habt ihr besprochen, du und Angela?«, sagte sie. »Als ihr euch den ganzen Abend zusammen an der Bar verkrochen habt?«

Er seufzte. »Angela mag dich«, sagte er, »sie wollte immer nur eine Freundin sein. Ich wünschte, du würdest ihr eine

Chance geben. Wenn du es genau wissen willst, wir haben über Becky gesprochen, sie hat ja ganz schön zugenommen.«

»Das glaub ich jetzt nicht …«, sagte sie.

»Na, hör mal«, sagte er, »das musst du doch auch gemerkt haben.«

»Ich sag dir, was ich gemerkt habe«, sagte sie. »Du tust den ganzen Abend Plastik-Angela schön. Und wenn nicht Angela, dann einer ihrer Töchter. Glaub nicht, ich hätte es nicht gesehen. Einmal hatte die Blonde praktisch schon die Hand auf deinem Hintern, schlimmer als ihre Mutter.«

»Lass mich raus, lass mich raus hier, ich laufe nach Hause.« Sie mussten an einer Ampel halten, und er rüttelte an der Tür, die aber verriegelt war.

»Große Geste, Philip, wenn wir vielleicht noch fünf Minuten entfernt sind«, aber sie weinte doch, rieb sich mit dem Handrücken heftig über die Augen. Er hätte herüberlangen und die Tür entriegeln können, blieb aber reglos sitzen, und als die Ampel umsprang, fuhr sie weiter. Er sprach kein Wort mehr, bis sie vor dem Haus hielten. Sie schluchzte inzwischen, die Tränen liefen ihr die Wangen hinab. Er löste den Sicherheitsgurt.

»Hättest du je gedacht, dass unser Leben so wird?«, sagte er.

Bereite Binden aus weißer Seide oder Baumwolle vor, zehn Chi lang und zwei Cun breit. Brich das Fußgewölbe, wickle den Stoff in Achten und verknote ihn zwischen Spann und Knöchel. Lass dich von den Schreien nicht verunsichern: Die Brise, die in der Nacht über die Lotosknospe seufzt, weicht am Morgen den Blütenblättern der Sonne.

Sie läuft über den Treppenabsatz zu ihrem Schlafzimmer und nimmt das Telefon ab. »Hi«, sagt sie.

»Hi.«

Diese Poststreitgespräche gestalten sich wie ein Volkstanz, wie eine komplizierte Choreographie von Vorstößen und Rückzügen, mehr oder weniger elegant ausgeführt. Die korrekten Figuren, korrekt nacheinander abgeschritten, und sie gelangen schließlich zurück an den Ausgangspunkt. »Hör mal«, sagt er, »gestern Abend, das hätte ich nicht sagen sollen, entschuldige.«

»Wir waren beide müde«, sagt sie. »Angela bringt mich immer auf die Palme. Ich weiß gar nicht, warum sie mir so auf die Nerven geht.«

»Andere zu nerven ist Angelas Art«, sagt er, »sie hat ein besonderes Talent dafür«, aber Janice weiß, dass er ihr nur nach dem Munde redet, weiß, dass er Angela mag, womöglich irgendwann einmal sogar mit ihr im Bett war, doch sie erkennt auch, dass er für die Entschuldigung Angela opfert. Sie streckt sich rückwärts auf dem Bett aus und schließt die Augen.

»Ich hab über das nachgedacht«, sagt sie, »was du gestern Abend über Becky gesagt hast, dass sie so zugenommen hat. Ich rede mal mit ihr darüber.«

»Bitte nicht«, sagt er, »das war völlig daneben.«

»Nein, war es nicht«, widerspricht sie, vor allem, weil es die Erwartung erfüllt, aber nun, da sie es ausgesprochen hat, fragt sie sich, ob er vielleicht nicht doch recht hat.

»Sie zu verstören, das wäre mir gar nicht recht«, sagt er, »sie ist ein großartiges Kind. Aber tu, was du für richtig hältst.«

»Ein paar Pfund abspecken könnte ihr nicht schaden.« Janice wartet, dass er etwas sagt, aber er ist verstummt. Sie spürt, er möchte das Gespräch auslaufen lassen. »Bist du zum Abendessen zu Hause?«, fragt sie und sucht nach etwas, was sie noch sagen, womit sie ihn noch halten kann.

»Leider nicht. Ich muss mit Kunden essen gehen.«

»Wohin willst du sie ausführen?«, fragt sie noch, da sagt er schon »Bye, bye« und legt auf.

Sie lässt den Hörer auf die Gabel sinken und bleibt noch einen Moment auf der Bettkante sitzen. Diese Anrufe dienen im Allgemeinen demselben Zweck wie ein heilender Wickel, dass sie stattfinden, ist bedeutsamer als alles, was dabei gesagt werden könnte. Der von eben war anders. Weil er es so eilig hatte, zum Ende zu kommen, denkt sie, weil er sich so umstandslos von ihr verabschieden konnte. Sie geht zum Spiegel und richtet sich das Haar. Ihre Hand fliegt an den Hals, als sie Becky in der Tür stehen sieht. »Meine Güte, Becky«, sagt sie, »hast du mich erschreckt.«

»War das Dad am Telefon?«

Janice nickt. Wie lange steht das Kind schon dort?, fragt sie sich.

Becky fängt an, rhythmisch gegen den Türrahmen zu treten, fünf Tritte mit dem rechten Fuß, fünf mit dem linken, die Füße dick mit weißen Kissenhüllenverbänden umwickelt. »Kommt er zum Abendessen heim?«

»Nein, er trifft sich mit Kunden.« Janice zeigt auf die bandagierten Füße ihrer Tochter. »Nimm das runter und mach deine Hausaufgaben fertig.«

Becky schüttelt den Kopf. »Geht nicht. Ich hab sie gerade erst drangemacht.«

Janice geht hinüber und zieht an einem losen Ende am rechten Fuß ihrer Tochter. Becky schreit gellend und tritt aus, trifft ihre Mutter am Handgelenk. Sie macht kehrt und stakst mit komisch stolpernden Schritten zu ihrem Zimmer, die Arme zur Seite gestreckt, als liefe sie über ein Seil. Eine Binde wickelt sich beim Gehen ab, bleibt hinter ihr liegen.

Janice reibt sich das Handgelenk. »Jetzt ist Schluss, Becky«, sagt sie und folgt ihr über den Treppenabsatz. »Ich komme morgen in die Schule. Ich spreche mit Ms Matthews.«

Becky ist an der Tür zu ihrem Zimmer angelangt. »So ein Zufall«, sagt sie, »Ms Matthews möchte dich nämlich auch sprechen.« Sie zieht einen Zettel aus der Tasche ihres Rocks, knüllt ihn zusammen und wirft ihn ihrer Mutter zu, trifft sie an der Brust. Dann geht sie in ihr Zimmer, schlägt krachend die Tür zu und schließt von innen ab.

Janice hebt das Blatt Papier auf, streicht es glatt. Es ist ein Terminzettel mit dem blauen Schulwappen am oberen Rand, die Felder für Tag und Uhrzeit sind leer. Mit ein paar handschriftlichen Zeilen in großer rundlicher Schrift, die i geziert von kleinen Kringeln, wird sie um telefonische Terminvereinbarung gebeten. Sonst enthält die Mitteilung nichts, keinerlei Hinweis auf den Grund für das gewünschte Gespräch, nur eine Unterschrift in derselben rundlichen Schrift: Madeleine Matthews. Der Zettel ist schon vor zwei Tagen ausgestellt worden. Janice hämmert an die Tür. »Becky, warum will Ms Matthews mich sprechen?«, aber es kommt keine Antwort. Sie probiert es noch einmal – »Sei nicht kindisch, Becky. Wir müssen darüber reden« –, doch Becky reagiert immer noch nicht. Erst als Janice die Treppe schon halb hinunter ist, meint sie ihre Tochter etwas sagen zu hören, etwas, das sehr nach »blöde Zicke« klingt.

Ist ein Fuß groß oder sind die Zehen fleischig, stecke Glas- oder Porzellanscherben zwischen die Binden. Das lässt Fleisch verfaulen und mit der Zeit abfallen, so dass der Fuß kleiner und gefälliger wird. Binde mindestens zweimal pro Woche, wenn die Familie reich ist, auch täglich. Schon bald wird sich zwischen Zehenfurche und Ferse ein Tal bilden, so dunkel und geheimnisvoll wie ein Tor aus Jade.

Unten schenkt sich Janice ein Glas Wein ein und setzt sich an den Küchentisch. Sie denkt an Philip, der irgendwo in einem Restaurant sitzt und verführerisches Essen isst, serviert von verführerischen Kellnerinnen mit weichen, glänzenden Mündern. Sie schließt die Augen, die Kellnerinnen verschwinden aber nicht, sondern treten im Gegenteil noch schärfer hervor, ein Trupp lächelnder, ansprechender junger Frauen. Und das schärfer werdende Bild verändert sich, die Frauen schieben sich übereinander, bis sie zu einer verschmelzen, einer Frau mit rotem, fransig geschnittenem Haar, die, unpassend für ein Restaurant, vor einem Whiteboard steht. Es ist Ms Matthews. Die fröhliche, unbeschwerte Ms Matthews, förmlich glühend vor einer Emotion, die es allein in der Jugend gibt: Hoffnung. Die selbstvergessene Ms Matthews, die in die Jahrhunderte zurückgreifen muss, damit sie etwas findet, was ihr Kummer bereitet. Und auch wenn Janice weiß, dass ihr Gehirn ihr einen Streich spielt, bestürzt sie das.

Seit Mandy Wilsons Mutter vor sechs Jahren hat es keine

andere Frau gegeben, zumindest keine von Bedeutung, da ist sie sich ziemlich sicher. Vielleicht ab und zu einmal ein diskreter kleiner Seitensprung, erkennbar an einer vorübergehenden Distanziertheit, wenn er von einer Dienstreise heimkommt, an einer gewissen Gehemmtheit seiner Berührungen. Aber kein Vergleich zu der Zeit, als sie fürchtete, sie hätte ihn verloren. Damals stand sie sogar, wenn er zu Hause war und neben ihr schlief, mitten in der Nacht auf und ging im Haus umher, berührte Gegenstände, strich mit den Fingern über Wände und Sesselrücken, als wollte sie festhalten, was immer da zu entgleiten schien.

In anderen Nächten hatte sie Gegenstände in den Garten geschafft, Gegenstände, die sie am Tag ausgewählt hatte: Zierrat, Speisegeschirr, eine aus dem Urlaub mitgebrachte Muschel. Sie ging bis ans Grundstücksende, wo Philip sie nicht hören konnte, und schmetterte die Sachen gegen den Zaun. In so einer Nacht, rings um ihre Füße war der Boden schon mit Glas übersät, hatte sie beim Blick zurück gesehen, wie im Nachbarhaus ein Licht anging, hatte gesehen, wie die Jalousie hochgezogen wurde und Mrs Hardings Gesicht am Fenster erschien.

Irgendwie aber hatte sie es durchgestanden, und ihre Ausdauer wurde belohnt. Er war zur Vernunft gekommen, wie sie es schon vorher gewusst hatte, und als Beckys Geburtstag vor der Tür stand, war sie am Schultor zu Mandy Wilsons Mutter gegangen und hatte ihr eine Einladung in die Hand gedrückt. Mandys Mutter war an dem Freitagnachmittag bei ihnen zu Hause aufgetaucht, die Tochter in einem blauen Partykleid schüchtern neben ihr. Sie hatte ein Glas Holunderblütenlikör angenommen, hatte ihr ein Kompliment zum

Schliff des Kristalls gemacht. Und dann hatten sie, Janice und die anderen Mütter sich schrill und ausgelassen unterhalten, hatten sogar gelacht, wenngleich ein bisschen hysterisch, während kleine Mädchen treppauf und treppab rannten oder im Kreis auf dem Fußboden saßen und sich gegenseitig die Haare flochten.

Geh vor Morgengrauen zur Statue des Mädchens mit den kleinen Füßen. Dort musst du Reisbällchen, vermischt mit Wolfsbeere, und ein Paar Seidenpantoffeln, nicht größer als ein Spatz, niederlegen.

Die Schule ist in drei zweigeschossigen Gebäuden aus den Siebzigern untergebracht und hat einen Anbau aus Glas und Stahl, in dem sich die Computerräume befinden. Der Name der Schule, Mater Misericordiae, prangt in stählernen Lettern über dem Eingang. Ms Matthews erwartet sie in einem leeren Klassenraum, wo sie an einem langen Schreibtisch sitzt und Hausaufgaben korrigiert. Ihr Gesicht wird von den Haaren verdeckt, weil sie sich über ein Schreibheft beugt. Farbstifte liegen, sorgfältig gespitzt, neben einem pinken Klammergerät und einer Schale mit bunten Büroklammern. »Sie müssen Beckys Mutter sein«, sagt sie und erhebt sich zum Gruß, reicht ihr die Hand. »Janice, nicht wahr?«

»Richtig«, sagt Janice. Ms Matthews, fällt ihr auf, sagt nicht, wie sie sie ansprechen soll.

»Bitte«, sagt Ms Matthews und weist auf einen Stuhl auf der anderen Seite des Tischs, und Janice setzt sich.

Ms Matthews setzt sich auch wieder hin, und ganz unvermittelt schwirren ihre Hände herum. Sie schiebt das

Klammergerät ein Stückchen nach links, richtet einen Papierstapel bündig aus. Streicht mit dem Zeigefinger innen über ihren Blusenkragen und zupft ihn zurecht, obwohl er bereits so starr hochsteht, als sei er gestärkt worden. »Sie haben also«, sagt Ms Matthews und legt die Hände vor sich auf den Tisch, »meine Zeilen erhalten.«

»Ich wollte Sie zufällig auch gerade aufsuchen.«

»Oh?« Ms Matthews' Hand fliegt abermals zu ihrem Kragen, diesmal nur eine kurze Berührung.

»Ja, es geht um das Füßebinden. Ich finde das nicht …«, sie hält inne, um dem nun folgenden Wort mehr Gewicht zu verleihen, »richtig.«

Ms. Matthews neigt den Kopf ein wenig zur Seite. »Das mache ich mit meinen Mädchen jedes Jahr. Im Allgemeinen finden sie es interessant.«

Ihre Mädchen?, denkt Janice. Welchen Besitzanspruch kann diese Frau wohl erheben, die selbst kaum mehr als ein Kind ist? Und: jedes Jahr? Wie viele Jahre können das, genau genommen, sein? Drei? Vier?

»Es ist ein bisschen mittelalterlich, nicht?«, sagt Janice. »Im Wortsinn.«

»Genau genommen«, sagt Ms Matthews, »und das ist sehr interessant, wurde es in einigen abgelegenen Gebieten in China bis in die vierziger Jahre praktiziert. Aber die exakten Jahreszahlen sind nicht das Entscheidende, nicht wahr? Ich wähle lieber einen breiteren soziologischen Ansatz.« Sie hat sich einen Kugelschreiber gegriffen und schlägt damit an den Tisch, eine Geste, wie sie auch bei Becky denkbar wäre, und Janice muss sich beherrschen, um nicht zu sagen, sie soll damit aufhören.

»Sie sind vierzehn«, sagt Janice. »Da wachsen die Füße noch, es könnte die Knochen beschädigen.«

Ms Matthews runzelt die Stirn. »Entschuldigung?«, sagt sie. »Ich kann Ihnen nicht folgen …«

»Ich habe gesehen, wie straff Becky diese Binden wickelt. Es könnte die Blutzirkulation unterbrechen.«

Ms Matthews rückt etwas mit dem Stuhl zurück, vergrößert den Abstand zwischen sich und Janice ein Stückchen. »Selbstverständlich«, sagt sie, »binden wir nicht unsere eigenen Füße. Eigentlich diskutieren wir darüber, schauen uns Videos auf YouTube an, solche Dinge.«

Der Klassenraum kommt Janice plötzlich heiß und stickig vor, sie möchte ein Fenster aufmachen, aber Ms Matthews spricht weiter. »Vielleicht«, sagt sie, »kommen wir auf diesem Umweg sogar darauf, weshalb ich Sie sprechen wollte. Ist Ihnen aufgefallen, dass Becky in letzter Zeit verstört ist, verschlossener als sonst?«

Als sonst? Ist Becky denn verschlossen? Still, das schon, aber verschlossen ist doch noch etwas anderes, nicht? Verschlossen ist etwas anderes. »Sie ist ein Teenager«, sagt Janice, »da ist verschlossen die Werkseinstellung«, und hasst sich schon dafür, als sie es gesagt hat.

»Wie Sie wissen«, sagt Ms Matthews, »tut sich Becky im schulischen Umfeld nicht leicht. Das war zwar eigentlich schon immer ein Problem, zeigt sich jetzt aber stärker. Die Hänseleien wegen ihres Gewichts sind auch nicht hilfreich, aber dagegen bin ich vorgegangen.«

»Wieso erfahren wir erst jetzt davon?«, will Janice wissen.

Ms Matthews blickt wehmütig zum Fenster, auf das gepflegte Grün des Hockeyplatzes hinaus, wo Mädchen in gelbem Sportdress wie Lämmchen herumtollen, und das trotz des schneidenden Novemberwinds. »Ich habe es bei Beckys Vater angesprochen, beim Elternabend.« Ms Matthews legt die Hand auf die Packung der Farbstifte, als ob sie ein Talisman wäre. »Ich habe gehört«, sagt sie, »zu Hause ist es gerade schwierig.«

»Was soll das heißen?«

»Becky erwähnte, es gebe Spannungen …«

Spannungen gibt es mit Sicherheit, denkt Janice, wenn sie heimkommt und sich Becky vorknöpft. Am liebsten würde sie gleich den Klassenraum suchen, ihre Tochter am Kragen herauszerren und sie fragen, was sie sich dabei gedacht hat, ihre Angelegenheiten, ihre Privatangelegenheiten, vor dieser Fremden auszubreiten. »Ich weiß nicht, wovon Sie sprechen«, sagt sie.

Ms Matthews öffnet den Mund. Hier hätte ein etwas höheres Alter sie vielleicht gerettet, hätten ein oder zwei Jahre den Unterschied ausgemacht, aber sie ist wirklich das Mädchen, für das Janice sie gehalten hat, und sagt deshalb: »Ich meinte, zwischen Ihnen und Beckys Vater.« Sie neigt sich ein wenig in Richtung Tür, ihr Körper ist ihren Gedanken voraus, fluchtbereit.

Janice möchte die Frau an den Haaren packen und ohrfeigen. Sie weiß, was Ms Matthews sagen will, und weiß auch, dass ihr nicht gestattet werden darf, es zu sagen. Ms Matthews spricht weiter, das, was sie nicht sagen darf, liegt ihr auf der Zunge und kommt in zögernd hervorgestoßenen Wörtern und Wendungen heraus.

Auf der anderen Seite des Raums steht unter einem Poster der Wüste Gobi ein Papierkorb. Janice schafft es gerade noch bis dahin und muss sich übergeben. Sie erbricht sich auf einen leeren Saftkarton und Bleistiftspäne, die sich wie Orangenschale ringeln. Dann erbricht sie sich noch einmal. Richtet sich auf, wischt sich den Mund mit der Hand ab. Sie hat nasse Augen und trocknet sie mit dem Ärmel, aber es steigt noch mehr Nässe auf, und ihr wird klar, dass sie weint. Als sie auf dem Weg zur Tür des Klassenraums aus dem Augenwinkel zu Ms Matthews sieht, schaut die ganz erschrocken, regelrecht bestürzt; noch bestürzter, denkt Janice, als wenn sie sie tatsächlich geohrfeigt hätte.

Ein Fuß, einmal gebunden, wird für immer gebunden: Nur wenige ertragen den Schmerz, wenn Knochen sich regen. Pflege ihn sorgfältig, aber stets im Dunkeln. Die von der Binde umfangene Schönheit kann sich im Licht verflüchtigen.

Sie sitzt über Stunden in einem Café, bis die Angestellten die Stühle auf die Tische stellen und um ihre Füße herum zu wischen anfangen. Als sie schließlich nach Hause geht, sind die Diele und die Räume im Erdgeschoss dunkel bis auf den Fernseher, der im Wohnzimmer flackert. Becky lümmelt auf der Couch, die weiß bandagierten Füße auf einem Sitzsack. Janice schaltet das Licht ein. »Becky«, sagt sie, »wir müssen reden.«

Becky blinzelt, reibt sich die Augen. Sie murmelt halblaut irgendetwas, greift nach der Fernbedienung und beginnt, zwischen den Sendern zu zappen.

Janice stellt sich zwischen ihre Tochter und den Fernsehschirm. »Ich war heute bei Ms Matthews.«

Becky legt die Fernbedienung weg, lässt einen Zeichentrickfilm weiterlaufen.

»Dein Vater und ich sind sehr glücklich, Becky. Begreifst du das?«

Becky starrt sie wortlos an.

»Und sollte dich das jemals beunruhigen oder überhaupt irgendetwas, egal was, kommst du zuerst zu mir, ja? Ich mache dir keine Vorwürfe, Becky, bitte glaub nicht, dass ich dir etwas vorwerfe, aber wir sind eine Familie, ein Team, und wir müssen Vertrauen zueinander haben.«

Becky inspiziert ihre Fingernägel, zupft an den Nagelhäutchen.

Janice seufzt. »Also gut«, sagt sie. »Ich mach jetzt mal das Abendbrot. Dann setzen wir uns zusammen hin, und du erzählst mir, was du Ms Matthews gesagt hast.«

»Ich erinnere mich nicht mehr genau«, sagt Becky, »wir haben über vieles geredet.«

Janice spürt, wie die Übelkeit zurückkehrt. »Du musst versuchen, dich zu erinnern«, sagt sie, »es ist wichtig.« Sie weist mit einer Kopfbewegung auf Beckys Füße. »Und das ist ja auch keine Hausaufgabe, also mach die Binden ab.«

Becky lässt nicht erkennen, ob sie es gehört hat.

»Ich sagte, mach das ab.«

Träge hebt Becky einen Fuß auf die Couch und beginnt, die Binde abzuwickeln, lässt sie in Spiralen auf den Boden fallen. Ihr Fuß darunter sieht weiß aus, fahl und erschrocken. Rings um die Zehen hat sie rote Striemen von den Gummibändern, mit denen sie, wie Janice jetzt sieht, die Strumpfhose fixiert hat. Becky inspiziert ihre Zehen, das Fußgewölbe. Der kleine Zeh ist bläulich weiß, färbt sich rosa, als wieder

Blut einströmt. Sie vergisst für einen Moment, dass sie sich gegen ihre Mutter auflehnt. »Schau mal«, sagt sie und hält ihren Fuß hoch, »er ist kleiner geworden.«

Janice bückt sich und betrachtet mit zusammengekniffenen Augen den Fuß ihrer Tochter. »Er ist genauso groß wie immer.«

»Ist er nicht«, sagt Becky, »er ist kleiner.« Sie steht auf und hüpft zu der Stelle, an der sie ein paar Leinenpumps hingestellt hat, schlüpft mit dem bloßen Fuß hinein und wackelt damit herum. »Siehst du?«, sagt sie. »Ganz locker. Vorher ist er nicht locker gewesen.« Sie hüpft zurück und lässt sich auf die Couch plumpsen. Hebt einen Verbandsstreifen vom Boden auf.

»Was soll das werden?«

»Ich will damit schlafen und sehen, wie meine Füße morgen früh sind.«

»Das wirst du ganz sicher nicht.«

»Du hasst mich«, sagt Becky, »du willst, dass ich hässliche große Clownsfüße habe wie Ms Roberts.«

Janice zieht ihrer Tochter den Stoffstreifen aus der Hand, zerreißt ihn, zerreißt die Stücke noch einmal und wirft sie dann auf den Boden.

»Lass das! Du machst sie kaputt!« Becky springt auf, schwankt ein wenig, hüpft auf dem nicht umwickelten Fuß. Sie will die Streifen aufheben, aber Janice verteilt sie mit einem Tritt über den Boden. »Ich hasse dich«, schreit Becky, »wärst du bloß nicht meine Mutter! Jede andere auf der Welt wär mir als Mutter lieber als du.« Sie humpelt zur Treppe, ein Fuß immer noch bandagiert. Die Hände auf dem Geländer, hüpft sie die ersten Stufen hinauf, hält auf dem Absatz an und ruht sich aus.

»Komm sofort runter«, sagt Janice. Sie geht hinter ihrer Tochter her.

Becky schüttelt den Kopf. Draußen gehen die Straßenlaternen an, ein sachter Schein fällt auf die Treppe, auf das Tischchen mit den Tierfigürchen aus Kristall, die funkeln, als wären sie angezündet worden, und Licht und Feuer sprühen. Auch Becky steht in dem Moment wie in Flammen, wild und schön, ein Starlet aus einem alten Schwarz-Weiß-Film, Haarsträhnen lösen sich aus ihrem Nackenknoten, ihr Gesicht ist gerötet. Und im nächsten Moment ist sie wieder ein Kind, bestürzt und verwirrt, versengt von der Lebenskraft, die in ihr aufwallt.

Janice ist nun bei ihr. »Komm, Becky, das ist doch albern.«

Becky wischt sich eine Träne ab. »Ach ja?«, sagt sie. »Na gut, bin ich halt albern, und wenn schon, Hauptsache, ich bin nicht scheißerbärmlich. Kein Wunder, dass Dad dich hasst.«

Ihre Hand landet hoch oben auf Beckys Wange, direkt unter dem linken Auge. Sie sieht es wie in Zeitlupe, als ihre Tochter rückwärts taumelt und das Tischchen krachend zu Boden geht. Die Figürchen kollidieren im Fall, knacken, brechen, winzige Kristallsplitter ragen wie Miniatur-Stalagmiten aus dem Teppich. Direkt danach herrscht, nur für eine Sekunde, vollkommene Stille, die kurze, vorübergehende Stille, wie sie Überlebende von Terroranschlägen und Explosionen im Fernsehen oft beschrieben haben. Becky kommt wacklig auf die Beine, stützt sich mit einer Hand an der Wand ab. Ihr Gesicht ist bleich, ausgenommen die rote Wunde unter dem Auge, aus der es bereits blutet.

»O nein«, flüstert Janice, »o nein.« Sie sinkt neben dem umgestürzten Tisch zu Boden, wo rings um sie herum die

Scherben der Vögel und Tiere funkeln, blickt auf ihre Hand, die noch kribbelt von dem festen Schlag. Den Ring an ihrem Mittelfinger hat Philip ihr vor Jahren geschenkt, sie wollte ihn längst enger machen lassen. Er hat sich wie so oft verdreht, die Steine nun an der Unterseite, eine scharfe Kante aus Diamanten.

Becky betastet ihre aufgeplatzte Wange. Sie schenkt dem Blut an ihren Fingern kaum Beachtung, als sie sie wieder fortzieht. Benommen richtet sie das Tischchen auf, rückt es wieder an seinen Platz unter dem Fenster. Dann lässt sie sich auf alle viere sinken und sammelt die Figürchen ein: die heil gebliebenen und die kaputten, Dutzende von beschädigten Extremitäten und zerschmetterten Körpern.

»Lass«, sagt Janice schluchzend, »kümmer dich nicht drum, es lohnt nicht.« Sie streicht mit dem Zeigefinger über die Blutspur auf dem Gesicht ihrer Tochter. »Jetzt verlässt er mich«, flüstert sie, »nach dem hier bleibt er nicht mehr bei mir.«

Sie sind so wunderschön, die Pantöffelchen, der schwankende Gang, durch den ihr das Feld für immer erspart bleibt. Lass sie nun mit ihrer Aussteuer beginnen: Pantoffeln, bestickt mit Fischen und Lotosblumen, von eigener Hand gefertigt.

Am hinteren Ende des Gartens steht ein Holzapfelbaum, gepflanzt von einem früheren Besitzer, der Boden darum herum ein Brei aus Fallobst, obwohl sie sich geschworen hatte, dass sie die Früchte dieses Jahr ernten würde. Sie lehnt sich gegen den Stamm, lauscht dem auf der anderen Seite des Zauns dahinfließenden Fluss. Als sie über die Schulter zurück zum Haus schaut, brennt Licht in Beckys Zimmer, in dem die Vorhänge zugezogen sind. Später wird unten Licht gemacht, Philip geht in der Küche hin und her, und sie kehrt durch den Garten zum Haus zurück.

Als sie die Verandatür aufschiebt, merkt sie, dass sie ihn überrascht hat. Er ist noch im Mantel, hat sich gerade ein Bier aus dem Kühlschrank geholt. Nun wendet er sich um, und sie schaut ihm von der anderen Seite der Küche prüfend ins Gesicht. Was weiß er? »Du hast mich erschreckt«, sagt er. »Mir war nicht klar, dass du zu Hause bist. Wo ist Becky?«

Als sie schweigt, kommt er herüber und legt ihr den Arm um die Schulter. »Du bist mir doch nicht mehr böse, oder? Ich dachte, es wär wieder gut«, sagt er und küsst sie auf die Stirn.

»Philip …«, setzt sie an, da geht oben eine Tür auf, und Schritte kommen die Treppe herunter. Sie rückt von ihrem Mann ab und geht auf die andere Seite des Raums. Beckys Haar ist zu einem langen Zopf geflochten, und sie sieht nicht mehr aus wie vierzehn, sondern wie ein Kind von elf oder zwölf. Sie hat sich das Gesicht gewaschen und ein Pflaster auf die Wange geklebt, ein Mullviereck, das nicht nur die Platzwunde abdeckt, sondern auch die gesamte Hautpartie darum herum. Die Binden hat sie alle abgewickelt, ihre Füße stecken in einem Paar rosa Pantoffeln.

»Hey, Prinzessin«, sagt Philip, »was ist mit deinem Gesicht passiert?« Er stellt sein Bier ab und geht zu ihr. »Ist in der Schule etwas vorgefallen? Wenn in der Schule etwas vorfällt, musst du uns das sagen. Janice, hast du das gesehen?«

Becky zuckt zurück, als er ihre Wange berührt. »Ich bin

beim Hockeyspielen gegen den Zaun gefallen«, sagt sie. »Es ist bloß ein Kratzer.«

»Lass mal sehen«, sagt er, aber sie tritt einen Schritt zurück.

»Es ist nichts weiter, ehrlich«, sagt sie. »Mum hat es sich schon angesehen. Sie hat Jod draufgetan.«

Philip hebt in einer Geste des Sichgeschlagengebens die Arme. »Okay«, sagt er, »ihr Mädchen habt das anscheinend unter Kontrolle.« Er schnappt sich das Bier und geht ins Wohnzimmer hinüber.

Später, als Philip fernsieht, schleicht Janice die Treppe hinauf. Auf dem Treppenabsatz sind die Kristallfigürchen alle aufgehoben und die Unfallopfer zwar primitiv, aber erfolgreich geklebt, jedes Figürchen steht wieder an seinem angestammten Platz. Janice bleibt vor Beckys Zimmertür stehen und horcht. Außer leisem Papierrascheln, so als würden Seiten umgeschlagen, dringt nichts heraus. Sie drückt auf die Klinke, aber die Tür ist abgeschlossen, und dann hört auch das Rascheln auf, und es ist so still, dass sie durch die Wände Mrs Harding hört, die im Nachbarhaus umhergeht. Janice erwägt, Becky durch die Tür zu rufen, weiß aber nicht, was sie sagen soll, und fürchtet, Philip könnte sie hören. Nach einer Weile geht sie wieder hinunter.

Es hat zu regnen begonnen, ein Nieseln zunächst, das sich rasch zum Platzregen steigert und gegen das Glas der Verandatüren schlägt. Janice sitzt am Küchentisch und schaut in die Dunkelheit des Gartens hinaus, sieht zu, wie Regenwasser durch die Mittelfuge der Türen eindringt und eine Lache auf dem Küchenboden bildet. Die Lache wird größer, sieht sie, macht sich aber, anders als sonst, nicht die Mühe, Wischmopp und Eimer zu holen. Das passiert jedes Mal, wenn es regnet, ein Fehler schon aus der Zeit, als die Türen ursprünglich eingebaut wurden. Sie wollte es längst reparieren oder die Türen ersetzen lassen, aber so kurz vor Weihnachten findet sie jetzt bestimmt keinen Handwerker. Sie wartet bis Januar, wenn es ruhiger ist, dann kümmert sie sich darum.

Ein Mann wird einen gebundenen Fuß nur selten berühren, wie man weiß. Lass sie in ihre kleinsten Pantoffeln ein Beutelchen einnähen: Dort wird sie ihre dunkelsten Geheimnisse aufbewahren.

GEGEN DIE ICH MICH WEHRE, DIE HASSE ICH NICHT

Ranelagh an einem Samstag im Sommer, die Bürgersteige voller Blütenblätter, das rhythmische Surren der Rasenmäher in der Luft. Kevin stand im Wohnzimmer der Millers am Fenster und sah einem runden Dutzend Mädchen zu, die vor dem Haus für Fotos posierten. Seine eigene Tochter war auch dabei, die blonden Locken in einem Zopf gebändigt, so dass er sie inmitten der vielen anderen Haarflechten gar nicht gleich ausmachen konnte. Die Millers bewohnten ein viktorianisches rotes Backsteinhaus unweit der Kirche, und Fiona Miller hatte auf der Party bestanden. Es sei gar keine Mühe, hatte sie allen versichert, die absagen wollten. Und für die Kinder sei es ein Vergnügen, sie und Bob machten ihnen gern die Freude, bekanntlich hatten nicht alle so viel Glück wie sie selbst. Die Mädchen kreischten und kicherten, randvoll mit Zucker und Sommer, strichen, als sie sich wieder besannen, die Röcke ihrer weißen Kleidchen glatt, hoben gewissenhaft kleine Hände und rückten Schleier und Krönchen zurecht. »Reizend, nicht?«, sagte Kevin mit halber Drehung zu der Frau hinter dem Tisch mit den Getränken. Die Frau zog ein finsteres Gesicht. Sie war keine Angestellte eines Partyservice, sondern eine Freundin Fiona Millers, vielleicht sogar eine ihrer Schwestern, und das sicherte ihr einen festen Platz in den Reihen derer, die ihn hassten. »Schön, dass der

Regen ausgeblieben ist«, sagte er, weil sie an der Äußerung kaum Anstoß nehmen konnte, aber sie begann, Flaschen herumzurücken, als ob es Schachfiguren wären, ergriff sie am Flaschenhals und stellte sie mit unmissverständlicher Feindseligkeit an ihrem neuen Platz ab.

Durch die Lamellen der Jalousie fiel schräg die Sonne, ließ die Postkarten auf dem Kaminsims grell aufleuchten und wurde von den Bordgewehren an Bob Millers Lieblingsflugmodell reflektiert – einer Sopwith Camel aus dem Ersten Weltkrieg –, das auf einem Podest neben der Tür stand. Bobs Urgroßvater hatte bei den London Irish Rifles gedient, einem Infanterieregiment aus Freiwilligen, und bei der Schlacht von Flers-Courcelette einen Arm verloren. Seine Uniform und seine Mütze mit dem Abzeichen, Harfe und Krone, waren in einer großen Glasvitrine am Ende der Diele zu bewundern. Hinter Glas standen auch Gegenstände aus dem Besitz anderer Toter: Gewehrkugeln, Armbinden und Briefe, die Bob im Internet erworben hatte. Bob sagte gern im Scherz, in einem früheren Leben sei er ein Militär gewesen, in seinem jetzigen war er allerdings in leitender Position als Versicherungsmathematiker tätig. Kevin wandte sich wieder zum Fenster um. Seine Frau war ebenfalls im Garten und unterhielt sich, wie er nun sah, mit dem Mann, der einmal sein Chef gewesen war. Vorher hatten er und dieser Mann in der Diele ein paar kurze Worte gewechselt. Er hatte von Kevin wissen wollen – warum fühlte sich eigentlich jeder bemüßigt, danach zu fragen? –, ob sich schon etwas ergeben habe, und ging, nachdem diese Hürde genommen war, auf gebührenden Abstand. Er legte Kevins Frau tröstend die Hand auf den Arm, als sie sich die Augen mit einem Taschentuch betupfte.

Kevin brauchte einen Drink. Er hatte gehofft, die Frau an dem Tisch würde sich den anderen im Garten anschließen, doch sie blieb, die Arme vor der Brust verschränkt, auf ihrem Posten. Beim Verlassen des Raums versetzte er die Flügel des Propellers an dem kleinen Flugzeug mit einem Stups des Zeigefingers in einen kreisenden Fleck aus Holz und Metall.

Für diese Eventualität hatte er einen kleinen Flachmann mit Wodka mitgenommen und in der Innentasche seiner Jacke deponiert. Doch er hatte das Haus kaum betreten, da nahm Aoife, die ältere Tochter der Millers, ihm die Jacke schon ab. »Nicht nötig«, hatte er gesagt, »ich behalt sie an, es ist ein bisschen kühl«, obwohl es Ende Mai war und ein warmer Tag, die Luft voll von Pollen und den seidigen Schirmchen der Löwenzahnsamen, die in weißen Wolken durch die Allee wehten. Aoife – aufgebracht, weil sie zum Garderobendienst eingeteilt war – entwand ihm die Jacke trotzdem, und jetzt spürte er die kleine Flasche wie ein Phantomglied. Als er zur Küche schlenderte, ging die Haustür auf, und die kleinen Mädchen kamen durch die Diele gerannt, eine mit einem Schirm, den sie sich wie ein Bajonett unter den Arm geklemmt hatte. Er drückte sich gegen die Wand, als sie vorüberfegten, ein Bataillon kleiner Bräute, die weißen Sandalen über die Fliesen klappernd. Ein Schleier strich über seinen Arm, der Flor überraschend kratzig. Am Ende der Diele schwenkten die Mädchen kurz vor dem Schaukasten mit der entkernten Uniform nach links ins Musikzimmer, liefen von dort in den Garten und im Kreis um das Haus herum, ihr auf- und abschwellendes Geschrei nun gedämpft.

Fiona Miller war in der Küche und presste Orangen aus. Sie war brünett, gebräunt, ihm altersmäßig ein paar Jahre voraus. »Du hättest nicht kommen sollen«, sagte sie. Sie benutzte eine elektrische Obstpresse, steckte an einem Ende dicke Orangen hinein und fing am anderen langsam tröpfelnden Saft in einem Krug auf.

»Du hast mich eingeladen.«

»Ich musste dich einladen. Aber du hättest nicht kommen sollen. Was hast du dir dabei gedacht, Kevin?«

Er hatte sich von ihr schon immer erniedrigt gefühlt; klein und unbedeutend, ein Prolet ohne Manieren. Wie war das, als wir dauernd gevögelt haben, hätte er am liebsten gesagt, wo waren da die Manieren? Sagte stattdessen aber: »Weiß Bob etwas?«, und wusste sehr wohl, dass Bob nichts ahnte.

»Tu mir das nicht an, Kevin«, sagte sie, »ich warne dich, denn wenn doch, wird es dir leidtun.« Sie nahm noch zwei Orangen und warf sie in die Saftpresse. Sie trug ein tief ausgeschnittenes schwarzes Kleid, und er dachte unweigerlich, dass ihre Brüste wie zwei kleine Orangen waren und die sich unter dem Stoff abzeichnenden Brustwarzen wie kleine harte Kerne. Er wusste noch, wie sie sich unter den Händen anfühlten, und als seine Augen wieder zu ihrem Gesicht zurückkehrten, sah er, dass sie ihn ebenfalls betrachtete, und schaute weg, hinaus in die Diele, wo seine Frau mit einer der anderen Mütter redete. Sie hielt mehrere Sonnenschirme in der Hand, von denen keiner ihrer eigenen Tochter gehörte; seine Schwiegermutter, die ihr Kostüm finanziert hatte, fand Sonnenschirme schäbig. Seine Frau schaute kurz in seine Richtung. Sogar über die Entfernung hinweg sah er sofort, dass sie zornig war – einer der Vorteile, wenn man lange mit einem anderen Menschen zusammen war.

Die Obstpresse hielt spuckend an. »Die Orangen sind alle«, sagte Fiona.

»Ich hol dir welche«, sagte er, die günstige Gelegenheit witternd, denn im Dorf gab es eine Spirituosenhandlung.

»Aoife wird sie holen. Sie kann mit dem Rad fahren. Dauert keine Minute.« Fiona schlug ans Küchenfenster. Aoife saß im Garten hinter dem Haus auf einer Schaukel und telefonierte mit dem Handy. Sie blickte auf und schnitt ihrer Mutter eine Grimasse, rührte sich aber nicht vom Fleck. Ihre Mutter schlug noch einmal an die Scheibe. Aoife glitt mit unverschämter Langsamkeit von der Schaukel und kam aufs Haus zu.

»Wie alt ist sie inzwischen?«, sagte er. »Sechzehn?«

»Achtzehn, nächsten Monat. Was bedeutet, dass wir diesen ganzen blöden Mist schon wieder veranstalten müssen.«

»Ich werde nicht kommen«, sagte er, »mach dir keine Sorgen.«

»Ich mach mir keine Sorgen«, sagte sie. »Du bist nicht eingeladen.«

Aoife kam aus dem Garten herein und schlug die Tür hinter sich zu. Schnappte sich den Zehn-Euro-Schein, den ihre Mutter ihr gab. »Orangen«, sagte Fiona. »Zwei Netze, und pass auf, dass sie richtig reif sind.« Aoife verdrehte die Augen und ging.

Durch die Diele näherte sich das Geräusch schwer auftretender Füße, begleitet von nassem, pfeifendem Ächzen. Mit heimlichem Anschleichen konnte Bob Miller keine Punkte machen. »Ein Bier, Kev?«, sagte er, öffnete die Kühlschranktür und schob, noch bevor Kevin antworten konnte, nach: »Ich meine, eine Coke?«

»Nein, danke.«

Bob machte sich eine Dose auf. »Lange nicht gesehen«, sagte er. »Erst heute Morgen habe ich zu Fiona gesagt, wann haben wir Kevin zuletzt gesehen, und wir konnten uns nicht erinnern, nicht, Fiona?«

Fiona wischte mit einem feuchten Lappen – wahllos, wie es Kevin vorkam – freie Arbeitsflächen in der Küche ab. Nun ging sie zur Spüle, wrang den Lappen aus und ließ dazu geräuschvoll frisches Wasser ins Becken laufen.

»Also«, sagte Bob, »was hast du getrieben?«

»Nicht viel.«

»Schon was am Horizont aufgetaucht?«

»Noch nicht.«

»Hast du's beim Arbeitsamt versucht?«

Ein weinendes kleines Mädchen mit einem aufgeschürften Knie kam herein, gefolgt von vier anderen Kindern, die sich im Kreis aufstellten, als Fiona Jod auf die Wunde gab – nicht eben sacht, fiel Kevin auf – und ein Pflaster darüberklebte. Die Kinder waren kaum wieder draußen, da kam Aoife zurück, die Wangen vom Radeln gerötet und feine Fäden von Löwenzahnsamen im Haar. Sie warf eine Plastiktüte auf die Kochinsel. »Das sind Mandarinen«, sagte Fiona nach flüchtigem Blick in die Tüte, aber Aoife war bereits in den Garten davonstolziert und nahm wieder ihren Platz auf der Schaukel ein. Bob zwinkerte. »Kinderfreuden, was, Kev?«, sagte er und ließ sich auf einen Sessel in der Ecke plumpsen. Fiona trug die Mandarinen oder Orangen zur Spüle und schrubbte sie mit einer Drahtbürste ab, als wären sie auf dem Boden eines Atommülllagers herumgerollt. Sie schichtete die Früchte in eine Schüssel, bevor sie sie einzeln der Obstpresse zuführte und das langsame Tröpfeln wieder anhob.

»Entschuldigt«, sagte Kevin und tat so, als schaue er etwas auf seinem Handy nach. »Ich muss einen Anruf annehmen.« Als er in die Diele entwichen war, ging er zur Wohnzimmertür und spähte hinein. Die Frau am Tisch mit den Getränken stand noch auf ihrem Posten. Sie war beschäftigt; der Partyservice hatte Tabletts mit kaltem Fleisch und Salaten aufgebaut, und alle waren aus dem Garten hereingekommen. Er überlegte, wohin Aoife seine Jacke gebracht haben mochte. Er war schon viele Male in diesem Haus gewesen, meistens, wenn er es nicht hätte sein sollen.

Auf halber Treppe blieb er auf dem Absatz stehen und inspizierte die Fotografien. Er entsann sich nicht, sie schon früher bemerkt zu haben, allerdings war er damals mit den Gedanken vermutlich bei Fiona, die vor ihm die Treppe hinaufstieg, und ihren kurvigen Hüften gewesen. Es waren nicht die üblichen Schnappschüsse vom Meer oder von Geburtstagen, sondern Kriegsfotografien in Schwarz-Weiß: Doppeldecker, die von versengten Behelfslandebahnen in Himmel aufstiegen, schwarz und höllisch von Rauch. Hohläugige Soldaten mit Brodie-Helmen lagen bäuchlings im Schlamm. Wie er Bob Miller beneidete! Er beneidete ihn nicht um die Fotografien, grässliche Aufnahmen, bei deren Anblick ihm schon fast übel wurde, beneidete ihn auch nicht um seine Frau oder sein Haus oder seine Arbeit, obwohl es eine Zeit gegeben hatte, in der er ihm all das missgönnte. Nein, am meisten beneidete er Bob um seinen Mangel an Vorstellungskraft, einen Mangel, der ihn genau deswegen schützte, der es ihm erlaubte, den Krieg zum Hobby zu machen, selbstzufrieden das

Grauen anderer zu betrachten, froh, dass es nicht ihn getroffen hatte und gewiss nie treffen würde. Der Glückspilz Bob, der Schmerz so wenig kannte, dass er ihn hübsch verpackt bei eBay bestellen musste, um ihn sich hernach in lackierten Rahmen an die Wand zu hängen.

Die Mäntel lagen im Gästezimmer auf dem Bett, ein Gewimmel verschlungener leerer Ärmel. Ein paar waren aus dem Haufen heraus auf den Teppich gerutscht. Kevin ging zuerst die auf dem Bett durch, nahm sie hoch und legte sie beiseite, bis er endlich sein Jackett fand. Schon beim Hochheben registrierte er die Leichtigkeit auf einer unterbewussten animalischen Ebene, noch bevor sich der Gedanke überhaupt in seinem Gehirn geformt hatte. Der Flachmann war weg. Er suchte zwischen den übrigen Mänteln auf dem Bett und nahm sich dann den Stoß auf dem Boden vor.

»Alles klar, Kev?«

Er hatte einen grünen Damenblazer in der Hand, als er sich zu Bob umdrehte, der in der Tür stand. »Bestens, Bob«, sagte er. »Ich suche nur gerade meinen Autoschlüssel.«

»Du willst doch jetzt nicht etwa fahren, Kev?«

»Ich muss etwas aus dem Auto holen.« Er strampelte sich innerlich ab, suchte nach etwas Plausiblem. »Das Asthmaspray. Für meine Tochter.«

»Na, dann sollten wir diesen Schlüssel mal besser finden«, sagte Bob, bückte sich und hob einen marineblauen Herrenmantel vom Fußboden hoch.

Kevin sah im Geiste plötzlich vor sich, wie Bob den Flachmann fand. »Ah, Bob«, sagte er, »ich hab ihn schon.« Er klopfte auf die Tasche seiner Jeans. »Er lag unter dem Volant.«

Bob richtete sich auf und schaute verwirrt. »Genau«, sagte er.

Kevin merkte, dass er den Blazer noch in der Hand hatte, und warf ihn schnell aufs Bett. Für einen Moment standen sie in verlegenem Schweigen herum und sahen sich an, während durch das offene Fenster das schrille Lachen kleiner Mädchen drang, die auf der Zufahrt der Millers Fangen spielten.

»Wir können dann wohl wieder hinuntergehen«, sagte Bob.

»Ja, klar.«

»Gut.«

Bob bedeutete Kevin, vor ihm hinauszugehen, und als sie beide draußen waren, zog er die Tür heran und holte etwas aus seiner Tasche. Unter unmissverständlichem Knirschen wurde der Schlüssel im Schloss gedreht. Die Männer stiegen zusammen die Treppe hinunter, vermieden sorgfältig jeden Blickkontakt und sprachen beide kein Wort. Unten angelangt, blieb Kevin nicht stehen, sondern ging durch den Korridor und zur Haustür hinaus, über die gepflasterte Zufahrt bis zum Bürgersteig und zu der Stelle, wo seine Frau ihr Auto geparkt hatte. Er lehnte sich an die Grundstücksmauer und stierte auf ihr Auto. Er hatte keinen Schlüssel, den hatte seine Frau; in der letzten Zeit achtete sie immer sehr darauf, ihn bei sich zu haben. Kevin hatte das Gefühl, dass er beobachtet wurde, und wusste, dass er Bob sähe, wenn er sich umdrehte, aber er drehte sich nicht um. Soll er gaffen, dachte er, denn hier auf der Straße war es friedlich, die Luft war sauber und roch gut, das einzige Geräusch war das Kläffen eines kleinen Hundes weiter hinten in der

Straße. In der Ferne, hinter dem Dorf und hinter der Stadt, sah er Felder und Hügel, menschenleere, noch unverdorbene grüne Weiten.

Als er wieder hineinging, wurde im Sonnenzimmer gerade eine Torte angeschnitten, ein riesiges dreistöckiges Kunstwerk aus Zucker, gekrönt von einem Trupp winziger weißer Mädchenfigürchen in weißen Zuckerkleidchen. Die Mädchen aus Fleisch und Blut saßen an einem Zeichentisch und hatten zum Schutz ihrer Kleider weiße Plastikschürzen an. Seine Frau stand an einem Ende des Tisches und reichte Tortenstücke und weißes Plastikbesteck herum, aber er ging nicht hin. Stattdessen verzog er sich ins Wohnzimmer, wo er mit einem aufregenden, fast freudigen Gefühl den Tisch mit den Getränken verlassen vorfand. Es war eine Ödnis aus leeren Flaschen: Wein, Pimms, Prosecco, doch mitten in dem Durcheinander stand eine Flasche Wodka, praktisch unberührt.

In der Küche goss er sich Orangensaft in ein Glas. Durchs Fenster sah er Aoife auf ihrer Schaukel, ihre langen Beine baumelten, die Zehen ihrer weißen Converse-Schuhe schleiften im Staub. Sie hatte keinerlei Ähnlichkeit mit ihrem Vater; bei diesem Scharmützel hatten Bobs Gene den Kürzeren gezogen. Aoife war schlank, brünett und hübsch, wie es Fiona, dachte er, in dem Alter wohl auch gewesen war. Er betrachtete sie einen Moment, schenkte dann ein zweites Glas Saft ein und ging mit beiden Gläsern und der Wodkaflasche in den Garten hinaus. Aoifes Miene grenzte an ein höhnisches Grinsen, hellte sich jedoch auf, als sie die Flasche sah. Es war immer noch ein schöner Tag, auch wenn etwas Drohendes von den stillstehenden Wolken ausging, so als könnten sie nun, wo sie nicht mehr weiterzogen, plötzlich auf die Erde stürzen. Aoife hüpfte von der Schaukel. »Hier lang«, sagte sie und zeigte auf eine Lücke in der Hecke, »sie mögen es nicht, wenn ich trinke.«

»Sie mögen es auch nicht, wenn ich trinke«, sagte er.

Als sie lachte, war es das Lachen ihrer Mutter, derb, mit einer Beimischung von Spott, und als sie sich neben ihm im Gras hinter der Hecke niederließ, waren ihre Beine die ihrer Mutter, lang, braun und feinknochig. Sie kicherte, als sie den Wodka einschenkte, und als sie ihm zulächelte, fiel ihm auf, dass ihre Augen ein bisschen glasig waren. Sie saßen in einer Wildnis aus hohem Gras und Unkraut, auf einem schmalen Streifen Niemandsland zwischen der Rückseite der Häuser und einem ummauerten öffentlichen Park. Margeriten und Mohnblumen wuchsen wild und zügellos, verteilten ihre Blütenblätter und Samen über den Boden. Er spürte ihren vorstehenden Hüftknochen, als sie näher an ihn heranrückte, und als ihr langes Haar über seinen Arm strich, fing er einen Hauch von Vanille und noch etwas anderem auf, etwas Jugendlichem, Mädchenhaftem wie Äpfel oder Beeren. Er trank ein wenig Wodka-Orange und sah zum Himmel hinauf. Die Wolken kamen ihm grauer und dunkler vor und standen nicht mehr still, sondern zogen regellos, türmten sich vor der Himmelhülle. Es war, als wollte irgendetwas, das sich dahinter befand, durch sie hindurchbrechen und schiebe sie in einer dicken, sich blähenden Ballung vor sich her, so dass sie nicht wie Wolken dahinzogen, sondern wie Rauch. Während er hinaufsah, entdeckte er tief in ihrem Innern ein kurzes, jähes Aufblitzen von Silber. Das mochte die Sonne sein, die ein letztes Mal alle Kraft aufbot, aber es erinnerte ihn an die Metallgewehre auf Bob Millers Modell der Sopwith Camel. Und als er ihre Wange berührte, wusste er, dass das Geräusch, das er in der Ferne hörte, nicht das Surren von Rasenmähern war, sondern das Dröhnen eines tief fliegenden Flugzeugs.

ALLES ÜBER ALICE

Der August ächzte unter sterbenden Schmeißfliegen. Samtigblau sammelten sie sich in Scharen an den Fensterscheiben und schlugen mit ihren feinen Flügeln ans Glas. Schwarz und schlaff hockten sie auf den Fensterbrettern. Alice lümmelte in einem Armlehnstuhl in der Küche und verfolgte das eigenartige Ballett ihres Vaters. Die Säume seiner Hosenbeine, bis weit über die Knöchel hochgeschlagen, rutschten bei jedem wacklig ausgeführten Jeté ein Stückchen tiefer. Mit seiner Zeitung beschrieb er hektische Kreise in der Luft und schlug nach den Fliegen.

»Mistviecher«, schrie er, »elende!«

Die wild gewordenen Fliegen zogen Schleifen wie Spitfires. Sie stießen an die Lampenschirme und prallten von den Schränken ab, in denen Alices Tanzmedaillen lagerten. Dunkel schillernd ließ sich eine auf dem Fernseher nieder. Zack!, und sie fiel zu Boden. In der Küche prasselten Fliegen aufs Linoleum, und Alice sah zum Fenster hinaus.

Im Garten hatte der Sonntag das verzinkte Dach des angebauten Badezimmers zum Schweigen gebracht, weil das Rattern der vorbeifahrenden Lastwagen fehlte, und frühes Laub ausgestreut, das sich an den Rändern sammelte. Eine verwehte Plastiktüte flatterte im Gebüsch innen vor dem Tor. Hochrot und triumphierend ließ Alices Vater sich in seinen

Sessel plumpsen. Er wischte einen zarten Fliegenflügel von der ersten Seite des Sportteils und blätterte um.

»Noch Tee, Daddy?« Alice griff gar nicht erst nach der Teekanne. Ihr Vater nahm nie eine zweite Tasse. Neben ihm auf dem Tisch waren seine Tabletten in grellem Technicolor aufgereiht. Alice sah aus dem Augenwinkel auf die Uhr. Halb elf. Um vier Uhr fuhr ihr Vater mit dem Bus nach West Cork, wo er eine Woche Urlaub bei seiner Cousine Olive machte. Sein Koffer stand schon seit drei Tagen in der Diele. Auch Alice zählte schon ungeduldig die Tage, ganz flattrig bei der Aussicht, das Haus für sich zu haben. Sie war 45.

Am Montagmorgen, es war ihre erste Eigenmächtigkeit seit der Abreise ihres Vaters, hängte Alice Fliegenfängerstreifen an der Decke auf. Ihr Vater hasste Fliegenfänger. Schon bald trudelte, als sie ihren Tee trank, eine tote Schmeißfliege über ihr. Nach dem Frühstück trug sie das Geschirr zum Becken und ließ es im Spülwasser weichen. Auf einem Bord über der Spüle stand die Fotografie einer vorwurfsvoll blickenden Frau zwischen Mitte und Ende sechzig, deren Haar zu einem strengen Knoten gebunden war. Ihre Augen waren wie Alices Augen grau-grün gesprenkelt. Ein Mann hatte einmal zu Alice gesagt, ihre Augen seien das Meer bei Sturm, aber die Augen, die von dem Foto herabblickten, waren eingesunken und passiv. Arme Mammy.

Alice ging mit einem Becher Tee ins Wohnzimmer. Sie betrachtete sich im Spiegel. Die Zeit, die sie fort gewesen war, hatte ihr Falten und Schatten eingebracht, die mit jedem Jahr, das verging, tiefer wurden. Sie setzte sich aufs Sofa, dessen geblümter Bezug verblichen war von Staub und Sonnenlicht, und überlegte, was sie tun könnte. Sie hatte eine ganze Woche vor sich: einen wilden Westen der Freiheit, der auf die Salve aus Alices Waffe wartete. Da kam ihr die Erinnerung an ein Fitzelchen eines Morgens vor vielen Jahren: Barcelona und die Sonne, die durch einen Spalt in einem weißen Vorhang hereinfiel, Krümel gelber Madeleines, über ihren Frühstücksteller verstreut. Und danach die große Stadt, die in ihrer ganzen Pracht vor ihr schimmerte.

Hoffnung regte sich in ihr, spürte Alice, schwappte mit dem Tee durch ihren Leib. Sie wollte aus ihrem Leben davonfliegen, wie ein Ballon auf dem Jahrmarkt davonfliegt. Der Schweißhand des Lebens entgleiten und fortschweben. Sie sah auf ihre Armbanduhr. Ihr Vater, dachte sie, ging jetzt mit Olive am Strand spazieren, trat auf Blasen aus schwarzem Tang, hörte sie platzen. Die Zeit tickte. Alice stellte sich ans Fenster, sah auf die Main Street mit den vereinzelten grauen Gebäuden hinaus und fragte sich erneut, was sie mit dem Tag anfangen sollte, bis es ihr schließlich einfiel: Sie würde einen Schwung kleiner Rosinenkuchen backen und sie zu Marian mitnehmen.

»Es ist nicht immer alles nur schön, Alice. Du denkst vielleicht, da ist Marian mit ihrem wunderbaren Haus und ihrem wunderbaren Mann und dem neuen Fiesta vor der Tür. Tja, ehrlich gesagt, Alice, da du gefragt hast: Es ist nicht alles eitel Sonnenschein.«

Alice war sich ziemlich sicher, dass sie nicht gefragt hatte. Marian hatte ihr mit dem neuen Baby über der Schulter und dem Kleinen, der schon laufen konnte, an den Beinen die Tür aufgemacht. Jetzt drehte sie einen langsamen Walzer über die Küchenfliesen, ein Geschirrtuch unter dem Fuß, mit dem sie das Erbrochene des Säuglings aufwischte. Bei jeder Drehung tröpfelte noch mehr Erbrochenes aus dem Mund des Kleinen über ihre Schulter.

Durch die Verandatür zum Garten sah Alice das Sonnenlicht, das auf der silbernen Abdeckung des Grills tanzte und die gefirnisten Eichendielen wärmte. Es betonte die geschmackvollen Verandamöbel in Creme und Taupe und lag auf den Spätsommerblumen, die in Terrakottatöpfen blühten. Seit Marian Eugene geheiratet hatte, war ständig vom »Grillen« die Rede, von »Abendessen« und Verandaheizungen aus rostfreiem Stahl. Alice strich ihr neues Paillettentop glatt und wartete auf ein bewunderndes Wort Marians. Aber die verpasste heute ihre Einsätze und verpatzte ihren Text. Sie war stärker als sonst von den kleckernden Forderungen der Kinder beansprucht.

»Isser ein guter Junge? Isser das? Ja, das isser!« Marian beugte sich über das Baby auf dem Sofa, wechselte ihm die Windel. »Mam-amam«, sagte sie, drückte sich den pummeligen Fuß des Kleinen an die Lippen und tat, als wolle sie ihn essen. Der Kleine zappelte vor Wonne, krähte, und Marian knabberte an seinen Zehen und lachte ihn ebenfalls an. Alice füllte den Wasserkessel und suchte im Schrank nach einem sauberen Teller für die Rosinenkuchen. Sie ordnete sie in hübschen Kreisen an.

»Wo hast du die Teebeutel?«

Marian nahm den Fuß des Säuglings aus dem Mund und sah desorientiert zu ihr herüber, so als hätte sie Alice ganz vergessen. »Eugene will so was nicht im Haus haben«, sagte sie. »Karzinogen.«

»Teebeutel?«

»Ja, sogar die organischen. Ist das zu glauben?«

Marian legte das strampelnde Baby rücklings in den Laufstall, hob das größere Kind mit Schwung vom Boden hoch und setzte es neben das Baby. Sie überbrühte lose Blätter in einer Kanne und setzte sich Alice gegenüber an den Tisch.

»Danke für die Muffins.« Bei Marian waren es neuerdings immer Muffins. Rosinenkuchen sagte Marian jetzt, wo sie mit Eugene verheiratet war, nicht mehr.

»Daddy ist die Woche über weg«, sagte Alice.

»Hab ich gehört.«

»Ich dachte, da könnte ich auch was machen.«

Marian griff nach einem Karton Milch, goss sich ein paar Spritzer in ihren Tee. »Zum Beispiel?«

Alice zuckte mit den Achseln. »Weiß nicht. Jemanden kennenlernen.«

Marian seufzte, schob mit dem Zeigefinger Kuchenkrümel zusammen, steckte sie sich in den Mund. »Du meinst, einen Mann?«

Alice nickte.

»Das Problem mit den Männern hier, Alice, ist, die kennen dich alle.«

»Ich dachte, ich fahr vielleicht mal nach Dublin«, sagte Alice.

Marian schüttelte den Kopf. »Zu gefährlich.«

»Speed-Dating?«

»Zu viel Zeitverschwendung.«

Die Hoffnung, die Alice am Morgen durchströmt hatte, gerann in ihren Adern. »Ich könnte in einen Nachtklub gehen.«

»Du, allein?«

Marian sprach mit vollem Mund.

»Von einem Mädchen wird heute viel erwartet.« Sie warf Alice einen vielsagenden Blick zu. »Dinge, von denen du noch nicht mal gehört hast.«

Marian, dachte Alice, sprach, als wäre sie die Einzige in dieser Stadt, die Sex hatte. Sprach, als wüsste sie alles über Alice. Alice hätte Marian am liebsten erzählt, dass sie gestern Abend hinter dem Rathaus Sex mit einem Toningenieur hatte, der nicht von hier war und am ganzen Körper tätowiert. Hatte sie natürlich nicht. Gestern Abend war Alice im Sessel eingeschlafen und durchgefroren und völlig steif erst wieder aufgewacht, als es fast schon hell wurde, neben sich auf dem Tisch einen Becher abgestandenen Tee. In Wahrheit hatte Alice seit vier Jahren mit keinem Mann mehr geschlafen. Und Marian wusste wie alle anderen in dieser Stadt ja wirklich alles über Alice.

Alice war am Grund ihrer Tasse angekommen. Sie hatte Angst hinzuschauen, denn was, wenn die Teeblätter ein Muster bildeten? Sie hatte Angst, dass sie die Gabe womöglich auch hatte. Ihre Mammy hatte sie, und was hatte ihr es am Ende geholfen? Alice sah sich stattdessen lieber Marian an, die dunklen Ringe unter ihren Augen, das fettige Haar, das Erbrochene des Säuglings auf der Strickjacke. Sie sah mit plötzlicher Klarheit die traurige Ödnis des Verfalls ihrer Freundin und, ebenso klar, wie er ihren eigenen spiegelte. Die Sonne schwand, spürte sie, der Abend und die Küche rückten näher heran.

Ein voller Tag war ihr durch die Finger geronnen. »Hat Eugene irgendwelche Freunde?« Bei der Erwähnung Eugenes, dieses beigen, faden Mannes, blieb ihr ein Kuchenkrümel im Hals stecken. Nun schrien die Kinder, und Marian war wieder am Laufstall, einen quengelnden Säugling über der Schulter. Der andere Kleine begann zu würgen, und Marian bückte sich und nahm ihm eine Plastikkuh aus dem Mund. Als sie sich wieder aufrichtete, sagte sie: »Sie haben ein paar Neue in der Fußballmannschaft. Wir wollen morgen Abend alle zusammen bei uns grillen. Komm doch vorbei, mal schauen, was sich ergibt.«

Sie setzte sich wieder Alice gegenüber, das Baby auf dem Schoß. Stellte die Plastikkuh, die noch vor Spucke glänzte, zwischen sie beide auf den Tisch. »Es sind junge Kerle aus Limerick«, sagte sie. Ihr Augen wanderten vom weichen Flaum auf dem Kopf des Babys fort und hefteten sich auf Alice. »Die kennen hier niemanden.« Dann wanderten die Augen weiter und zur Verandatür hinaus in den Garten, wo eine heftige Brise die Blumen in den Terrakottatöpfen hin- und herwarf. »Ich meine nur«, sagte sie, »spiel deine Karten richtig aus. Besteht ja kein Anlass, denen zu sagen, wie alt du bist. Besteht kein Anlass, überhaupt irgendwas zu sagen.«

Die Kleinkinder nicht mitgezählt, waren sie bei Marians Grillabend zu sechst. Marian und Eugene standen auf der Terrasse und debattierten über rohe Würste. Einer der jungen Männer aus der Fußballmannschaft hatte seine Freundin mitgebracht, ein Mädchen von vielleicht achtzehn, dünn wie ein Windhund und mit Lippenpiercing. Am Terrassentisch saß Alice neben einem Mann namens Jarlath und schaute einer Wespe beim Ertrinken in einem Marmeladenglas zu. Jarlath war Ende zwanzig, höchstens dreißig. Sein Haar trat an den Schläfen einen frühen Rückzug an. Er hatte keinen Anhang mit, zumindest konnte Alice nichts feststellen. Unwahrscheinlich, hätte die arme Mammy vielleicht gesagt, dass der Ansturm auf ihn sehr groß war. Er war weder der attraktivste Mann der Welt noch der redseligste. Aber immerhin war er breitschultrig und groß, und Alice gefiel, wie er errötete, wenn er mit ihr sprach.

»Marian«, sagte Jarlath, »hat mir ja gesagt, du seist Lehrerin für irischen Volkstanz gewesen.«

Marian, dachte Alice, hat doch keinen Funken Verstand. Es mochte ja arglos wirken, aber Alice wusste aus Erfahrung, dass es bloß ein kurzer Sprung, eine Schussfahrt von Vokalen und Konsonanten war bis zu der Frage, warum sie nicht mehr Tanzlehrerin war. Einen Riegel vor ihre Vergangenheit schieben, das konnte sie nicht. Die Vergangenheit war eine offene Tür, und mehr als im Flur daran vorbeieilen war da nicht zu machen. Sie seufzte und rückte mit dem Stuhl näher an Jarlath heran, so dass ihre Schenkel sich streiften. »Genug über mich«, sagte sie.

Am Nachmittag hatte Alices Vater aus West Cork angerufen und Alice daran erinnert, die Mülltonne rauszustellen und sich arbeitslos zu melden, obwohl Alice schon seit Jahren arbeitslos gemeldet war. Am Ende des Abends fragte Jarlath nicht nach ihrer Telefonnummer, aber Alice schrieb sie auf eine Serviette und gab sie ihm trotzdem.

Die nächsten beiden Tage saß Alice in der Küche, trank Tee und wartete. Die toten Fliegen auf den Fliegenfängern vermehrten sich. Mit einem Geschirrtuch staubte sie die Fotografie ihrer Mutter ab. Arme Mammy. Sie hatte schnell abgebaut, während Alice weg war, das hatten alle gesagt. Alice war zu einer Frau zurückgekehrt, die nur noch ein Strohhalm war. Lungenentzündung stand auf dem Totenschein. Ebenso gut hätte »Alice« draufstehen können.

Am Donnerstagnachmittag läutete das Telefon. Es war Alices Vater, der ihr auftrug, für Sonntag ein Stück Speck beim Fleischer zu bestellen, nicht zu groß und nicht zu fett. Jarlath hatte sich immer noch nicht gemeldet. Am Donnerstagabend legte Alice Rouge und Lippenstift auf, zog das Paillettentop mit dem tiefsten Ausschnitt an und wartete vor dem Fußballplatz. Jarlath erstarrte, als er sie sah. Für einen quälenden Moment sah es so aus, als wolle er einfach weitergehen, doch dann kam er herüber und blieb wortlos vor ihr stehen, und Alice tat den Rest.

Im Halbdunkel von Jarlaths Schlafzimmer legte Alice sich auf den Rücken. Sie sah einen großen, wie eine Amöbe geformten Fleck an der Decke und einen orangen Verkehrsleitkegel auf dem Schrank. Die beiden jungen Männer im Erdgeschoss, mit denen Jarlath sich das Haus teilte, hatten die Musik lauter gestellt. Jarlath legte sich neben sie, die Jeans noch um die Knöchel. Die Musik unten verstummte, und für eine Weile war es bis auf ein vorüberfahrendes Auto ganz still. Alice überkam ein unbezwingbarer Rededrang.

»Ich war eine Zeitlang weg.«

Jarlaths Finger pausierten beim Abstieg über ihren Körper und erhoben sich wartend oberhalb ihres Nabels. »Urlaub?«

Alice drehte sich auf die Seite, ihm entgegen. »Jarlath«, sagte sie. »Hast du schon mal etwas getan, was du hinterher wirklich bereut hast?«

Jarlath hob die Schultern und schwieg.

»Als ich noch Tanzlehrerin war«, sagte Alice, »habe ich mich einmal in den Vater einer Schülerin verliebt. Er wohnte in einem der großen Häuser auf der anderen Seite des Flusses. Seine Frau wohnt immer noch dort.«

Die gedämpften Geräusche des Spätsommers drangen durch die Vorhänge herein: das hohe Kläffen kleiner Hunde, das Summen der Motorsensen, die schrillen Paarungsschreie von Teenagern.

»Ich dachte, es sei Liebe«, sagte Alice. Sie lachte, aber das Lachen prallte von den Zimmerwänden ab und kehrte wie ein Bumerang zu ihr zurück. »Einmal ist er mit mir übers Wochenende nach Barcelona gefahren.« Sie stützte sich auf die Ellbogen. »Warst du schon mal in Barcelona?«

Jarlath schüttelte den Kopf. Er war fast unmerklich im Bett von ihr abgerückt und zog sich die Hose hoch.

»Da musst du mal hinfahren«, sagte Alice. »Es ist wunderschön.« Sie sah zu, als Jarlath sich in seine Jeans zwängte, am Reißverschluss zerrte. Vorher, beim Sex, hatte sie ihn überrascht mit ihrem Elan. Marian wäre beeindruckt gewesen. »Als er es beenden wollte«, sagte Alice, »bekam ich Panik. Ich sagte, ich würde es seiner Frau erzählen.«

Es wurde spät, die Dunkelheit breitete sich weiter im Zimmer aus. Jarlath setzte sich auf die Bettkante, schnürte sich die Schuhe zu. Jedes Wort, das Alice aus dem Munde quoll, schluckte ein wenig mehr von dem Restlicht, aber sie konnte sich nicht bremsen.

»Natürlich hätte ich es nie seiner Frau erzählt.« Ihre Augen folgten Jarlath, als er sein Hemd vom Boden aufhob. »Er hat es mir aber geglaubt. Er hat mir zehntausend gegeben, damit ich den Mund halte.«

Jarlath hielt beim Zuknöpfen inne. »Zehntausend?«

Alice nickte. »Ich bin mit meiner Mutter nach London gefahren, ihren Bruder besuchen, ich hab mir ein anderes Auto gekauft und neues Linoleum für die Küche. Dann habe ich mehr von ihm verlangt.«

»Hat er bezahlt?«

»Er hat zwei Jahre lang bezahlt, dann ist er zur Polizei gegangen.«

Jarlath stand am Fußende des Betts. Hinter ihm hing ein mit Graffiti beschmiertes Radiohead-Poster an der Wand, die Ränder eingerissen. Mit dem erhitzten Gesicht und den schweißfeuchten Haaren wirkte er in seinem Schlafzimmer viel jünger als bei dem Grillabend.

»Und wie ging es weiter?«

»Ich kam ins Gefängnis«, sagte Alice. »Es stand überall in der Zeitung. Meine arme Mammy hat das schwer getroffen; sie dachte, ich sei noch Jungfrau.«

Jarlath scharrte mit den Füßen auf dem Teppich und sah weg. Er tat Alice leid.

»Seine Frau hat er sowieso verlassen«, sagte sie. »Im ersten Sommer, den ich weg war, ist er mit einer Portugiesin durchgebrannt, die im Hotel gearbeitet hat.«

»Wo ist er hin?«

Alice hob die Schultern. »Irgendwo weit weg.«

Jarlath kam zu ihrer Bettseite herum, beugte sich herab und umarmte sie. Es war eine ungefährliche, mitfühlende Umarmung, so, wie ihre Cousine Olive sich wahrscheinlich von ihrem Vater verabschiedete, wenn sie ihn am Sonntagvormittag in den Bus nach Hause setzte. Jarlath berührte sie an der nackten Schulter. »Pass auf dich auf«, sagte er.

Alice sah zu, als Jarlath sein Jackett anzog und sich zum Verlassen seines eigenen Hauses fertig machte. Sie hatte zu viel gesagt, das war ihr klar, Marian würde die Augen verdrehen und wütend werden, auch das war ihr klar, aber nun gab es kein Halten mehr. Sie setzte sich im Bett auf, drückte sich die Decke an die Brüste. »Ich bin 45«, sagte sie.

Der Koffer ihres Vaters steht wieder im Flur, wartet darauf, ausgepackt und bis zum nächsten Mal in einem Jahr oder vielleicht zweien unter der Treppe verstaut zu werden. Die Fliegenfänger hat Alice alle abgenommen. »Tee, Daddy?« Sie schenkt ihrem Vater eine Tasse ein, stellt sie zu der Handvoll bunter Tabletten auf die Untertasse. Doch ihr Vater ist auf den Beinen, streift mit einer zusammengerollten Zeitung durch die Küche. »Mistviecher«, ruft er, »elende.« In die Falten der Vorhänge kommt Bewegung, Gemurmel erhebt sich in der feuchten Küchenluft. An sämtlichen Fensterscheiben steigen samtig und dunkel Schmeißfliegen auf, entbieten dem Leben und dem Sommer einen letzten wilden Gruß. Und sie summen und schwirren und schlagen mit ihren feinen Flügeln an das Glas.

DIE REIHER AM FLUSS

Er zog Handschuhe an und schob den Eiskratzer über die Windschutzscheibe. Eispartikelwölkchen stiegen auf, legten sich auf die Motorhaube des Wagens. Es war noch dunkel, die Sonne ging aber schon auf und tönte die weißen Felder rosa. Rings um ihn herum war das Land fest gefroren und still, das Gras in dem Graben, der ihr Grundstück von der Nachbarfarm trennte, war spröde und silbern. In der Ferne sah er die Baumreihe, die den Fluss flankierte, die Äste mit feinem Schnee bepudert. Ein Reiher stand an dem kleinen Zierteich und hackte mit dem Schnabel in die gefrorene Wasserdecke. Am vergangenen Samstag war Cathy in die Stadt gefahren und mit einem halben Dutzend Kois, die einen bronze- und teebraun, die anderen grau, zurückgekommen. Er hatte zugesehen, wie sie die benommenen, verdutzten Fische in den Teich gleiten ließ. Er ließ den Eiskratzer fallen und klatschte in die Hände, und der Reiher erhob sich in die Luft und flog davon.

Das Haus hatte Dachgauben, war nach Süden ausgerichtet, zum Fluss, und stand in einer Senke des Felds. Von der Zufahrt, auf der er stand, sah es wie Weihnachtsschmuck aus mit dem Frost, der auf dem Dach glitzerte, und den feucht angelaufenen Rändern um die erhellten Fenstervierecke. Cathy ging im Morgenmantel, Gracie an der Hüfte, in der Küche herum und machte Frühstück.

»Hast du ein bisschen schlafen können?«, hatte er sie vorhin gefragt.

»Ja«, sagte sie, »viel«, aber er hatte gemerkt, dass sie nachts aus dem Bett geschlüpft war, hatte ihre Füße auf den Dielenbrettern gehört, als sie nach unten ging. Er wusste, dass sie mit Martha telefonierte, ihrer Schwester, die in Castleisland wohnte. Was Martha von diesen nächtlichen Anrufen hielt, wusste er nicht. Mit ihm sprach Martha nur, wenn es unumgänglich war, weil es um Cathy oder Gracie ging, und auch dann nur widerwillig, und einmal im Monat schickte sie einen Scheck für die Krippengebühr.

Er kratzte die Windschutzscheibe vollständig frei, ließ den Motor laufen, damit sich der Wagen erwärmte, und ging wieder ins Haus. In der Diele zog er die nassen Handschuhe aus und legte sie zum Trocknen auf den Heizkörper. Seine Frau und seine Tochter sangen in der Küche *Incy Wincy Spider*. Er schaute ihnen durch die Tür zu, die Gestalten durch das Wellenglas verzerrt. Cathy kochte Porridge. Sie hatte den Löffel über den Topf gelegt und ging tänzelnd in die Hocke, ihr Morgenmantel umhüllte Gracie wie ein Zelt. Gracie jauchzte und wand sich heraus, kroch dann aber gleich wieder darunter und zog den Morgenmantel eng um sich, steckte den Kopf durch einen Spalt zwischen zwei Knöpfen und kicherte. Er war kaum in die Küche hineingegangen, da spürte er, dass etwas schwand, so wie Luft leise zischend durch ein Loch entweicht.

Cathy stieg über ihre Tochter hinweg und gab ihm einen Kuss auf die Wange. Dunkle Ringe lagen unter ihren Augen. Sie nahm seine Hände in ihre und rubbelte sie sacht, runzelte die Stirn, weil sie so kalt waren.

»Schlimm?«, sagte sie mit einer Kopfbewegung in Richtung Fenster.

»Schlimm genug. Du musst aufpassen, wenn du nachher zur Krippe fährst.«

»Bis dahin hat es getaut. Möchtest du Kaffee?«

Er schüttelte den Kopf. »Ich trink einen im Büro.«

Gracie kam durch die Küche getrippelt, holte sich ihre Mutter zurück. Cathy hob sie hoch, und sie hängte sich wie eine Klette an ihren Hals. Auf dem Kochfeld blubberte der Porridge im Topf. »Ich mach das«, sagte er, als Cathy sich umwandte. »Du setz dich mal.«

Er goss Porridge in zwei Schüsseln und trug sie an den Tisch. Cathy ließ Gracie, die strampelnd protestierte, in ihren Hochstuhl hinab und legte ihr den Gurt an. »Martha hat gefragt, ob wir für ein paar Tage zu ihr kommen wollen«, sagte sie.

Er zog sich einen Stuhl neben ihr heraus. »Wann?«

»Sie meinte, nächste Woche wäre gut. Da findet ein Festival statt, und von den Cousins sind auch einige da.« Sie rührte ein wenig Milch in den Porridge und pustete sacht auf den Löffel, bevor sie ihn Gracie an den Mund führte. Das Kind presste die Lippen zusammen und verdrehte den kleinen Körper so weit, dass er von der Mutter abgewandt war.

»Ich weiß nicht«, sagte er. »Es gefällt mir nicht, dass du dort allein auf dich gestellt bist.«

»Wir sind nicht allein, wir sind bei Martha.« Cathy umfasste Gracies Kinn und drehte es behutsam zum Löffel zurück. »Du könntest am Wochenende nachkommen und ein paar Tage bleiben.«

»Hat Martha das vorgeschlagen?« Er wusste, was Martha von ihm hielt. Es war dasselbe, was er auch von ihr hielt.

»Du weißt doch, sie sagt immer, wir sollen sie besuchen kommen.«

Du, dachte er gerade, sie sagt immer, du sollst sie besuchen kommen, als Gracie einen Mundvoll Porridge heraussprudelte, den sie in der Wange zwischengelagert hatte. Cathys Hand flog hinüber und fing die Ladung mit dem Löffel auf. Ihr eigener Porridge, noch unangerührt, verfestigte sich zu einer kalten grauen Scheibe.

»Hier«, sagte er und griff nach dem Löffel. »Lass mich das machen, iss du mal dein Frühstück«, doch sie schüttelte den Kopf.

»Ich schaff das schon«, sagte sie, »außerdem musst du zur Arbeit.«

Er stand auf und trat ans Fenster. Draußen wurde es von Osten her hell. Im Garten ragten die Stiele der unbelaubten Pflanzen auf wie spitze Stacheln, und ein Hügel aus vergorenem Rasenschnitt lehnte mit weißer Haube am Zaun. Gracies Dreirad, das über Nacht draußen gestanden hatte, war ebenfalls von Reif überzogen, durch den hier und da lila Stellen hervorbrachen.

Es war an einem Morgen wie diesem gewesen, eine weiße Stille lag über den Feldern, als sie dieses Grundstück gefunden hatten. Sie waren am Abend zuvor aus Dublin hergefahren, die einzige Unterkunft ein B&B in einem zehn Meilen entfernten Dorf, in dem er unter dünnen Laken und harten Decken behutsam mit Cathy geschlafen hatte. Sie befand sich in einem frühen Stadium der Schwangerschaft, und er hatte sich mit neuer Zurückhaltung in ihr bewegt, voller

Angst, dem Baby zu schaden, ohne zu begreifen, wie ungefährdet, wie besonders geschützt seine Tochter zu der Zeit war. Am nächsten Vormittag, als sie sich mit dem Makler am Feld trafen, wellte sich das hügelige Farmland um sie herum wie die weißen Falten eines mit Frostglitzer besetzten Hochzeitskleids. Kleine dunkle Vögel, das Gefieder aufgeplustert zum Schutz vor der Kälte, stoben aus den Hecken hervor.

»Hast du schon jemals so etwas Schönes gesehen?«, hatte Cathy geflüstert. »Es ist wie Narnia.«

»Glaubst du, du könntest hier leben?«, hatte er sie, wie er noch wusste, gefragt, als sie hinter dem Makler her zu der Stelle an dem Sträßchen liefen, wo sie ihr Auto abgestellt hatten. »Ja«, hatte sie geantwortet, »ja, das glaube ich.«

Beim Blick auf seine Armbanduhr stellte er fest, dass es kurz vor acht war. Er ging zum Tisch zurück, um Cathy einen Kuss zu geben, und als sie ihm das Gesicht entgegenhob, glitt Porridge von ihrem Löffel und fiel auf das Tablett des Hochstühlchens. Nach genauer Betrachtung stupste Gracie die Finger hinein und verteilte ihn in Kreisen über das ganze Tablett. Cathy zuckte nur mit den Achseln und wischte den Brei mit dem Ärmel ihres Morgenmantels ab. Manchmal fand er es morgens schlimm, wie beflissen sie ihm alles recht machen wollte, wie durchsichtig ihr Bemühen war, die Glückliche zu spielen. Heute kam sie ihm entspannter vor, fröhlicher, das Lächeln beim Abschied weniger forciert.

Aber als er wenige Minuten später in seinem Auto saß, den Schlüssel im Zündschloss, trat sie aus der Haustür. Kam in dünnen Stoff-Hausschuhen über die kiesbestreute Zufahrt gestakst, die Arme zum Schutz vor der Kälte um den Körper geschlungen.

»Du musst doch diesen Monat nicht nach Manchester fahren, oder?«, sagte sie, als er das Fenster herunterkurbelte.

»Nein«, sagte er, »ich glaube nicht«, und sah ihr die Erleichterung im Gesicht an, als sie ihm bedeutete, er solle fahren.

Er rollte durch das Tor und den Weg entlang, zerbrach die dünnen Eishäutchen, die sich über Pfützen gebildet hatten, und bog auf die Hauptstraße ein. An der Twomey-Brücke ruhten ein verbogener Kotflügel und ein Seitenteil im Graben, beinweiß wie Skelette an einer alten Seidenstraße, eine Mahnung an andere Reisende. Sein Telefon lag auf dem Armaturenbrett. Er legte es gern so ab, dass er es im Blick hatte, obwohl er wusste, dass es nicht läuten würde. Sobald er auf der Straße am Fluss war, hatte er sowieso keinen Empfang mehr, erst auf der zweispurigen Landstraße wieder. Die Straße am Fluss war eine Pforte zwischen zwei Welten: seinem Zuhause auf der einen Seite und der Stadt auf der anderen, in der Mitte ein Niemandsland außerhalb von Raum und Zeit, in dem seine Frau und seine Tochter für ihn nicht erreichbar waren.

Nebel stieg vom Fluss auf, waberte geisterhaft durch kahle schwarze Bäume. Die Reiher, die an seinem Ufer lebten, waren in voller Stärke angetreten. Reglos standen sie auf spindeldürren Beinen, die langen, gebogenen Hälse nach vorn gestreckt, als seien auch sie, wie die Bäume und das Gras, durch den Frost steif geworden. Die Straße war holprig und uneben. Jedes Frühjahr schickte der Council Männer und Maschinen mit ganzen Lastwagenladungen Asphalt los, um eine neue Straßendecke zu legen. Und jeden Winter riss der Fluss sie wieder weg, so dass davon, wenn es Februar geworden war, nichts mehr übrig war als ein unbefestigter Weg.

Sein Büro befand sich in einem nüchternen Gebäude aus den siebziger Jahren in der Innenstadt. Ein paar Stufen, mit Kaugummi gesprenkelt und reichlich mit Bleiche übergossen, führten in ein mit Reklame für diverse Finanzprodukte vollgehängtes Foyer. Er sah Cahill, seinen Manager, der im Vorraum vor den Aufzügen wartete, und beschloss, die Treppe zu nehmen. Cahill verlor, das war ihm klar, allmählich die Geduld. Er hatte bereits erwogen, mit ihm zu sprechen, aber nie den richtigen Zeitpunkt dafür gefunden, und nun war es womöglich zu spät. Vor kurzem war ihm aufgefallen, dass Cahill ihm gegenüber einen anderen Ton anschlug, und wenn sie sich im Korridor oder in der Kantine begegneten, wandte Cahill den Blick meist ab.

Sein Arbeitsplatz befand sich im vierten Stock, in einem langen, rechteckigen Raum mit verglaster Frontseite. Glas trennte auch das Großraumbüro vom Treppenhaus und der Mitarbeiterkantine. Er schaltete seinen Computer ein und sah, dass Cahill ihn auf den Verteiler für eine E-Mail zu der für die folgende Woche geplanten Reise nach Manchester gesetzt hatte. Er klickte auf »Antworten«, tippte zwei Sätze und hielt inne. Starrte eine Weile auf den Bildschirm, ohne weiterzuschreiben, und speicherte die Antwort unter »Entwürfe« ab, um sie später fertig zu schreiben.

Er machte sich in der Kantine einen Becher Kaffee und ging damit an den Schreibtisch zurück. Die Frau in der Nische nebenan reckte den Kopf über die Trennwand. »Cahill hat Sie gesucht«, sagte sie mit der eintönigen Lispelstimme, die ihm so auf die Nerven ging, und arbeitete weiter, künstliche

Nägel, die klick-klack über die Tastatur trippelten. Er öffnete seine E-Mails und setzte seine Antwort an Cahill fort. Las durch, was er geschrieben hatte, fügte noch ein, zwei Worte hinzu, schloss die Mails und begann mit etwas anderem.

Um 11:35 läutete sein Handy. Es war Martha. »Ich mache mir Sorgen.«

Er hatte Martha schon zigmal gesagt, dass er in einem Großraumbüro arbeitete.

»Bleib dran«, sagte er, stand auf und ging in die Lobby hinaus. Er sah Martha am anderen Ende der Leitung förmlich vor sich, die Wangen tief eingezogen vor Entrüstung, weil sie warten musste, und an den Knöpfen ihrer Strickjacke zupfend, als hätten sogar die sie beleidigt. Zwischen den Fahrstühlen und dem Schrank mit den Putzmitteln befand sich eine schmale Nische. Wenn er sich fest an die Wand drückte, hatte er entdeckt, sah er durch das Glas seinen Arbeitsplatz, konnte selbst aber nicht so leicht gesehen werden.

»Okay«, sagte er, »leg los.«

»Ist dir in letzter Zeit nichts aufgefallen?«

»Nichts, worüber sich zu sprechen lohnt.«

»Das heißt, dir ist doch etwas aufgefallen.«

Wie konnte es sein, überlegte er, dass zwei Menschen, die alle beide Cathy liebten, einander so sehr verabscheuten. »Sie geht nicht mehr joggen«, sagte er, »aber das liegt vor allem am Wetter.«

»Sonst noch etwas?«

Vor seinem geistigen Auge wurde Marthas Gezupfe heftiger, ein Knopf sprang von der Jacke ab und rollte über den Küchenboden. Er schloss die Augen und holte tief Luft. Er war im Begriff, Verrat an seiner Frau zu üben. »Sie hat ihre Medikamente weggelassen, aber nur zweimal. Und sie ist müde, aber Gracie ist in letzter Zeit auch etwas mühsam.«

Nach kurzem Schweigen sagte Martha: »Gracie ist heute nicht in der Krippe.«

»Woher weißt du das?«

»Ich hab in der Krippe angerufen, da haben sie es mir gesagt.«

»Du hattest keine Veranlassung, dort anzurufen.«

»Ich rufe ständig dort an«, erwiderte Martha, »einer muss es ja tun. Weißt du, dass sie vorige Woche zweimal vergessen hat, Gracie abzuholen? Sie mussten sie anrufen, als sie nicht auftauchte.«

»Sie hat sich bestimmt nur verspätet«, sagte er, »und verspätet ist nicht vergessen.«

»Sie kam über eine Stunde zu spät. Und gestern, als sie Gracie frisch gewindelt haben? Ihr Kleid war völlig verdreckt. Verdreckt, und die eine Seite ausgefranst, und sie hatte nicht einmal ein Unterhemd an.«

Er lehnte die Stirn an die Seite des Vorratsschranks, atmete den Geruch von Bleiche und Desinfektionsmitteln ein. Bis zur letzten Kleinigkeit war seiner Frau alles, was ihr eigen war, entrissen und unter einem brutalen künstlichen Licht offengelegt worden; jedes Versäumnis wurde vor einen Jahrmarktsspiegel gezogen, vergrößert und verzerrt, bis noch das kleinste Versehen zum Vorzeichen für eine Katastrophe geworden war. »Das haben die dir alles gesagt?«, sagte er. »Dazu hatten sie kein Recht. Das ist privat.«

»Es ist mir scheißegal, was bei euch privat ist. Deine

Tochter ist heute nicht in der Krippe, darüber solltest du dir Gedanken machen.«

Über den Schrank hinweg sah er Cahill, der sich durch das Gewirr der Bürobuchten schlängelte und seinen Schreibtisch ansteuerte. Cahill legte die Hand auf die Lehne des leeren Stuhls und blickte sich um.

»Hörst du mich?«, sagte Martha.

»Sind sie sicher, dass sie nicht in der Krippe ist?«

»Natürlich sind sie sicher, sie führen Anwesenheitslisten, tragen die Kinder ein und aus. Deine Tochter ist nicht da.«

Cahill, sah er, beugte sich über den Schreibtisch und kritzelte etwas. »Ich ruf Cathy gleich an«, sagte er.

»Glaubst du, das hätte ich nicht schon probiert? Ich ruf die letzte Stunde dauernd an.«

»Vielleicht ist sie oben, vielleicht hat sie das Telefon nicht gehört. Manchmal steigt sie in die Wanne, wenn Gracie in der Krippe ist.«

»Ich sage dir doch«, sagte Martha, und vor seinem geistigen Auge wurden ihre Knöchel weiß, so fest umklammerte sie den Telefonhörer, »Gracie ist nicht in der Krippe.«

»Ich geb ihr noch zehn Minuten und probier's dann.«

»Schön, gib mir Bescheid, wenn du etwas erreicht hast.«

»Mach ich«, sagte er, »und, danke, Martha«, aber sie hatte aufgelegt.

Er wählte Cathys Handy, aber da meldete sich die Mailbox. Bei der Festnetznummer läutete es ewig. Als er zu seinem Schreibtisch zurückkehrte, tauchte wieder die Frau von nebenan über der Trennwand auf. »Cahill«, sagte sie und wies auf den gelben Zettel, der an seinem Bildschirm klebte. Er zog ihn ab und las ihn. Er sollte die Zahlen vom letzten

Monat zu der Mittagsbesprechung wegen Manchester mitbringen. Er knüllte den Zettel zusammen und warf ihn in den Papierkorb. Wählte noch einmal Cathys Nummer. Erwog, bei der Krippe anzurufen und nachzufragen, ob Gracie inzwischen eingetroffen war, entschied sich aber dagegen.

Er ging über die Treppe in den dritten Stock, um ein paar Unterlagen zu holen, und sah, als er zurückkam, dass er einen Anruf von Martha verpasst hatte. Sein Blick wanderte durch das Büro. Cahill stand ein Stückchen entfernt und sprach mit einem IT-Mitarbeiter. Er ging noch einmal in die Lobby hinaus, wählte Marthas Nummer und, als niemand ranging, Cathys. Als sie das Telefon nach wie vor nicht abnahm, ging er an seinen Arbeitsplatz zurück, zog die Jacke von der Stuhllehne und verließ das Büro.

Er fuhr zur Stadt hinaus, vorbei an Touristen, die bibbernd das Kriegerdenkmal umstanden, vorbei an dem Park, wo Mütter mit Hüten und Schals sich plaudernd über Buggies beugten, und fuhr bei der nächsten Einfahrt auf die zweispurige Landstraße auf. Kurz nachdem er auf die Straße am Fluss abbog, rief Martha an, aber die Verbindung war instabil, erst durchsetzt von Rauschen und danach völlig tot. Es regnete zwar nicht, aber von den Ästen der Bäume platschten permanent dicke Tropfen auf die Windschutzscheibe. Die Natur hatte eine Kehrtwende gemacht: Es hatte zu tauen begonnen, und wenn das Tauen einmal anfing, konnte nichts es aufhalten. Der Frost schmolz von den Bäumen längs des Flussufers und legte abgefetzte Plastikstreifen und anderen Müll frei, den das Hochwasser um die Stämme gewickelt hatte. Ein Entsilbern hatte eingesetzt: Das Weiß zog sich zurück, wich schmutzigen Brauns und moderigen Grüns. Von einem niedrigen Ast hing eine mit Flusswasser gefüllte Tüte schwer herab. Er musste an einen Sommer auf dem Bauernhof seiner Großeltern denken, als er noch ein Kind war und am Bachrand einmal eine Tüte gefunden hatte, einen verknoteten wassergefüllten Beutel. Beim Öffnen fand er ein halbes Dutzend schleimiger, unbehaarter Welpen, die Augen fest geschlossen.

Im vergangenen November gab es einen Vorfall, den er Martha verheimlicht hatte. Cathy hatte ihn ihr wohl ebenfalls verheimlicht, denn wenn Martha davon wüsste, würden Cathy und Gracie jetzt in Castleisland leben und er in dem Haus oberhalb des Flusses ganz allein. Eines Abends hatte er beim Heimkommen die Haustür offen vorgefunden, Blätter wehten durch den Flur. »Cathy?«, rief er und stellte die Aktentasche ab. In der Küche war eine Tüte Mehl ausgeleert worden. Gracie saß, nur mit einer Windel am Körper, unter dem Tisch, kratzte mit einer Gabel Marmelade aus einem Glas und schmierte sie auf den Boden. Sie war ganz vertieft, und bis auf das Geräusch, mit dem die Gabel auf die Fliesen aufschlug, war es in der Küche völlig still. Erst als sie aufblickte und ihn sah, brüllte sie los. »Wo ist Mummy?«, sagte er probeweise, nahm sie hoch und ging von Zimmer zu Zimmer, aber das Kind hatte nur noch lauter geweint.

Er zog ihr Sachen an, die er aus dem Wäschekorb nahm, und holte eine Taschenlampe unter der Treppe hervor. Cathys Handy lag auf dem Küchentisch, ihr Auto stand auf der Zufahrt. Zuerst durchsuchte er den Garten, im Eiltempo, denn er rechnete nicht damit, Cathy dort zu finden. Der Schuppen war, als er nachsah, wie üblich von außen abgesperrt. Gracie hatte, abgelenkt von der Neuigkeit, im Dunkeln draußen zu sein, zu weinen aufgehört. Sie trippelte vor ihm her, immer dem Lichtkreis der Taschenlampe nach, hüpfte hinein, kiekste, wenn er ihr unter den Füßen entglitt. Er stieg über den Graben auf das Nachbargrundstück, hob anschließend Gracie hinüber. Setzte sie sich auf die Schultern und stützte sie mit einer Hand, während er mit der anderen den Lichtkegel über das schattige Gras schwenkte. So schritten sie von Feld zu Feld.

Von der Farm aus überquerten sie die Straße zu dem sumpfigen Streifen Land neben dem Fluss. Nachts war die Landschaft verändert: Der weiche Boden saugte an ihren Schuhen, die Luft surrte von kleinen Mücken. Als sie sich dem Fluss näherten, bemerkte er vor ihnen Bewegung, dunkle, klobige Gestalten dicht neben den Bäumen. Es war eine Rinderherde, die weißen Flecken ihres Fells traten wie Erscheinungen aus der Dunkelheit hervor. Die Tiere standen im Kreis, die Köpfe gesenkt, Atemwölkchen stiegen aus ihren Nasen auf. »Muh!«, rief Gracie, »muh-muh!«, und als die Tiere schwerfällig zur Seite trotteten, gaben sie den Blick auf Cathy frei, die auf einem Futtertrog aus Metall saß, die Erde rings um sie von Hufen zu breiigem Schlamm zerstampft. Cathy hatte einen Rock, eine kurzärmelige Bluse und Pantoffeln an, und als er näher kam, sah er, dass ihre Arme und Beine von Dornen zerkratzt waren und dass sie aus einer Schnittwunde am Knöchel blutete. Sie sah zu ihm hoch und wandte sich dann ab. Später am Abend, nachdem er sie gebadet und ihre Wunden mit Jod betupft, sie ins Bett gebracht und ihr Gracie, die eingeschlafen war, in die Armbeuge gelegt hatte, wollte sie ihn immer noch nicht ansehen.

Bei der Fahrt durch Lindon's Cross kam er ins Schleudern und überfuhr die Mittellinie, bevor er den Wagen wieder in die Gewalt bekam. Ein Reiher breitete die Flügel aus und erhob sich in die Luft, flog tief zwischen den Bäumen hindurch und über die Straße. Der Vogel flog so dicht an ihm vorüber, dass er fürchtete, er würde an die Windschutzscheibe schlagen, doch er stieg wieder höher und flog, ein stummer Vorreiter, für einen Moment vor dem Wagen her, bevor er noch weiter aufstieg, höher, als man es einem Vogel dieser Größe zugetraut hätte, und hinter einer Baumgruppe verschwand. Er führte die Hand ans Gesicht und merkte, dass er weinte. Wenn er nach Hause kam und sie unversehrt waren, würde er sie nie wieder verlassen. Er würde bei ihnen bleiben, würde nicht ins Büro fahren, da konnte Cahill machen, was er wollte. Es war nicht mehr wichtig, was Cahill dachte oder nicht dachte; es war nichts vorstellbar, was noch unwichtiger gewesen wäre als Cahill. Sie würden das hinkriegen, er würde eine Lösung finden, er würde mit Martha sprechen.

Als er auf die Zufahrt einbog, sah er, dass der Boden rings um den Teich aufgeworfen war. Dicke Brocken roter lehmiger Erde waren aus dem Rasen herausgehackt, unter den Hauben aus weißen Grasspitzen vom Grün der Halme durchzogen. Etliche Holzpfähle aus dem Schuppen lagen jetzt in einem Haufen neben einer Spitzhacke und einer Rolle Maschendraht, die die Bauarbeiter dagelassen hatten. Er hielt an und stieg aus. Der eigentliche Teich war ein Chaos aus Erde und Gras, zu schlammig, als dass man noch Fische hätte erkennen können. Ein Teil der Betonumrandung war aufgebrochen, die Erde daneben überschwemmt von langsam versickerndem Wasser. Er blickte zum Haus hinüber und sah, dass Cathys Auto nicht da war.

Das Geräusch seines eigenen Atems drang in sein Bewusstsein, das Klopfen und Rütteln des zur Ruhe kommenden Motors. Er hatte das Empfinden, unter Wasser zu sein, sich einer riesigen, saugenden Flut entgegenzustemmen. Und dann kam Gracie um die Hausecke gewackelt. Sie bahnte sich den Weg über die Wiese, glitt auf nassem Gras aus, fiel hin, stand wieder auf. Sie hatte ein rotes Kleid mit rosa Puffärmeln an, dessen Gürtel sie umflatterte, und dazu ihre Tinker-Bell-Sandalen. Er rannte zu ihr, riss sie auf seinen Armen in die Höhe, das Kind, von dem er heute Morgen weggefahren war, das Kind, dessen Schutz vor allem und jedem seine Aufgabe war. Er drückte seine Tochter fest an sich, so fest, dass ihr Geplapper von seinem Hemd gedämpft wurde. Als er die Wange von ihrem Haar hob, kam Cathy durch den Garten auf sie zu, in der einen Hand eine Sandale, die Gracie beim Hinfallen verloren hatte.

»Warum bist du zu Hause?«, sagte Cathy. Sie trug Gummistiefel und ein Kleid, das sie sich für die Hochzeit einer Cousine im Jahr zuvor gekauft hatte, ein Sommerkleid aus hauchdünnem Stoff mit einem Muster aus blauen und gelben Papageien. Das Kleid hing jetzt viel lockerer an ihrem Körper, das Schlüsselbein stach deutlich hervor, so als könnte es die Haut durchbohren.

»Ich habe eine Akte vergessen«, sagte er.

»Da hast du dir ja den richtigen Tag ausgesucht«, sagte sie, »wo die Straßen so schlecht sind. Wir sind gar nicht erst in die Krippe gefahren, was, Gracie? Wir sind bis zum Ende des Wegs gefahren und gleich wieder umgekehrt.«

»Wo ist dein Auto?«

Sie schob ihrer Tochter die Sandale an den Fuß, schloss die Schnalle. »Das steht hinter dem Schuppen. Ich hab die Pfähle damit transportiert, die waren zum Tragen zu schwer.«

Gracie entwand sich seinen Armen und trippelte zum Teich. »Arme Fischi«, sagte sie. Kniete sich auf die Betoneinfassung und tauchte den Arm ins Wasser, durchnässte den Ärmel ihres Kleids bis zur Schulter. Zog einen toten grauen Fisch hervor, hielt ihn am Schwanz fest und schwenkte ihn hin und her wie ein Pendel.

»Wieder dieser verdammte Vogel«, sagte Cathy. Sie nahm ihrer Tochter den Fisch aus der Hand und legte ihn ins Gras. »Wir haben ihn durchs Fenster gesehen und sind rausgerannt.« Sie zeigte auf eine klaffende Wunde am Hals des Fischs, direkt unter den Kiemen. »Er hat ihn fallen lassen, aber wir kamen zu spät. Zwei fehlen noch. Vielleicht drei.«

»Böse Vogel«, sagte Gracie, »ganz böse Vogel«, und stampfte mit dem Fuß auf.

Er wollte einwenden, dass es Winter war, dass der Vogel nur tat, was er immer tat, was er tun musste. Dass es für die arglosen Kois von Anfang an hoffnungslos gewesen war in dieser Ödnis, in der sogar die Fische im Fluss ums Überleben kämpfen mussten. Cathy griff nach der Axt. »Was machst du?«, sagte er.

»Wir wollen die Fische in Sicherheit bringen. Wollen ihnen einen Käfig bauen, wie im Zoo. Stimmt's, Gracie?« Als sie die Axt nach unten führte, blieb sie mit der Klinge im Rasen stecken, und sie bewegte sie, auf den Griff gestützt, wie einen Hebel, so lange hin und her, bis ein weiterer Brocken herausbrach. Sie stieß ihn um, und ein Gewirr von Wurzeln kam an seiner Unterseite zum Vorschein. Cathy hatte keinen Mantel an, nicht einmal eine Strickjacke, und ihre Arme waren blau und mit Gänsehaut überzogen. Genau wie Gracies Arme, fiel ihm auf. Der Saum ihres Kleids hatte im Wasser gehangen, und die Nässe stieg nach oben.

»Lassen wir es vorläufig mal gut sein und gehen rein«, sagte er. Er sah, wie sie ihn anschaute, sie grübelte verwirrt, ob sie sein Missfallen erregt hatte. »Alles gut«, sagte er, »es ist nur kalt, weiter nichts. Wir können uns später darum kümmern.« Er fasste Gracie bei der Hand und ging in Richtung Haus, Cathy neben ihm her.

»Ich hab vorhin angerufen«, sagte er. »Ich hab es mehrmals probiert.«

»Ach ja? Wir sind die meiste Zeit hier draußen gewesen, stimmt's, Gracie?«

Gracie nickte ihrer Mutter ernst zu. »Arme Fischi.«

An der Haustür zog Cathy die Stiefel aus und ließ sie auf der Stufe stehen. »Ich hab«, sagte sie, »über die Krippe nachgedacht. Es ist eine Menge Geld, das Martha jeden Monat dafür aufbringen muss. Und eigentlich brauchen wir sie doch nicht mehr. Ich meine, mir geht's jetzt gut, ich krieg das hin.« Sie verwuschelte ihrer Tochter das Haar. »Wir hatten heute Vormittag Spaß, nicht? Bloß Mummy und Gracie.«

»Wir brauchen das mit der Krippe nicht jetzt zu entscheiden«, sagte er, »wir sprechen am Wochenende darüber.«

Im Haus trippelte Gracie hinter ihrer Mutter her durch den Flur. Er schaute auf die Uhr. Die Besprechung wegen Manchester fing jeden Moment an.

»Wenn du schon mal da bist, kannst du auch zum Mittagessen bleiben«, sagte Cathy.

»Klar, warum nicht.«

Oben in ihrem Schlafzimmer zog er sein Jackett aus und warf es aufs Bett. Im Bad gleich daneben öffnete er das Schränkchen und zog die Schachtel heraus, in der Cathys Medikamente lagen. Er zählte die Tabletten in der Blisterpackung: genau die richtige Anzahl, nicht zu viele, nicht zu wenige. Er spritzte sich Wasser ins Gesicht, legte sich für einen kurzen Moment aufs Bett und schloss die Augen. In der Innentasche seines Jacketts piepste das Handy. Er hatte drei Nachrichten: einen Text von der firmeneigenen Reiseabteilung mit Empfehlungen für die Buchung von Flügen und Hotels: drei Nächte in Manchester und danach – davon war bisher noch gar nicht die Rede gewesen – zwei in Birmingham; eine schroffe Ansage von Martha, die durchgab, sie sei unterwegs, um nach Cathy zu schauen, und eine von Cahill, der fragte, wo zum Teufel er stecke. Er schaltete das Telefon aus, schob es wieder in die Jackentasche und ging nach unten.

In der Küche briet Cathy Zwiebeln und Speckwürfel in einer Pfanne. »Ich dachte mir, wir essen Omelette«, sagte sie, »etwas Schnelles, damit du wieder ins Büro kommst.« Sie stellte Gracie auf einen Hocker neben sich und krempelte dem Kind die Ärmel hoch. Er sah zu, als Gracie ein Ei gegen den Rand der Schüssel schlug. Die Hälfte glitt über den Rand auf die Arbeitsplatte, der Rest rann, durchsetzt von Schalestückchen, in die Schüssel. Cathy tunkte den Zeigefinger in das rohe Ei, fischte die Schale heraus. Es hatte etwas gewollt Fröhliches, wie sie zwischen Herd und Schrank hin- und herging, etwas verbissen Penibles, wie sie eine zweite Zwiebel hackte. Sie hatte, fiel ihm auf, Lippenstift aufgelegt, während er oben war. Ihr Haar war auch gebürstet. »Sollen wir zur Abwechslung nicht mal im Esszimmer essen? Gracie wird mir helfen, den Tisch zu decken, ja, Gracie?«, sagte sie, hob das Kind von dem Hocker herunter und führte es an der Hand weg.

Er blieb allein in der Küche zurück, behielt das Omelette im Auge, rüttelte ab und zu an der Pfanne, damit es nicht anbriet. Der Frost, sah er beim Blick aus dem Fenster, zog sich zu den Bergen im Westen zurück, letzte Überbleibsel bildeten ein regelloses Patchwork auf der Motorhaube von Cathys Wagen vor dem Schuppen. Nach einer kurzen Weile nahm er die Pfanne vom Herd und ging zum Esszimmer, einem nur selten genutzten Raum auf der anderen Seite des Korridors.

Cathy stand am Ende des Tischs und beugte sich über ein großes Silbertablett. Das hatten sie einmal auf einem Markt in Dublin gefunden, noch vor ihrer Hochzeit, und jetzt standen die Kristallgefäße darauf, die sie als Hochzeitsgeschenke bekommen hatten. Cathy griff nach einem Glas, hielt es ins Licht und prüfte mit ihrem am Rand entlangstreichenden Zeigefinger, ob es angeschlagen war. Sie polierte das Glas mit einem Geschirrtuch, stellte es auf den Tisch und griff nach dem nächsten. Gracie legte rote Papierservietten auf, faltete sie einmal und noch einmal, drückte sie nieder, protestierte, wenn sie, losgelassen, wieder aufsprangen. Cathy blickte auf und lächelte. »Ich dachte mir, wir machen eine Flasche Wein auf«, sagte sie, »ein Glas kannst du doch zum Mittagessen trinken, ein Glas macht nichts.«

»Ich glaub nicht«, sagte er. Durch das Esszimmerfenster sah er Marthas Volvo auf die Zufahrt einbiegen und an dem zerstörten Teich anhalten. Martha, sah er, kurbelte das

Fenster herunter und schaute einen kurzen Moment, bevor sie zum Haus weiterfuhr. »Das ist ja eine schöne Überraschung«, sagte Cathy, »und sie kommt genau rechtzeitig zum Mittagessen.« Sie ließ das Kristall stehen und folgte ihm in den Flur, um ihre Schwester zu begrüßen.

Gracie, die mit den Servietten fertig war, rutschte von ihrem Stuhl herunter. Sie schaute sich um, nicht nach ihrem Vater, sondern im Zimmer, bereit für jede Betätigung, die sich ihr als Nächstes bieten mochte. Ihr Kinn hatte einen Zug von Entschlossenheit, der nicht von seiner Seite der Familie stammte und der ihn stets nicht so sehr an Cathy, sondern an Martha erinnerte. Zielstrebig näherte sich Gracie nun dem Tablett mit dem Kristall. Im Nu hatte sie ein kleines Händchen oben und einen Zipfel der Leinenserviette, auf der ein großer Dekanter aus geschliffenem blauem Kristall stand, in den Fingern. Sie zog an der Serviette, und der Dekanter, aus dem Gleichgewicht geraten, begann, sich seitwärts zu neigen. »Gracie!«, hörte er Martha hinter sich rufen. Aber er sah zu, wie er immer zusah, und er war da, genau rechtzeitig, bevor der Dekanter umfiel.

DIE NACHT DES SILBERFUCHSES

Sie hielten an einer Tankstelle vor Abbeyfeale an. Es war später Abend, Nebel schloss sich wie eine Faust um zwei Zapfstellen, die auf einem schlampig betonierten Bodenstück neben einer Reihe unbelaubter Pappeln im Außenbereich eingelassen waren. Kavanagh schwang sich aus dem Führerhaus und tätschelte die Flanke des Lastwagens, als ob es ein Tier wäre. Er war Ende dreißig, untersetzt, mit rotem Gesicht. Wegen seines gekräuselten Haars hatte er schon als Kind den Spitznamen Curley verpasst bekommen, und der war geblieben, auch wenn er inzwischen bis auf ein weiches Haarbüschel über beiden Ohren fast völlig kahl war.

Es gab einen Shop, in dessen Fenster verblichene HB-Poster klebten und Cornflakes-Schachteln neben Swarfega-Dosen und Rattengift ausgestellt waren. »Mach voll«, sagte Kavanagh zu dem Teenager, der in der Tür erschien. Dann spie er auf den Boden und ging auf die Rückseite des Gebäudes zur Toilette.

Gerard blieb im Führerhaus sitzen und sah zu, wie der Junge, der ungefähr in seinem Alter war, den Diesel einfüllte. Der Junge stand ein Stück von dem Lastwagen entfernt, hielt mit der einen Hand die Zapfpistole und presste sich die andere über Nase und Mund. Als sein Blick den Gerards im Seitenspiegel traf, schaute Gerard weg.

Schon drei Monate da, und noch immer hatte er sich nicht an den Geruch gewöhnt. Die Fischköpfe mit ihren stumpfen glasigen Augen; die Haut und die Schuppen, die an seinen Fingern klebten; die roten und lila Därme, die aus den Fischbäuchen quollen. Der Geruch von totem Fisch, der geisterhaft aufstieg, wenn das Schrotmehl in die Silos der Fabrik einlief. Gerard schor sich die Haare bis auf die Kopfhaut ab und schnitt sich die Nägel so kurz, dass seine Finger bluteten. Wenn er abends in den Pubs in Castletownbere saß, stellte er sich vor, dass sich ihm feine Splitter von Fischknochen wie Schrapnell unter die Haut gebohrt hatten und winzige Schuppenstücke wie Stäubchen in der Luft schwebten. Kavanagh störte der Geruch nicht, aber der war ja auch damit großgeworden.

»Der reinste Wucher«, sagte Kavanagh, als er zum Lastwagen zurückkam. Er reichte dem Jungen an der Zapfsäule das Geld. »Bring mir noch zwei Tüten Tayto und kauf dir auch eine.« Kopfschüttelnd stieg er wieder ins Führerhaus ein. »Der reinste Wucher«, sagte er noch einmal. »Vier Cent mehr pro Liter als bei Slattery's.«

Gerard verkniff sich die Frage, warum er dann nicht zu Slattery's gegangen sei. Bei Slattery's hatten sie ihm vor ein paar Wochen den Hahn abgedreht, und seitdem hielt Kavanagh Abstand.

Kavanagh summte lautlos und wartete, dass der Junge mit den Chips und dem Wechselgeld wiederkam. Es war eine Melodie aus einer Ballade, die er angestimmt hatte, als sie Gurrane ein Stück hinter sich gelassen hatten, vor vierzig Meilen also, und seitdem in einem fort summte. An den Wänden des Fahrerhauses klebten aus Zeitschriften herausgerissene Fotos von Frauen in diversen Posen. Es waren meist Asiatinnen, mehr oder weniger weit entkleidet; Kavanagh stand auf Asiatinnen. Eine Fotografie von Kavanaghs Frau Nora, aufgenommen im vorigen Jahr beim Jahrestreffen der GAA, klebte zwischen einem barbusigen Mädchen auf einer Harley Davidson und zwei dunkeläugigen Frauen in Slips ouverts. Nora hatte dünnes blondes Haar und eine Brille, und die Träger ihres Kleids gruben tiefe Furchen in ihre fleischigen Schultern.

»Wir haben die Zivilisation verlassen«, sagte Kavanagh, als der Junge über den Außenbereich gelaufen kam. »Diese Mistkerle aus Limerick rauben dir noch die Zähne aus dem Kopf«, sagte er und zählte das Wechselgeld bis auf den letzten Cent nach, bevor er es in die Tasche steckte.

Es war fast dunkel, als sie wieder auf die Straße rollten. Kavanagh warf eine Tüte Chips durchs Führerhaus. »Damit bleibst du bei Kräften«, sagte er, »bei Liddy können wir uns nicht darauf verlassen, dass wir was zu futtern kriegen.« Vier Meilen vor Kilcroghan bogen sie auf eine schmale Seitenstraße ein, in deren Mitte Gras wuchs. Dornsträucher zerrten an den Seiten des Lastwagens. »In Dundalk ist einer, der fährt so einen mit Pflanzenöl«, sagte Kavanagh. »Hast du so was schon mal gehört?«

»Nein«, sagte Gerard, obwohl er sich entsann, vor zwei Monaten darüber mal etwas in der Zeitung gelesen zu haben. Wenn er sich anmerken ließ, dass er manches doch wusste, hätte er keine ruhige Minute mehr. Kavanagh ging mit kindlichem Staunen an Neues und Ungewohntes heran. Er stürzte sich auf alles, was er noch nicht kannte, nahm es auseinander, zerlegte es wie einen Motor und begutachtete die verschiedenen Komponenten. Er war ein aufgeweckter Schüler gewesen, mit vierzehn aber abgegangen, um in der Fischfabrik zu arbeiten.

Kavanagh schüttelte den Kopf. »Ich glaub nicht, dass ich das aushalten könnte«, sagte er. »Der Geruch. Das muss doch sein, als führe man in einer Pommes-Bude herum.« Gerard sah aus dem Augenwinkel zu Kavanagh hinüber, wollte ergründen, ob er das ernst meinte. Kavanagh sah auf die Straße, trommelte aufs Lenkrad, summte wieder vor sich hin. Das Licht des Armaturenbretts verlieh seinen Zügen ein unbestimmtes frommes Leuchten. Gerard beschloss, nichts zu sagen. Kavanagh hörte unvermittelt mit dem Gesumm auf und seufzte. »Du bist ja heute Abend eine richtige Plaudertasche. Man kommt kaum zu Wort. Bist du verliebt oder was?«

»Gib Ruhe«, sagte Gerard, lächelte jedoch, als er sich abwandte und zu den Bäumen hinausschaute, die schwarz und hoch über den Hecken aufragten und deren Äste gegen das Fenster des Lastwagens schlugen.

Im August, sechs Wochen nachdem er für Kavanagh zu arbeiten begonnen hatte, war Gerard zum ersten Mal auf Liddys Nerzfarm gewesen. Die Bilder, die sich ihm damals eingebrannt hatten, bekam er seitdem nicht mehr aus dem Kopf. Das lag zum Teil an der Farm selbst und zum Teil an Liddys Tochter. Sie war vielleicht siebzehn, hatte blauschwarzes Haar und die Augen dick mit schwarzem Kajal umrandet. Als Kavanagh mit ihrem Vater ins Haus verschwunden war, ging sie mit Gerard über den Hof und zeigte ihm die Nerze.

Die Tiere lebten in Ställen, die sechzig, siebzig Meter lang und neun, zehn Meter breit waren, bedeckt mit niedrigen, schräg abfallenden verzinkten Blechdächern. An den Seiten waren sie den Elementen ausgesetzt, der Wind wehte von den Bergen im Westen ungehindert herein. Gerard folgte dem Mädchen in den ersten Stall und auf einem mit Sägemehl bestreuten Weg weiter ins Innere. Hinter Maschendrahtgittern zu beiden Seiten befanden sich Tausende von Nerzen, die meisten reinweiß, nur ab und zu ein brauner dazwischen. Sie rannten herum und stellten sich auf die Hinterbeine, schoben den Kopf hin und her, die Schnauze gegen den Draht gepresst. Ihre Augen glänzten wie feuchte Perlen, sie drehten und wanden sich ruhelos, warfen sich gegen die Seiten des Käfigs.

Gerard blieb vor einem Käfig stehen und schob den Zeigefinger durch den Draht. Ein Nerz, der an seinem eigenen Fell kaute, hielt inne und sah ihn an, den Kopf lauernd schräg gelegt. Er schnupperte, schlich zentimeterweise näher und biss zu, schrammte gerade so an Gerards Fingerspitze vorbei. Dann wich er zurück und starrte aus der Entfernung herüber.

Das Mädchen war ihm zwei Schritte voraus und schaute zu. »Du findest es bestimmt grausam«, sagte sie. Sie hatte ihr Haar in die Kapuze ihrer Jacke gesteckt und die Arme vor der Brust verschränkt.

Gerard betrachtete seinen Finger. »Es geht mich ja nichts an.«

Das Mädchen hatte ihn wortlos angesehen und die dunklen Augen zusammengekniffen. Dann seufzte sie. »Dafür werden sie gezüchtet«, sagte sie schon im Weitergehen, »sie kennen es nicht anders.«

Es war dunkel, als Kavanagh den Lastwagen durch eine morastige Einfahrt mit primitiven Betonpfeilern links und rechts steuerte. Der Wagen kroch über einen holprigen, mit Maschendraht eingezäunten unbefestigten Weg. In der Ferne konnte Gerard die langen dunklen Reihen der Nerzkäfige ausmachen, das Mondlicht, das auf ihren Blechdächern schimmerte, dahinter, dicht an dicht, ein paar Nebengebäude. »Liddy hat seit Juni nicht gezahlt«, sagte Kavanagh, »heute muss er die Moneten herausrücken. Dann kriegst du dein Geld.«

»In Ordnung«, sagte Gerard, »das ist gut«, obwohl es nicht mehr in Ordnung war. Kavanagh war ihm Lohn für drei Wochen schuldig, und bei seinem letzten Besuch zu Hause hatte Gerard seinen Vater anpumpen müssen, damit er die Miete bezahlen konnte. »Du kriegst dein Geld«, wiederholte Kavanagh, als der Lastwagen auf den Hof einbog.

Das Farmhaus war ein zweigeschossiger Bau, die weiße Tünche verblichen, die Eingangsstufen voller Risse, aus denen Unkraut spross. Eine Katze rannte vor dem Lastwagen über den Weg und versteckte sich hinter aufgereihten Teerfässern. Liddys schlammbespritzter Jeep stand auf dem Hof, ein Rücklicht zerschlagen. »Es wäre einfach, Mitleid mit Liddy zu haben«, sagte Kavanagh, »aber was würde das nützen?«, und sie stiegen beide aus.

Über der Haustür ging Licht an, und Liddy persönlich erschien. Er war drahtig, ging gebeugt, eine graue Strickjacke hing ihm lose von den Schultern, und seine Äuglein flitzten von Kavanagh zu Gerard und wieder zurück, als er über den Hof auf sie zukam. Seine Haut hatte das wächserne, verhärmte Aussehen einer Puppe im Museum. Gerard fiel ein, wie seine Mutter in den Monaten vor ihrem Tod ausgesehen hatte, und er wusste sofort, dass Liddy krank war.

»Guten Abend, die Herren.« Liddy hielt Kavanagh eine knochige Hand hin, die der in seine Pranke nahm und drückte, bis Gerard jeden Moment damit rechnete, Knochen knacken zu hören. Liddys Tochter war in den Windfang gekommen. Sie lehnte lässig am Türrahmen, die Arme verschränkt, das schwarze Haar locker zum Pferdeschwanz gebunden.

Liddy sah zum nächtlichen Himmel mit seinen wandernden Wolkenmassen hinauf. »Wird bald regnen«, sagte er, »Sie könnten eigentlich gleich ausladen. Ich setz derweil Teewasser auf.«

Gerard wollte schon die Rückwand des Lastwagens herunterklappen, aber Kavanagh hob die Hand. »Nicht so hastig«, sagte er, »wenn ich auf Tee aus wäre, hätte ich auch zu Hause bleiben können. Tee hilft mir nicht weiter.«

Das Mädchen, das eine Jogginghose und ein Unterhemd anhatte, kam die Treppenstufen herunter und über den Hof. Sie hatte dieselben schwarz umrandeten Augen, die Gerard von früher im Gedächtnis geblieben waren.

Liddy schlurfte bereits zum Haus zurück. Über die Schulter hinweg rief er Kavanagh zu: »Sie wissen doch, dass ich dafür geradestehe. Hab ich Sie schon mal im Stich gelassen?«

Kavanagh bewegte sich nicht vom Fleck. »Mit der hier sind Sie mir jetzt drei Lieferungen schuldig«, sagte er. »Ich hab auch Rechnungen zu bezahlen. Und der junge Mann hier braucht sein Geld.« Er wies auf Gerard, der abwartend neben dem Lastwagen stand.

Liddy blieb stehen. Er stieß ein pfeifendes Geräusch aus, das seinen Brustkorb durchschüttelte und ihn nötigte, sich weit nach vorn zu beugen und die Hände auf die Knie zu stützen. »Was braucht so ein Jungspund denn schon?«, sagte er, als er sich wieder aufgerichtet hatte. »So ein Jungspund ist doch froh, wenn er mit einer Bierdose unterm Baum sitzen kann.« Er lachte, aber Kavanagh lachte nicht mit.

»Lassen Sie's für den Moment gut sein.« Es war das Mädchen, die Stimme etwas belegt, so als habe sie geschlafen. Sie hob die Arme und streckte sich wie eine Katze. »Das können wir drin besprechen.« Sie machte kehrt und ging ins Haus, und die drei Männer folgten ihr.

Im Windfang waren Säcke mit Kohle und Anmachholz gestapelt. Ein Plastikeimer und ein Straßenbesen standen in einer Ecke neben zwei Paar Gummistiefeln, an denen Schlamm und Sägemehl klebten. Ein Bild von Johannes Paul II. mit ausgestreckten Armen hing neben einem zwei Jahre alten Kalender der Fischereigenossenschaft Fortrush, auf dem einzelne Tage umkringelt und fein mit Tinte durchgestrichen waren. Vom Windfang ging es in einen dunklen, schmalen Flur. Liddy zögerte, aber das Mädchen stieß die Tür in ein kleines Wohnzimmer auf.

Hier stand eine mit Schnitzereien verzierte Anrichte aus Mahagoni, die aus einem größeren, stattlicheren Haus stammen musste, darauf Leinendeckchen, verschossen, zusammengelegt, neben einer Familie aus blauen Porzellanelefanten. Das Zimmer roch nach aussortierten Sachen, nach Staub, der sich auf Staub gelegt hatte. Der Teppich war braun mit orangen Sprenkeln, und an einer Wand stand ein Sofa in einer faden Senffarbe. Vor dem Kamin war rechts und links je ein Armlehnsessel, die Schutzbezüge aus Plastik noch darüber. Ein Heft des Jahrbuchs der Pelztierzüchter und ein paar schmuddelige Taschenbücher lagen auf einem Couchtisch.

Liddy nahm den einen Sessel, Kavanagh den anderen.

Als er sich auf das Sofa setzte, erhaschte Gerard im Spiegel über dem Kamin einen Blick auf sich selbst. Seine Haut war immer noch ein bisschen gebräunt von den Tagen, die er im Sommer am Pier verbracht hatte. Sein kurzgeschorenes Haar hatte etwas Drohendes, an das er sich noch nicht gewöhnt hatte. Als er die Jacke auszog und neben sich auf das Sofa legte, meinte er, einen schwachen Geruch von totem Fisch wahrzunehmen. Durch die offenen Vorhänge sah er die Spiegelungen des Monds in den Pfützen, die wie kleine Seen den Hof bedeckten.

»Möchte wer einen Schluck irgendwas?« Das Mädchen sprach wie eine doppelt so alte Frau. Wie sie da stand und auf Antwort wartete, hätte sie ebenso gut die Herrin sein können, nicht nur des Hauses, sondern der gesamten Farm und des Hofes, der dunklen Reihen der Nerzkäfige und der nassen Felder und Gräben dahinter.

Kavanagh schüttelte den Kopf. »Tee ist gut«, sagte er.

Ihr Blick ging nun zu Gerard, der, wie er merkte, errötete.

Kavanagh sah herüber und lachte leise. »Er ist der starke, stille Typ«, sagte er, »er hat die Frauen in Castletownbere fast in den Wahnsinn getrieben.« Er zwinkerte dem Mädchen zu. »Du könntest es schlechter treffen.«

Das Mädchen starrte, für einen Moment schüchtern geworden, auf den Teppich und schob sich eine Haarsträhne hinters Ohr. »Tee wäre schön«, sagte Gerard, und das Mädchen lächelte ihn an.

Als sie zur Tür hinaus war, saßen die Männer da und schwiegen. Kavanagh fiel immer etwas ein, was er sagen konnte, und so fasste Gerard das Schweigen als Schuss vor den Bug auf, als Kavanaghs Art, Liddy etwas mitzuteilen.

Liddy starrte für eine Weile in den leeren Kamin und richtete, als Kavanagh weiter eisern schwieg, das Wort an Gerard. »Aus welchem Eck des Landes stammst nun du?«, sagte er. »Und durch welches Missgeschick bist du bei diesem Gauner gelandet?«

Gerard war ein Großneffe Kavanaghs mütterlicherseits, und Kavanagh hatte ihn, als er im Sommer mit der Schule fertig war, in der Fischfabrik eingestellt. Auf die Art nahm er den Jungen nach dem Tod der Mutter im Jahr zuvor ein bisschen unter die Fittiche. Gerards Vater hatte Kavanagh aber auch das Geld zur Reparatur des Fabrikdachs geliehen, das bei den Stürmen im vorherigen Winter beschädigt worden war, und das hatte er noch nicht zurückgezahlt.

Gerard spürte, dass Liddys Blick auf ihm ruhte und dass der Mann auf eine Antwort wartete. Ihn rettete, dass Kavanagh sein Schweigen brach. »Der Junge kann von Glück sagen, dass er überhaupt einen Job hat«, sagte er. »Jeder Zweite seines Alters ist in Australien.«

»Glück ist eine Hure mit zwei Gesichtern«, sagte Liddy. »Es gibt Leute, die meinen, ich hätte Glück gehabt, als ich an dieses Haus kam.«

Kavanagh verstummte, und als er wieder sprach, erkundigte er sich nach einem Verwandten Liddys, der in Croom im Krankenhaus lag. Danach unterhielten sie sich über Fußball und Greyhounds, und vorübergehend zog eine friedliche Stimmung ein.

Als das Mädchen mit dem Tee wiederkam, hatte sie ein tief ausgeschnittenes rosa Top und einen kurzen schwarzen Rock an, der ihre Hüften und Oberschenkel umspannte. Ihr Haar, frisch gebürstet und eher indigoblau als schwarz, fiel ihr über die Schultern. Sie trug den Tee mit einem Teller Club Milks auf einem Tablett herein, und als sie sich vorbeugte und es auf dem Couchtisch abstellte, ging Gerards Blick zu ihren fülligen weißen Brüsten und glitt in das Tal dazwischen. Das Mädchen stellte Tassen auf Untertassen, schenkte ein. Ohne Vorwarnung hob sie den Kopf und ertappte ihn beim Gucken. Sie sah ihn so lange an, bis er, errötend, ihren Blick erwiderte und jetzt erst bemerkte, dass ihre Augen, die er für braun gehalten hatte, in Wahrheit dunkelblau waren, fast marineblau. Dann richtete sie sich auf, klemmte sich das Tablett unter den Arm und ging hinaus.

Kavanagh wickelte ein Club Milk aus, biss die Hälfte des Riegels auf einmal ab und kaute bedächtig. »Also, Liddy«, sagte er, »was ist es diesmal?«

Liddy beugte sich in seinem Sessel nach vorn. »Vor einer Weile hatten wir die Aktivisten hier«, sagte er. »Zehn Minuten mit Drahtscheren, und ich war mit tausend Nerzen im Minus. Am nächsten Morgen hab ich einen Bauern vor der Tür stehen mit einem Anhänger voller toter Lämmer, alle mit durchgeschnittener Kehle.« Liddy schüttelte den Kopf und hielt sich selber die Hand an die Kehle.

»Diese Verbrecher gehören erschossen«, sagte Kavanagh. »Verfluchtes Gesindel. Ich wüsste, was ich mit den Drahtscheren machen würde.«

Liddys Hand wanderte vom Hals hinunter auf sein Knie, das sofort zu wippen begann. »Vorigen Monat hatten wir Ausschuss: Aleutenkrankheit.«

Kavanagh seufzte und stellte seine Tasse schwer auf dem Tisch ab. »Hören Sie«, sagte er. »Sehe ich aus wie Mutter Teresa? Leicht hat es doch keiner von uns.«

»Wenn ich geahnt hätte, worauf ich mich da einlasse«, sagte Liddy, »wäre ich niemals hierhergekommen.« Er schien mehr mit sich selbst als mit Kavanagh zu sprechen. »Ich wäre in der Stadt geblieben und hätte mir viel Ärger erspart.«

»Der Ärger weiß, wie er die Leute findet«, sagte Kavanagh, »mir sitzt die Bank im Nacken, mir sitzt die Frau im Nacken, und den jungen Kerl hier muss ich auch bezahlen.« Er wies auf die leeren Club-Milk-Verpackungen, die sich vor Gerard angesammelt hatten. »Sehen Sie ihn sich an, er ist vollkommen ausgehungert.«

Bis auf die Chips im Lastwagen vorher hatte Gerard nichts gegessen, seit sie kurz nach vier in Castletownbere losgefahren waren. Er wollte gerade den nächsten Keksriegel aufreißen, legte ihn jetzt aber zurück auf den Teller.

»Ich geb Ihnen das Geld das nächste Mal in einem Rutsch«, sagte Liddy.

»Sie geben es mir jetzt, oder ich drehe mit dem Wagen um und fahre so zurück, wie ich hergekommen bin.«

»Ich hab einen Kunden, der am Dienstag wegen Fellen kommen will. Schauen Sie vorbei, wenn Sie das nächste Mal in der Gegend sind.«

Eine Röte kroch Kavanagh den Hals hinauf und sprang auf seine Wangen über. »Auf dieser Welt gibt es nichts für umsonst«, sagte er. »Sie bezahlen mich heute, oder Sie scheren sich zur Hölle.«

»Da hätte ich nicht weit zu laufen«, sagte Liddy, »schauen Sie sich um.«

Missmut hatte Liddy erfasst. Das forciert scherzhafte Plänkeln war wie weggeblasen, und an seine Stelle war eine mürrische Sturheit getreten, die bittere Linien um seinen Mund grub. Vor seinem geistigen Auge sah Gerard Liddy plötzlich als Aufgebahrten: der Körper in einem zu großen Anzug ertrunken, ein deplatzierter Schlips um seinen Hals, sogar das seidene Sargfutter eine zu schwere Last auf seinen Armen.

Von draußen auf dem Hof drang ein Geräusch herein, ein Klirren von Metall auf Beton. Kavanagh war als Erster auf den Beinen, die anderen liefen hinter ihm her. Das Mädchen saß auf einem Gabelstapler. Sie hatte keinen Helm auf, und der über den Hof fegende Wind riss an ihrem Haar und legte es ihr in dunklen Strähnen über das Gesicht. Sie hatte die Rückwand des Lastwagens heruntergelassen und lud eine Palette Fischmehl ab.

Kavanagh stürmte wie ein Stier über den Hof. Das Mädchen hielt an, stieg aber nicht vom Gabelstapler herunter. Ihr Gesicht war blass im Licht der Fackel am Hauseingang. »Verfluchtes Miststück«, brüllte Kavanagh und warf die Mehlsäcke vom Gabelstapler herunter, als wäre es Zuckerwatte. Liddy sah aus einiger Entfernung zu. Gerard wollte helfen, aber das Mädchen war früh aufgehalten worden, und es lag schon alles wieder auf dem Lastwagen. »Ich dachte, ich fang schon mal an«, sagte sie. »Es wird allmählich spät.«

»Hältst du mich für blöd?«, sagte Kavanagh.

Die Stimme des Mädchens war leise und verhalten, so als rede es beruhigend auf ein kleines Kind ein. »Du bist nicht blöd, Curley«, sagte sie. »Komm her und rede mit mir.« Sie klopfte auf den Beifahrersitz im Gabelstapler. Kavanagh wandte sich kopfschüttelnd ab. »Ich hab schon genug Zeit verplempert«, sagte er und schritt auf den Lastwagen zu.

»Hey, Curley«, rief das Mädchen ihm nach. »Sei nicht so.« Ihre Stimme wurde leiser. »Du kannst noch nicht fahren, du hast die Silberfüchse noch nicht gesehen.« Sie beugte sich aus dem Gabelstapler heraus, ihr Schatten reckte sich über den Hof. »Die haben wir vorigen Monat aus England rübergeholt. Es sind gerade mal Welpen.« Sie blickte Kavanagh frontal an, den Kopf leicht schräg gelegt, die Lippen geöffnet. »Komm mit rüber zum Stall, und ich zeig sie dir. Solche Füchse hast du noch nicht gesehen.«

Kavanagh war an der Tür der Führerhauses angekommen. Er hielt inne, einen Fuß schon auf der Stufe. Das Mädchen auf dem Gabelstapler klopfte noch einmal auf den Beifahrersitz und zwinkerte. Kavanagh schien es sich zu überlegen. Liddy stand für sich und starrte zu Boden. Eine Weile war alles still, und man hörte nur die Dächer der Nerzkäfige im Wind klappern und den Schrei eines kleines Tiers in den Bäumen weiter hinten. Dann schritt Kavanagh über den Hof zum Gabelstapler und stieg ein. Sie fuhren davon, das Mädchen am Lenkrad, ihr dunkles Haar vom Wind in die Höhe gepeitscht, Kavanagh kahl und gedrungen neben ihr. Der Gabelstapler fuhr bis ans hintere Ende des Hofs und verschwand hinter Nebengebäuden.

Gerard und Liddy blieben allein zurück. Liddy sah aus wie ein Mann, der einen Schlag hatte einstecken müssen. Für einen Moment blieb er reglos stehen, wandte sich dann ab und ging gebeugt zum Haus zurück. Gerard wollte schon zum Lastwagen gehen und warten, da rief Liddy ihm vom Windfang her zu: »Kannst ruhig auch mit reinkommen.«

Diesmal gingen sie nicht ins Wohnzimmer, sondern durch den Flur weiter bis in eine kleine holzgetäfelte Küche. Ein

Tisch und zwei Stühle standen dicht an der einen Wand, ein Kochherd, eine Spüle und einige nicht zusammenpassende Küchenschränke an einer anderen. Auf einer Kommode stapelten sich alte Zeitungen und angeschlagenes Geschirr. Der muffige Geruch von Bratfett hing in der Luft. Neben der nach hinten hinausführenden Tür stand ein ausgestopfter brauner Nerz in einer Sammlervitrine. Der Marmorfuß, auf dem er befestigt war, trug eine Inschrift, die Gerard nicht lesen konnte. Der Nerz stand auf den Hinterbeinen, die Zähne zu einem starren Grinsen gebleckt, die Vorderbeine in die Luft gereckt.

Liddy holte eine Flasche Whiskey aus dem Schrank unter der Spüle und polierte mit dem Zipfel seiner Strickjacke zwei Gläser. Er ließ sich am Tisch nieder und bedeutete Gerard, sich zu ihm zu setzen.

»Sind jetzt fünf Jahre, dass sie nicht mehr da ist«, sagte Liddy und schenkte den Whiskey ein. Gerard verstand nicht gleich. Er hatte an das Mädchen gedacht, das mit Kavanagh hinter den Nebengebäuden war. An die weißen Brüste, die dunklen Augen. An den Mund, breit und schmiegsam, an die roten Lippen und den Stecker auf ihrer Zunge, der silbern aufgeblitzt hatte, als sie im Verlauf des Abends über irgendetwas gelächelt hatte. Dann wurde ihm klar, dass Liddy auf eine Fotografie starrte, die hoch über der Kommode an der Wand hing. Sie zeigte eine Frau, großgewachsen und knochig, mit glattem braunem Haar, deren Hand auf der Schulter eines Mädchens in einem Kommunionskleid lag. »Es tut mir leid«, sagte Gerard, weil ihm nichts anderes einfiel und weil die Leute das gesagt hatten, als seine Mutter gestorben war.

»Oh, mir tut es nicht leid«, sagte Liddy, kippte seinen Whiskey hinunter und schenkte sich noch einen ein, »es gibt vieles, was mir leidtut, aber das nicht.« Sein Überdruss war Zorn gewichen. »Sie ist nach Belfast abgehauen. Mir hat sie gesagt, sie zieht zu ihrer Schwester, aber jede Wette, dass dort ein Mann auf sie gewartet hat. Es war immer dasselbe mit dieser Frau: Sie wollte dir weismachen, dass Tag Nacht war.« Sein Kopf fuhr nach vorn, und Gerard roch seinen säuerlichen Atem. »Ich hab ihr gesagt, sie soll das Mädchen mitnehmen«, fuhr Liddy fort, »aber sie wollte nicht.« Er stellte sein Glas hin und reckte die Arme in einer Geste des Flehens mit nach oben gedrehten Händen in die Höhe. »Ein junges Mädchen, hier draußen, was für ein Leben ist das, hab ich zu ihr gesagt, aber sie hat uns einfach zurückgelassen, Rosie und mich.«

Rosie. Der Name passte nicht zu ihr, dachte Gerard. Er war zu brav, zu häuslich. Es war ein Name für einen verwöhnten Pudel in einem Weidenkorb, aber nicht für ein Mädchen mit gepiercter Zunge, das einen Gabelstapler fahren konnte. Liddy trank noch einen Whiskey. »Rosie war zwölf, als sie abgehauen ist«, sagte er, »und was wusste ich denn, wie man ein Kind erzieht? Ein Mädchen braucht die Mutter. Jungen sind anders, Jungen finden ihren Weg, aber Mädchen brauchen ihre Mutter.«

Liddy verstummte, ließ den Whiskey am Glasboden kreisen. Gerard wäre am liebsten aufgestanden und hinausgegangen, wusste aber, dass er das nicht tun konnte. Kurz danach sprach Liddy weiter. »Dass wir hierherzogen, brachte das Fass zum Überlaufen«, sagte er. »Sie war schon immer flatterhaft, ein Auge immer auf der Tür seit dem Tag, an dem ich sie geheiratet hab, nur bis zu der Zeit kamen wir einigermaßen zurecht. Aber zwei Winter hier, und nichts konnte sie mehr halten.«

Liddy wurde immer aufgeregter, fuchtelte unentwegt mit den Händen, hätte beinahe sein Glas umgestoßen. Sein eigenes Glas hatte Gerard kaum angerührt. Er dachte an Kavanagh und das Mädchen in den Schatten der Nebengebäude. Waren Silberfüchse, fragte er sich, genau wie andere Füchse, nur eben silbern, oder waren das ganz andere Lebewesen? Und dann fragte er sich, ob es die Silberfüchse überhaupt gab. Er stellte sich vor, wie Kavanagh die Welpen in seinen groben Händen hielt und sie, ehrfürchtig schweigend, hin und her drehte.

»Ihre Mutter, auch wenn sie eine Schlampe ist und alles, würde ihr mehr beibringen«, sagte Liddy. »Rosie ist ein gutes Mädchen, eine Kämpferin, aber was für Möglichkeiten hat ein Mädchen hier draußen?«

Gerard war klar, dass er etwas sagen sollte, aber er hatte keine Ahnung, was.

»Rosie kriegt das schon hin«, sagte er, »Rosie ist ein kluges Mädchen.«

Liddy starrte ihn an, die Augen blutunterlaufen. Sein ganzer Zorn war weg, und er sackte über dem Tisch zusammen. »Das ist sie«, sagte er. »Sie ist ein kluges Mädchen. Und ein gutes.«

Er stellte sein Glas ab und vergrub den Kopf in den Armen. Es war vollkommen still in der Küche bis auf das Geräusch des Windes, der unter der Hintertür hindurchpfiff. Ein seltsamer Laut brach aus Liddy hervor, halb Husten, halb Schluchzen. Dann noch einer, der länger war und anhielt, bis er zu einem Heulen wurde. Liddy weinte, seine Schultern bebten, sein Hinterkopf wackelte. Gerard trank einen Schluck Whiskey, spürte das Brennen in der Magengrube. Liddy flennte jetzt regelrecht, den Kopf immer noch auf den Armen. Gerard schob den Stuhl zurück und stand auf. Er ging zur Spüle und stellte sein Glas auf das Abtropfbrett. Nach einem letzten Blick auf den am Tisch zusammengesunkenen Mann verließ er die Küche, ging durch den Flur und hinaus auf den Hof.

Beim Lastwagen angekommen, musste er feststellen, dass Kavanagh ihn abgeschlossen und den Schlüssel mitgenommen hatte. Es war kälter geworden. Seine Jacke, fiel Gerard ein, lag noch im Wohnzimmer, wo er sie vorhin zurückgelassen hatte, aber beim Gedanken an den im Haus weinenden Liddy beschloss er, ohne sie auszukommen. In einem Fertigteilbau brannte Licht, aber als er an der Tür zog, hing dort ein Vorhängeschloss, und so stellte er sich unter das überhängende Vordach neben eine Reihe von Fässern. Schlang die Arme um den Oberkörper und hoffte, Kavanagh bliebe nicht so lange. Etwas Warmes strich an seinem Bein vorbei, und er sah eine Katze, die hinter einem Fass hervorgesprungen war und über den Hof sauste.

Er drückte das Gesicht an die Fensterscheibe in der Tür des Fertigteilbaus. Die Wände waren mit Pelzen vollgehängt: Tausende von kopflosen, körperlosen Fellen, mit breit ausgestreckten Armen an Holzgestellen befestigt. Auf einer Werkbank stand eine Maschine mit einer langen, silbern glänzenden gezähnten Klinge, daneben lag ein Haufen toter Nerze. Aus dem Fass direkt neben ihm stieg ein strenger Geruch auf, wie er jetzt merkte, und als er den Deckel anhob, befanden sich darin die enthäuteten Körper der Nerze, rosa, glitschig und haarlos. Er ließ den Deckel des Fasses fallen und trat vom Fenster zurück.

Der Wind trug Fetzen von Gelächter über den Hof heran, Kavanagh und das Mädchen kamen mit dem Gabelstapler zurück. Diesmal fuhr Kavanagh, und das Mädchen saß neben ihm und hatte den Arm um seine Schulter gelegt. Als sie am Pelzschuppen vorbeikamen, fuhren sie langsamer und winkten. Gerard trat aus dem Schutz des Hauses und ging hinter dem Gabelstapler her zum Lastwagen. Feiner, dichter Regen wurde von den Bergen herangeweht und stach ihm wie mit Nadeln ins Gesicht. Kavanagh, mit rotem Kopf und schwitzend, sprang vom Gabelstapler herunter. »Hilf uns mal«, sagte er zu Gerard, ohne ihn anzusehen, und gemeinsam begannen sie, den Laster abzuladen. Gerard zitterte in seinem Hemd, Kavanagh hingegen machte die Kälte offenbar so wenig aus wie der Geruch.

Jemand berührte Gerard am Arm. Das Mädchen stand hinter ihm, seine Jacke in der Hand. Sie sagte nichts, aber Gerard streckte die Arme aus und erlaubte ihr, ihm die Jacke überzuziehen, den Reißverschluss zu schließen und an der Schulter glatt zu streichen.

Als sie mit dem Lastwagen anschließend im Hof wendeten, sah Gerard Liddy allein im Windfang stehen. Er hob die Hand und winkte, aber Liddy winkte nicht zurück. Das Mädchen stand am Gabelstapler, die Hände in den Taschen. Gerard behielt sie im Rückspiegel im Blick, als der Lastwagen vom Hof fuhr, sah, wie sie kehrtmachte und zum Haus ging, sah, wie das Licht im Windfang gelöscht wurde.

Kavanagh machte den Mund erst wieder auf, als sie den

morastigen Weg hinter sich hatten und wieder auf der Straße waren. »Ich ruf morgen bei Clancy an«, sagte er. »Der schuldet mir auch ein paar Kröten. Dann geb ich dir dein Geld.«

»Ist schon in Ordnung«, sagte Gerard.

Sie fuhren eine Weile schweigend, das einzige Geräusch das unablässige Quietschen der Scheibenwischer im stärker werdenden Regen. »Sag mal«, sagte Kavanagh, »hast du schon mal einen Silberfuchs gesehen?« Gerard schüttelte den Kopf. Kavanagh pfiff leise durch die Zähne. »Wunderschöne Tiere«, sagte er, »wirklich. Aber warum hat ihr Fell diese Farbe, was meinst du? Sind es am Ende gar keine Füchse?«

Gerard zuckte mit den Achseln und sah zum Fenster hinaus. Kavanagh redete weiter, sein Ton wurde lebhafter, die Hände auf dem Steuer unruhig. »Genau genommen waren sie nicht silbern«, sagte er. »Würde man erwarten, aber sie waren eher …« Er hielt inne, und seine Augen suchten das Führerhaus ab – die Fotografie seiner Frau, die Schnappschüsse der Asiatinnen, den Krimskrams auf dem Armaturenbrett. Als seine Umgebung nichts hergab, schnalzte er verärgert mit der Zunge. »Sie waren eher blauschwarz«, sagte er. »Weiße Sprenkel am Schwanz und im Gesicht. Kleine Fellknäuel.« Er verstummte abrupt, so als habe er sich lächerlich gemacht.

Auf der Hauptstraße angelangt, gewann der Lastwagen auf dem Weg nach Süden rasch Fahrt. Ein paar Meilen später sagte Kavanagh wieder etwas. »Was ist das denn für ein Leben?«, sagte er. »Mit sechs Wochen abgesetzt und in einer Kiste irgendwohin verfrachtet?«

Es war kalt im Führerhaus, und Gerard zog die Jacke fester

um sich. Er legte die Hand an die Innentasche, tastete nach seinem Geldbeutel und merkte, dass er nicht mehr da war. Schemenhaft zogen umschattete Bäume und Gräben vorüber. Der Wind trieb dunkle, formlose Dinge vor dem Lastwagen über die Fahrbahn; sie konnten lebendig sein oder tot, winzige nächtliche Tiere und verwirbeltes Laub. Auf ihrer Fahrt kamen sie mal durch kleine, spärlich beleuchtete Städtchen, mal durch dunkle ländliche Gegenden, deren einziges Licht das Flackern von Breitbildfernsehern in den Fenstern eingeschossiger Häuser war. Kavanagh begann zu summen. Es war der Refrain eines Country-and-Western-Songs, voller Liebe und Gewalt, und er summte die Melodie immer noch, als sie Bantry erreicht hatten und die dunkle Küstenstraße nach Castletownbere nahmen.

KEIN OLEANDER

Der Zug hielt in einem Bahnhof östlich von Rom, einer ländlichen kleinen Station, an der aufeinandergestapelte Holzkisten standen, bis an den Rand mit Tomaten gefüllt. Die Türen gingen auf, und ein unangenehm heißer und stechender Geruch, wie von Fleisch kurz vor dem Verderben, drang in den Waggon. Die junge Österreicherin, die Lily gegenübersaß, bemerkte ihn ebenfalls. Sie hob den Blick von ihrem Notizbuch und zog ein Gesicht, zog dieselbe fragende, etwas nervöse Miene, mit der sie zuvor den Schaffner angeschaut hatte, obwohl sie eine Fahrkarte besaß, sie schon in der Hand hielt, seit der Zug aus Termini ausgefahren war. »Oleander«, sagte Lily. Sie hatte ihn auf beiden Seiten der Bahnstrecke gesehen, als der Zug schnaufend in die Station einfuhr, weiß blühende Sträucher in Hülle und Fülle, die Blütenblätter auf die Schienen streuten. Die Österreicherin lächelte und schien erleichtert, so als habe der Geruch ihre Gedanken auf ein Nebengleis und zu anderen Dingen geführt, zu dunkleren, nicht blühenden Dingen. Die Österreicherin hieß Etta und fuhr nach Gariano, wo sie zwei Wochen verbringen wollte. Sie hatte, nicht mal unfreundlich, bei einer Bemerkung gelacht, die Lily über Sachertorte gemacht hatte, und als Lily erwähnte, dass sie nichts zu lesen habe, hatte Etta ihr ein Buch gegeben – einen französischen Roman in

Übersetzung – und gesagt, sie könne ihn behalten. Etta war Mitte zwanzig, Doktorandin in Geothermie, einem Gebiet, von dem sie mit Leidenschaft berichtet hatte, bevor sie zu dem überschaubareren Thema italienischer Eisenbahnfahrpläne gewechselt waren. Jetzt klappte sie ihr Notizbuch zu und verstaute es in einem der zig Reißverschlussfächer ihrer Reisetasche. Bei jedem Halt auf der Strecke, bei jedem Kaff hatte sie das Notizbuch zur Hand genommen und mit kleiner, sauberer Schrift den Namen der Station eingetragen, als wären es Kieselsteine, die sie brauchen konnte, um den Rückweg zu finden.

Kurz nach Peroli, dem vorletzten Halt vor Rocosalto, wo sie beide aussteigen mussten, hatten sie angefangen, sich zu unterhalten. Etta hatte blondes Haar, zum Pferdeschwanz gebunden, blonde Augenbrauen und einen Anflug blonder Härchen an der Oberlippe. Lily sah, wie sie einen kleinen Handspiegel aus der Reisetasche zog und sich den Schweiß am Haaransatz abtupfte. Die Bluse war ihr an einer Schulter heruntergerutscht und entblößte ein zartes Schlüsselbein, nicht stärker als ein Hühnerknochen und gefährlich dicht unter der Haut. Im Warteraum in Rocosalto ließ sich Etta eine Bank von Lily entfernt nieder und zog ihr Notizheft hervor. Es war unklar, ob sie Gesellschaft wollte oder nicht. Ihre Unterhaltung im Zug war, obwohl nur kurz, angenehm gewesen, sehr angenehm, nun jedoch fragte sich Lily, ob das Angenehme womöglich gerade aus der Kürze des Gesprächs herrührte und ob sie es gut sein lassen sollte.

In dem Warteraum saß außer ihnen nur noch eine Frau mit einem Kind von vielleicht drei oder vier. Der Junge rutschte vom Schoß seiner Mutter, ging zum Verkaufsautomaten und trat gegen die Glasfront. Der Mann hinter dem Fahrkartenschalter stand auf – um das Kind auszuschimpfen, nahm Lily an, er drehte jedoch bloß das Schild an der Luke von *aperto* auf *chiuso* und zog das Gitter herunter. Kurz darauf trat er aus einer Tür in der Ecke des Raums und ging nach kaum wahrnehmbarem Nicken hinaus. Der Junge legte sich auf den Boden und inspizierte das Kabel, das von dem Automaten zur Wand führte, rüttelte daran, schob die Finger in das Geflecht freiliegender Drähte. So sind Kinder, dachte Lily; Kinder vergrößern die Gefahren einer an sich schon gefährlichen Welt – warum schienen das außer ihr so wenige einzusehen? Die Mutter des Jungen sprang auf und schlug ihm fest auf die Beine, bevor sie ihn zu ihrem Sitzplatz zurückzerrte, wo er wieder auf ihren Schoß stieg und leise zu weinen anfing.

Etta stand auf und kam herüber. »Glauben Sie, er kommt zurück?«, sagte sie mit einer Kopfbewegung zum Schalter des Fahrkartenverkäufers.

»Keine Ahnung«, sagte Lily. »Müssen Sie eine Fahrkarte kaufen?«

»Ich glaub nicht, aber es sollte doch jemand hier sein, nicht? Und ich hätte gern eine Landkarte.« Sie runzelte wieder die Brauen und kaute auf der Unterlippe. Lily überlegte, ob sie sie auffordern sollte, sich zu ihr zu setzen. Das harmlose, unkomplizierte Vergnügen ihrer Begegnung im Zug war nun nur noch um Haaresbreite vom Absturz ins Peinliche entfernt. Wenn nicht bald jemand kam, um eine von ihnen abzuholen, wäre es endgültig verdorben. So etwas ging schnell.

»Hier«, sagte Lily und zog eine Landkarte hervor, die sie am Flughafen mitgenommen hatte, »nehmen Sie die.«

Etta schüttelte den Kopf. »Vielen Dank«, sagte sie, »aber die habe ich schon. Ich wollte eine andere. Vielleicht kommt er ja wieder.« Sie geriet ins Stocken, und ihr Blick wanderte von Lilys Gesicht weg und bewegte sich aufwärts und ein wenig zur Seite. Wieder die gerunzelten Brauen. »Halten Sie still«, sagte sie, streckte die Hand aus und nestelte in Lilys Haar herum. Als sie die Hand zurückzog, hielt sie ein Blütenblatt zwischen Daumen und Zeigefinger, eins der feinen Oleanderblätter, die wie Konfetti über den ganzen Bahnsteig und durch die offene Tür in den Warteraum flatterten.

»Danke«, sagte Lily.

»Sie haben wunderschönes Haar«, sagte Etta. »Wollte ich Ihnen schon im Zug sagen, hab ich aber nicht. Eine sehr schöne Farbe, wie Muskat.« Und mit diesen Worten tippelte sie zu ihrer Bank zurück.

Rocosalto war ein kleines verblasstes Städtchen, zumindest die vom Bahnhof sichtbaren Teile: eine Einkaufszeile mit Flachbauten, zwei Bars und einer Tabaccheria. Lily stand auf und ging, ihren Koffer in der Hand, zur Tür des Warteraums. Sandra, die Planvolle von ihnen beiden, hatte den Urlaub für dieses Jahr gleich nach ihrer Rückkehr im vorigen Jahr gebucht. Sie bewegte sich gern »abseits ausgetretener Pfade«, was in der Regel auf Suppe in angeschlagenen Schüsseln und auf Stockbetten hinauslief. Lily hatte sich genau zurechtgelegt, was sie sagen würde, falls Sandra ihren Anteil zurückerstattet haben wollte, sie hatte es sich sogar auf einem Karteikärtchen notiert, aber Sandra hatte es nicht verlangt.

In der Mitte des Bahnhofsvorplatzes stand ein Brunnen: drei Köpfe aus Kupfer auf einer Marmorsäule. Hier ging es nicht um Ehre, sondern um Vergeltung; abgeschlagene Köpfe, die in der Sonne verdorrten, die Münder leicht geöffnet, so als hätten sie aufgeschrien, als der Gips gegossen wurde. Lily ging hinüber und tauchte die Arme ins Wasser, schwenkte sie hin und her, fuhr zwischen den vollgesaugten Zigarettenstummeln herum, die wie Maden auf der Oberfläche schwammen. Das Wasser war kühl, aber in dieser Haltung, vornübergebeugt, fiel ihr das Haar ins Gesicht, und die Sonne brannte auf ihren Nacken. Etta war aus dem Warteraum gekommen und stand im Eingang. Nicht dass sie winkte oder rief oder nach dem Brunnen fragte, nein, sie lehnte nur am Türrahmen und sah zu. *Muskat.* Noch nie hatte jemand dieses Wort für ihr Haar verwendet, aber als sie jetzt darüber nachdachte, hatte es wirklich genau diese Farbe.

Ein Mann kam, der ein Kleinkind in einem Buggy schob. Als er sich an Etta vorbeizwängte, streifte er mit einem Rad ihren Fuß und riss ihr den Schuh herunter, der unter das Rad des Buggys geriet und ein kurzes Stück mitgeschleift wurde. Etta hüpfte auf einem Bein hinterher, um ihren Schuh zurückzuholen, ein anmutiges, elegantes Hüpfen, das Bein mit dem bloßen Fuß nach hinten abgewinkelt, so dass sie aussah wie ein Flamingo. Lily wandte sich wieder zum Brunnen, ließ die Hand durchs Wasser gleiten. Sie war 39, kampferprobt und nicht mehr ganz taufrisch. Das Letzte, was sie brauchen konnte, war eine völlig unversehrte Fünfundzwanzigjährige oder, was das anging, überhaupt jemanden, der ein Recht auf Schönheit zu besitzen wähnte. Für das alles war sie zu müde. Der Mann mit dem Buggy kam in Begleitung der Mutter und des Jungen aus dem Warteraum, und als sie vorübergingen, brach das Kleinkind in lautes Heulen aus.

Sandra und Julie wollten sich voraussichtlich ein Kind anschaffen. Sandra hatte etwas in der Art verlauten lassen, als sie vorigen Monat mit den Formularen für die Verlängerung der Parkerlaubnis vorbeikam, die immer auf ihren Namen ausgestellt gewesen war. Stockend hatte sie es Lily verkündet, in kurzen Sätzen, unterbrochen von langen Pausen, so als müsste das Baby, noch bevor es überhaupt empfangen war, bereits behutsam angefasst werden. Lily konnte dieses Kind nicht egaler sein, das hatte sie Sandra auch gesagt. Es ging doch nicht um ein Kind. Wie schade, dass Sandra bei anderen Dingen nicht ebenso viel Anstand an den Tag gelegt hatte, mit wem sie schlief zum Beispiel. Wenn es nach Lily ging, konnten die beiden sich ein halbes Dutzend Bälger anschaffen, ein halbes Dutzend wimmernder, kotzender, scheißender Babys nacheinander. Das wünschte sie ihnen sogar, das hatten sie verdient.

Ein Lastwagen fuhr auf den Parkplatz, ein Wagen mit offener Ladefläche, eine Seitenwand in dunklerem Grün als die anderen, der Name des Hotels, in dem Lily wohnen sollte, prangte auf der Motorhaube. Der Fahrer, ein untersetzter Mann in den Vierzigern, sprang heraus. »Ciao, bella«, rief er und winkte über den Platz hinweg Etta zu, zu ihm herüberzukommen. Etta machte keine Anstalten, sondern trat nur aufs andere Bein und stand nun etwas aufrechter an der Tür.

»Ich bin allein«, sagte Lily.

»Nein«, sagte der Fahrer. »*Due.*« Er zog einen Zettel aus der Hemdtasche und las zuerst Lilys und danach Sandras Namen vor.

»Meine Freundin konnte nicht mitkommen«, sagte Lily. »Sie ist krank.«

»Ah«, sagte er, »tut mir leid, das zu hören. Sehr schade.« Er blickte kurz in Richtung Warteraum. »Und die junge Dame?«

»Sie gehört nicht zu mir.«

Er zuckte mit den Achseln, griff nach Lilys Koffer und warf ihn auf die Ladefläche, als ob es ein Tier wäre, das man bezwingen musste, breitete eine Plane darüber und schnürte sie mit einem dicken Seil zu. Der Sitz im Fahrerhaus war zerschlissen und mit Brandflecken gesprenkelt. Der Platz war sehr beengt – wie sie hier zu dritt hätten sitzen sollen, konnte Lily sich nicht vorstellen. Als sie sich anschnallte, ging Etta über den Platz zum Brunnen, die Reisetasche über die Schulter geworfen. Der Fahrer startete den Lastwagen, ein Vorgang, bei dem er offenbar intensiv Fühlung mit Lilys Bein nehmen musste, oder bildete sie sich das nur ein? Etta ließ sich auf dem Brunnenrand nieder und trommelte mit den Fersen gegen den Marmor. Der Fahrkartenverkäufer war nicht wiedergekommen, und an den Gebäuden zu beiden Seiten des Bahnhofs waren die Jalousien inzwischen heruntergelassen. Hatte Etta sich danach erkundigt, ob jemand sie abholen kam? Lily überlegte, ob sie sie fragen sollte. Sie konnten sie doch nicht allein hier zurücklassen. Doch als sie noch überlegte, wie sich das Fenster in dem Führerhaus herunterkurbeln ließ, schwenkte der Fahrer schon in weitem Bogen über den Platz und fuhr mit Tempo vom Bahnhof davon.

Am Mauthäuschen vor der Stadt ruhte sein Arm für einen Moment auf ihrem Knie, als er im Aschenbecher nach Münzen wühlte. Bei sich zu Hause galt Lily als blass; hier wirkten ihre Beine bestürzend weiß, so als habe sie ihr gesamtes bisheriges Leben unter der Erde zugebracht. Der Fahrer, der Allesandro hieß, sagte etwas zu dem Mann im Mauthäuschen, und der Mann lachte und sah zu ihr herüber, wie sie es aufnahm. Sie gelangten in eine üppig grüne Landschaft, in der breite Streifen grüner Wiesen mit lodernd gelber Färberdistel durchsetzt waren. Sie fuhren hinauf in die Berge, durch Weiden, reich an Wildblumen und den unterschiedlichsten bunten Schmetterlingen, die pulkweise über die Windschutzscheibe strichen. Ab und zu wies ein Verkehrsschild auf Wildgefahr hin: das Piktogramm zeigte Tiere im Liliput-Format, Tiere wie aus dem Märchenland, mitten im Sprung dargestellt. Lily hatte die Sonnenbrille in ihrem Koffer gelassen, und sogar wenn sie die Augen schloss, lag ein gelber Dunst vor ihren Lidern.

»Ihre Freundin«, sagte Allesandro, »ist sie sehr krank oder bloß ein bisschen krank?«

»Sehr krank«, sagte Lily, »Non-Hodgkin-Lymphom«, denn sie hatte beim Herflug einen Artikel darüber gelesen, und verdient hatte es Sandra sowieso.

»Santa Madonna«, sagte Allesandro und schüttelte den Kopf. »Das tut mir sehr leid für Sie, sehr leid.«

Sie bogen bei einem Wegweiser zum Rifugio del Lupo ein, einem chaletartigen Gebäude aus Holz, wie es Lily nicht mit Italien in Verbindung brachte, sondern mit der Schweiz, wo sie einmal mit Sandra im Urlaub gewesen war. Der mit grobem Kies aufgeschüttete Streifen, der als Parkplatz diente, bot nur drei Autos Platz. Auf einer kleinen Terrasse an der Vorderseite des Gebäudes beschatteten Sonnenschirme mit dem Logo einer Eiscrememarke rote Plastikstühle und -tische. Sie folgte Allesandro in eine spärlich beleuchtete

Bar mit Bänken, die mit verblichenem Baumwollsamt bezogen waren. An einem Ecktisch teilte sich eine vierköpfige Gruppe – zwei Männer und zwei Frauen – eine Flasche Wein, obwohl weit und breit niemand zu sehen war, der sie serviert haben könnte. Große Kiefernzapfen, mit künstlichem Schnee bemalt, hingen an der Decke, und das Regal hinter dem Tresen war mit Rehen aus Plastik, Lametta, einer Krippe und anderem für die Jahreszeit unpassenden Nippes dekoriert.

Bei den weiß blühenden, stark riechenden Sträuchern, die an der Bahnstrecke wuchsen, handelte es sich nicht um Oleander. Oleander, stellte sich heraus, war eine vollkommen andere Spezies. Zum einen war Oleander eher groß und hatte längliche, ledrige dunkelgrüne Blätter. Zum anderen hatten seine Blüten fünf Kronblätter und standen einzeln an borkigen Stängeln. Anders gesagt, kein Vergleich zu den üppigen, bauschigen weißen Dolden, die Lily zuvor gesehen hatte. Das wusste sie jetzt, weil an der Wand des Zimmers, zu dem Allesandro sie brachte, ein gerahmtes Bild der Flora und Fauna der Region hing, ein zweisprachiges Lehrposter, wie man sie in naturkundlichen Ausstellungen sieht. Es zeigte Dutzende Spezies von Wildblumen und kleinen Feldtieren, von Hand erstaunlich detailgenau gezeichnet, mit Nahansichten von Blüten- und Staubblättern und Samen, hin und wieder, so als habe das konzentrierte Schauen den Künstler ermüdet, ergänzt durch einen See, einen Berg, ein Panorama von Hausdächern, die zwanglos und ohne Rücksicht auf maßstäbliche Verhältnisse zwischen Pflanzen und Insekten verteilt waren.

»Gut, ja?«, sagte Allesandro, stellte ihren Koffer ab und wies mit einer breiten Armbewegung auf das Zimmer.

Lily war um eine Antwort verlegen, denn wenn sie ehrlich sein sollte, war es das nicht. Das Zimmer war schmal und in einem stumpfen Senfgelb gestrichen, und das in Eile und nachlässig, denn an den Kanten hatte der Anstreicher – Allesandro, vermutete sie – das Senfgelb über das Weiß der Decke geschmiert. Der Raum enthielt ein Bett, einen Schrank und ein Waschbecken, vor einem gefliesten Rechteck an der Wand eingelassen. Sandra und ihr Vintage. Lily schaute sich nach einer Tür um, die zu einem Badezimmer führte, es gab aber keine. »Es ist hübsch«, sagte sie, keine glatte Lüge, denn die Aussicht vom Fenster war spektakulär: die Schatten, die an den Bergen vorüberzogen, die Farben des Himmels im allmählich nahenden Abend, die Lichter im Tal, die sich Pünktchen für Pünktchen zu kleinen Dörfern fügten.

Als Allesandro sie zum Auspacken allein ließ, schaute sie auf dem Poster nach, ob sie die wahre Identität des Pseudo-Oleanders ermitteln konnte, der Pflanze, die kein Oleander war, konnte sie aber nicht finden. Der echte Oleander sah missbilligend auf sie herab. Das Poster erinnerte sie an eins aus dem Internat, allerdings war das nur auf Englisch, und anstelle von Pflanzen waren darauf Vögel abgebildet gewesen, Klassen und Unterklassen von Finken, Sperlingen und Habichten. Ein groteskes Seitenteil zeigte mumifizierte Vögel, makabre Darstellungen, wie sie in Schulen nicht mehr gestattet sind; sie waren in einen giftigen See in Tansania geflogen, den sie fälschlicherweise für den Himmel gehalten hatten. Lily holte Feuchttücher aus dem Koffer und schrubbte den am Waschbecken entdeckten Schmutzrand weg. Sie wischte auch das Fensterbrett ab und entstaubte den Nachttisch, fluchte innerlich beim Rubbeln und wünschte, Sandra wäre hier. »Tja«, würde sie zu ihr sagen, wenn sie da wäre, »sieh dir an, was du angerichtet hast.«

Im Speiseraum am nächsten Morgen sah sie, dass die Wände mit Schneeszenen dekoriert waren, meist Aufnahmen des Rifugio, aus verschiedenen Perspektiven fotografiert, die Bäume ringsherum mit Schnee beladen und eine dicke Schicht Schnee auch auf dem Dach. Lily musste an Weihnachtskarten aus viktorianischer Zeit denken oder an die künstliche Landschaft in einer Schneekugel. »Im Winter ist es hier bestimmt herrlich«, sagte sie zu Allesandro, der mit sirupartigem Kaffee und einem Brotkorb hereinkam. »Ja«, sagte er, »sehr weiß, sehr schön.« Sein Blick fiel auf ihre Beine, und er zwinkerte. Er sah aus dem Augenwinkel immer wieder zu ihr herüber, merkte sie, während er zwischen den Tischen hindurchging und die anderen Gäste bediente. Konnte es sein, dass sie in diesem Land attraktiver war als in ihrem eigenen? Dass die Launen der Geographie das Verlangen gestalteten, zumindest zum Teil?

Sie war am Abend zuvor früh zu Bett gegangen, hatte aber schlecht geschlafen und war nachts um drei von Bildern in ihrem Kopf aufgewacht, in denen Etta immer noch allein am Bahnhof wartete, dass jemand sie abholte. Sie war aus dem Bett gestiegen und ans Fenster getreten, ein Fehler, weil sie sofort die dicke Wolke gelblich-weißen Rauchs im Westen gesehen hatte, die von Rocosalto heranquoll. Im Geiste sah sie Etta vor sich, die auf dem Brunnenrand saß und das Gesicht verzog, als sie den Brandgeruch bemerkte. Wenn

Sandra hier wäre, würde sie sagen, Lily hätte eine ganz neue Stufe der Torheit erklommen. Es sei äußerst arrogant – Lily fiel ein, dass Sandra sie einmal so genannt hatte: arrogant –, jede Regung der Welt auf ihr eigenes Leben, auf ihre Bedürfnisse, ihr Tun und Lassen zu beziehen. Es hat nichts mit dir zu tun, würde Sandra sagen, eine Äußerung, die Lily immer besonders unfair gefunden hatte, denn sie dachte nie, irgendwas habe mit ihr zu tun – dass das mal der Fall war, lag lange zurück. Dann hatte sie gemerkt, dass sie nach Osten schaute, nicht nach Westen, und dass Rocosalto genau in der anderen Richtung lag, hatte sich wieder hingelegt und bis zum Morgengrauen unruhig weitergeschlafen.

Nach dem Frühstück griff sie nach dem Buch, das Etta ihr im Zug gegeben hatte, und beschloss, im Freien zu lesen. Es war ein schmales Bändchen, kaum hundert Seiten, und Etta hatte gesagt, es werde ihr bestimmt gefallen. Die Terrasse war wie ein Backofen, aber die Luft roch süß nach Kiefernnadelduft, vermischt mit dem Geruch von Wildblumen, und aus dem Grün der Wiesen brach überall herrlich leuchtendes Lila, Gelb und Blau hervor. Als sie auf der Suche nach einem geeigneten Platz um das Hotel herumging, fing sie plötzlich den anderen Geruch ein, den gärenden, sauren Geruch vom Tag zuvor. Sie folgte ihm bis zu einem Wäldchen niedriger Bäume mit breiter Krone. Feigen. Keine Blumen also, sondern nicht abgeerntete Feigen, die dort verrotteten, wohin sie gefallen waren. Sie pflückte eine Frucht von einem Ast und biss hinein. Sie war faul und bitter, und Lily spuckte sie sofort wieder aus. Hinter den Feigenbäumen führte eine Betontreppe zu einem stillgelegten Skilift, dessen aneinandergekettete Metallsessel sich weiter oben am Berghang verloren. Lily kletterte in einen Sessel, das Gesicht zum Gipfel, den Rücken zum Rifugio, baumelte mit den Beinen, was einen angenehmen Luftzug erzeugte, und schlug das Buch auf.

Und da war es, auf dem Titelblatt: Ulrike Etta Dorn und eine Telefonnummer. Lily zog das Buch näher heran, inspizierte den Schriftzug. Er war hingeschmiert, ein bisschen krakelig, wie in Eile geschrieben, und Lily entsann sich jetzt, dass sie einmal von ihrem Platz aufgestanden war, um den Kontrolleur etwas zu fragen. Die Bestimmtheit, mit der Etta ihr das Buch aufgedrängt hatte – bitte, nehmen Sie, behalten Sie es, unbedingt –, kam ihr ebenso wieder in den Sinn wie ihr Wankelmut im Warteraum, ihr barscher Abgang. Sie zog das Handy hervor und wählte die Nummer. Etta ging schließlich ran, sprach Deutsch. In dieser Sprache klang sie ganz anders. »Hallo«, sagte Lily, bevor sie begriff, dass es Ettas Mailbox war, und auflegte. Sie hätte daran denken müssen, dass das passieren konnte, hätte sich vorher überlegen sollen, was sie sagen wollte, und es sich aufschreiben – hatte sie das nicht bei Sandra auf die harte Tour gelernt? –, aber sie hatte keinen Stift. »Hallo«, sagte sie beim nächsten Mal nach dem Piepsen. »Tut mir leid, dass ich einfach weggefahren bin. Ich hoffe, bei Ihnen ist alles in Ordnung.« Sie wollte ihre eigene Nummer angeben, geriet aber ins Stocken, verlor ganz den Faden und legte abermals auf.

Der Taxifahrer bat sie zweimal, den Namen der Stadt zu wiederholen, so als sei er sich sicher, dass er sich verhört hatte. Sie lag in einer Gegend, die laut ihrem Reiseführer von Leichtindustrie geprägt war, in einer platten Ebene, was hier gleichbedeutend mit »hässlich« war, denn hier gab es weder hübsche Bauerngehöfte noch anheimelnde Hütten von Ziegenhirten, sondern Felder mit Sonnenkollektoren, Autohändler und verschiedene Fabriken, die Dampf ausstießen. Und sie war viel weiter entfernt, als Lily gedacht hatte, über eine Stunde zu fahren. Unterwegs las sie im Eiltempo das Buch, ließ jede zweite Seite aus. Da Etta wahrscheinlich noch am Leben war, hatte Lily auch nach Geothermie gegoogelt und sich ein paar Ausdrücke eingeprägt. Die Zusammenhänge waren allerdings heikel, sie musste aufpassen, dass sie nichts durcheinanderwarf, sonst war wieder alles Oleander.

Am Ortseingang von Gariano stand ein bröckelnder Steinbogen, der einmal ein Teil der Stadtmauer gewesen sein musste, von der jedoch nichts geblieben war außer ein paar freistehenden Steinwällen, fast schon Geröll. Etta hatte den Namen ihres Hotels nicht genannt, es gab, wie sich herausstellte, aber nur eines, ein abscheuliches Gebäude moderner Bauart auf halbem Wege stadteinwärts. Lily hatte den Taxifahrer gerade bezahlt, er war noch nicht einmal abgefahren, da sah sie sie – Etta – schon an einem Tisch auf dem Gehweg. Sie war nicht nur nicht tot, sondern schien vollkommen wohlauf zu sein, mehr als das: Sie sah wunderschön aus. Sie sah auch anders aus, obwohl Lily sich schwergetan hätte zu sagen, inwiefern genau. Gelassener vielleicht, weniger hilflos. Oder hatte Lily sich die Hilflosigkeit nur eingebildet? Sie schrieb etwas in dasselbe Notizbuch wie am Tag zuvor, heute jedoch wirkte sogar die Bewegung des Handgelenks kraftvoller, sicherer. »Oh, hallo«, sagte sie aufblickend und runzelte die Stirn, aber ganz anders, als Lily es aus dem Zug in Erinnerung hatte. »Ich dachte, Sie machen Urlaub in den Bergen.«

»Tu ich auch«, sagte Lily. »Ich bin in Ovindoli.«

»Ist das nicht ziemlich weit weg?«

»Ja«, sagte Lily, »glaub schon.«

»Was machen Sie hier?«, sagte Etta.

»Ich hab angerufen«, sagte Lily. »Es zumindest versucht. Ich hab eine Nachricht hinterlassen.«

»Sie haben im Hotel angerufen?«

»Nein, Sie. Ich hab eine Nachricht hinterlassen. Zwei.«

Etta runzelte wieder die Stirn. »Woher haben Sie meine Nummer?« Sie griff nach dem neben ihr auf dem Tisch liegenden Handy und schüttelte den Kopf. »Keine Nachrichten.«

Der Tisch stand im Schatten unter einer Markise, Lily aber stand in der prallen Sonne. Aus Eitelkeit hatte sie keinen Hut aufgesetzt, sie hatte mit ihrem Haar – Muskat – angeben wollen und spürte jetzt, wie ihre Kopfhaut brannte. Um die Dinge etwas zu beschleunigen, sagte sie: »Das Buch hat mir sehr gut gefallen.«

»Das dachte ich mir«, sagte Etta. »Ich fand es etwas altmodisch, aber meine Mutter hat es sehr gemocht. Ich dachte, es gefällt Ihnen vielleicht auch.«

»Verstehe«, sagte Lily. In Wirklichkeit war das Buch grauenvoll gewesen, sie war nicht schlau daraus geworden. Sie zog es aus der Tasche und schlug die Titelseite auf. »Hier«, sagte sie, »habe ich jedenfalls Ihre Nummer her. Und ich habe eine Nachricht hinterlassen, aber …«

Etta lachte. »Oh, das ist die Nummer meiner Mutter«, sagte sie. »Sie macht das bei allen ihren Büchern. Fragen Sie mich nicht, warum«, sagte sie und, nach kurzem Innehalten: »Aber was machen Sie hier?«

Wie das erklären, sogar sich selbst? Hoffnung, hätte sie vielleicht gesagt, wenn sie den Versuch unternommen hätte; der ewige Sieg der Hoffnung über die Erfahrung. Das und die Tatsache, dass, wenn sie ehrlich war, irgendetwas an dieser jungen Frau sie an Sandra erinnerte; es war ihr in dem Moment aufgefallen, als Etta sich im Zug auf den Platz ihr gegenüber setzte; nicht an die jetzige Sandra, an eine frühere Version. Lily suchte nach einem plausiblen Ziel in der Umgebung und entdeckte ein Versicherungsbüro, eine Reinigung, eine Bank. »Ich wollte Sie besuchen.«

Sogar in diesem späten Stadium war es noch möglich, etwas zu retten. Es konnte einen gemeinsamen Spaziergang zu dem Steintor geben, wo sie die Inschrift über dem Durchgang entzifferten, oder einen Kaffee, an der Hotelbar vielleicht. Das Leben bestand schließlich zum großen Teil aus der Kunst des Rettens. Aber Etta, deren Miene sich in plötzlichem Erkennen änderte, war noch zu jung, zu unbeschädigt, als dass sie das bereits begriffen haben konnte. »Oh«, sagte sie, »ich verstehe.« Und dann: »Ich bin mit jemandem zusammen.«

»Ja«, sagte Lily, »natürlich.«

Dann wurde Ettas Mund zu einer schmalen Linie, und sie beugte den Kopf über ihr Notizbuch. Eine blonde Haarsträhne fiel wie eine Guillotine über die Seite. Heute trug sie ein Neckholder-Top, und da war wieder das schöne Schlüsselbein: so leicht zu brechen und so exponiert, dass Lily am liebsten die Hand ausgestreckt, am Stoff gezogen, ihn darübergebreitet und dieser jungen unwissenden Frau gesagt hätte, dass alles, was zu sehen ist, auch zerbrochen werden kann. Sie blieb noch einen Moment vor dem Tisch stehen, und als Etta nichts mehr sagte, machte sie kehrt und ging bis zum Ende der Straße, wo sie den Taxifahrer sah, der an einem Kiosk Zigaretten kaufte. Es war keine fünf Minuten her, dass er sie abgesetzt hatte.

Zurück auf Anfang also, den Vormittag zurückgespult, zurück durch das zerfallene Tor, vorbei an den dampfenden Fabriken, an den Autohändlern und den Feldern mit den Sonnenkollektoren. Staub stieg von den versengten Feldrainen auf und legte sich als feiner Film auf die Windschutzscheibe des Taxis. Die Straße flimmerte in der Hitze. Auf einem Feld neben der Autobahn befanden sich die Ruinen einer römischen Siedlung aus dem dritten Jahrhundert – ihr Reiseführer, fiel Lily ein, hatte von dem ausgeklügelten und fortschrittlichen Abwassersystem geschwärmt. Die Kanalisation, dachte sie, als sie ein Feld passierten, bemerkenswert nur wegen der darauf verstreuten Gesteinsbrocken, eine bestimmte historische Bauart der Kanalisation. »Halten Sie hier«, sagte sie zu dem Fahrer, als sie einen Wegweiser zu einem Wanderweg erspähte. Sie befanden sich bereits in Sichtweite des Rifugio, aber Lily hatte keine Lust, Allesandros Fragen zu parieren, warum sie schon so zeitig zurück war.

Es ging auf Mittag zu, und sie spürte die Hitze beim Wandern auf Armen, Beinen und Schultern. Kletten und Pflanzensaft klebten ihr auf der Haut, und Samen und Blütenblätter hefteten sich daran. Im Wald verschaffte das Blätterdach ihr ein wenig Linderung. Der Boden war hier trocken wie Zunder und mürbe von den Kiefernnadeln, die eine trockene Hitze ausstrahlten. Es war, als ginge man auf einem Bett aus Streichhölzern, und sie wäre nicht überrascht gewesen, wenn sie sich unter ihren Füßen entzündet hätten. Sie kam zu einer Lichtung, auf der Dutzende Bäume gefällt worden waren und der Waldboden sacht zum Eingang in eine Höhle abfiel. Ein Holzbalken stützte den Eingang, in den zwei Personen namens AL und RP ihre Initialen geschnitten hatten, oder aber es hatte nur einer die Initialen geschnitten und der andere gleichgültig zugesehen. Auch die Stelle erkannte Lily aus ihrem Reiseführer wieder. Es war die Höhle, in der Dorfbewohner sich während des Kriegs versteckt hatten und die nun ein Gedenkort war; sie erinnerte sich an ein künstlerisches Foto, das Kerzenstummel zeigte, kleine Tropfgebilde aus grauem Wachs am Boden von Glasgefäßen.

Sie ging in die Hocke und spähte ins Innere. Die Höhle war nicht völlig dunkel; durch schmale Tunnel, aufwärts gegraben, sickerte Licht ein. Stoffstücke, die man aus den Kleidern der Kranken, der Sterbenden und bereits Gestorbenen geschnitten hatte, waren an den Wänden befestigt. Sie sollte vermutlich hineingehen, sollte das Beste aus dem Kaff machen, in das Sandra sie verfrachtet hatte, doch sie ließ sich unter einem Baum auf der Erde nieder. Sie schüttelte die Kiefernnadeln aus ihren Sandalen, klopfte sich die Spuren der Wiese aus den Kleidern, lehnte den Kopf an den Baumstamm und schloss die Augen. Die zuvor erlittene Demütigung war schon ein wenig verblasst. Sie würde ihr natürlich wieder in den Sinn kommen, wie es bei Demütigungen immer war, würde ihr im langen Gras der Erinnerung auflauern. Vorläufig aber ging etwas Friedliches aus von dem durch die Bäume gedämpften Licht und dem würzigen, an Weihrauch gemahnenden Kiefernnadelduft.

Lily döste eine Weile. Als sie aufwachte, hatte die Sonne

den Schutzwall des Laubs durchstoßen, und ihr Arm rötete sich an einer Stelle. Sie öffnete die Tasche, um den Sonnenschutz herauszuholen, und da war es: Ettas Buch oder vielmehr das Buch von Ettas Mutter. Warum hatte sie es nicht in Gariano gelassen? Sie drehte es behutsam in der Hand hin und her, so als könne sie sich daran verbrühen, und wusste sofort, dass sie niemals wieder ein Buch in diesem Blau kaufen würde oder überhaupt irgendein aus dem Französischen übersetztes Buch. Auch Sachertorte und Muskat gab es künftig nicht mehr. So vieles ein für alle Mal verdorben.

Sie stand auf und ging auf die andere Seite des Baums, lehnte das Buch hochkant gegen den Stamm. Aber das war Umweltverschmutzung, nicht? Sie hob es wieder auf. Vielleicht konnte sie es in der Höhle lassen, bei den vielen schäbigen Kerzengläsern, konnte so tun, als wäre es eine Opfergabe, nur dass es dann vielleicht ein Gutmensch fände und zurückgeben wollte. Vor ihrem geistigen Auge sah Lily pummelige Gutmenschenfinger die Nummer von Ettas Mutter in ein Telefon hämmern. Ein paar Schritte von der Höhle entfernt scharrte sie mit den Sandalen auf der Erde, bis sie die Kiefernnadeln an einer Stelle fortgeschoben hatte. Ein spitzer Stock sah brauchbar aus. Sie stocherte damit in der Erde herum, ohne viel auszurichten, stocherte fester, bis er zerbrach. Danach probierte sie es mit einem Stein, und das ging besser. Auf den Knien begann sie zu graben. Als sie auf eine Wurzel stieß, warf sie den Stein zur Seite und zerrte, zerbrach die Wurzel und schleuderte sie mit einem spitzen Triumphschrei von sich.

Sie grub mit den Händen weiter, bis ihr einfiel, wie sie wohl aussah: wie ein Tier, mit den Krallen in der Erde wühlend. Sie stand schnell auf und blickte sich um, so als könne jemand sie beobachten, sie auslachen – *eine ganz neue Stufe der Torheit!* –, aber da waren nur Bäume, hoch und undurchdringlich. Nun, da sie nicht mehr grub, war es vollkommen still, abgesehen von dem Hin und Her eines Vogels auf einem Ast über ihrem Kopf, von dem kaum wahrnehmbaren trockenen Getrippel seiner Füße, so fein, als striche jemand winzige Zündhölzchen an. Schweiß lief ihr übers Gesicht. Sie legte das Buch in das Erdloch – es war allerdings weniger ein Loch als eine kleine Vertiefung – und häufte Kiefernnadeln darüber. Ganz schön jämmerlich, was sie da zustande gebracht hatte, dachte sie, als sie das Ergebnis aus einem Schritt Abstand betrachtete. Zweifellos käme in der nächsten Dämmerung ein Fuchs oder ein anderes wildes Tier hier schnuppernd vorbei; es nähme ihren Geruch auf und finge in Erwartung von etwas Blutigem mit fieberhafter Hoffnung an zu graben. Sie sah das Buch vor sich, zerfetzt, die Seiten vom Rücken gelöst und über den Waldboden verstreut, der blaue Einband zerschrammt von den Abdrücken vieler kleiner Zähnchen.

Lily fand einen Weg, der aus dem Wald heraus zurück auf die Wiese führte, aber an einer anderen Stelle als der, wo sie zuvor hineingegangen war. Eine leichte Brise wehte, und das Gras wellte sich in einem Meer von dunkleren und helleren Grüns und Silber. In einiger Entfernung sah sie das Rifugio und jemanden – Allesandro, vermutete sie –, der mit einer Leiter etwas auf der Terrasse machte. Weiter oben am Hang grasten ein paar Pferde. Der letzte Film, den sie und Sandra sich zusammen angesehen hatten, spielte im Mittelalter in Frankreich, wo Pferde, die für den Krieg ausgerüstet waren – große, apokalyptische Pferde in den Farben des Königs –, in einem prächtigen Sturmangriff durch Straßen mit Kopfsteinpflaster galoppiert waren, die Flanken schweißnass glänzend. Die Pferde hier waren kein Vergleich. Die meisten waren nicht mal Pferde, sondern zottelige Ponys. Eins oder zwei vielleicht auch Esel.

Auf einmal hoben sie jetzt jedoch alle den Kopf und schauten. Die Aufmerksamkeit, mit der sie sie betrachteten, war anrührend, genau wie die Ernsthaftigkeit, mit der sie stillstanden, so als hätten sie gewartet, so als würde Lilys Erscheinen aus dem Wald sie einer anderen, edleren Bestimmung zuführen. Lily erwiderte den Blick der Tiere, blieb still, sehr still, hielt sogar das Ein und Aus ihres Atmens so leise wie möglich. Dann wurde ihr klar, dass die Tiere gar nicht zu ihr sahen, sondern an ihr vorbei. Eine Gestalt kam den Hang herauf, einen Eimer in der Hand. Er ging noch ein Stück weiter, bevor er stehen blieb und den Eimer absetzte, die Hände um den Mund legte und zu rufen begann. Die Pferde verfielen in Trab, dann in leichten Galopp. Sie jagten bergab, die ungekämmten Mähnen flatterten, die Schweife wehten hinter ihnen her. Der Hang tat sein Übriges, und nun galoppierten sie wiehernd und schnaubend. Sie donnerten vorbei, trampelten auf Gänseblümchen, Vergissmeinnicht und Butterblumen. Und als die Pferde sie passierten, trat Lily zurück in den Wald, um Schutz zu suchen vor den Wolken gelben Staubs, die das Tohuwabohu ihrer Hufe aufwirbelte.

SILHOUETTE

Das Zimmer ihrer Mutter lag im zweiten Stock mit Blick auf den Fluss und die Coca-Cola-Abfüllanlage am anderen Ufer, die mit ihren hübschen Reihen rot-weißer Lastwagen aus der Entfernung an die Spielzeugsammlung eines Kinds erinnerte. Aileen hatte geplant, ihre Neuigkeit am Freitagabend zu verkünden; auf die Weise hätte ihre Mutter, wenn es nicht gut ausging, genug Zeit, sich zu fangen, bevor Aileen am Sonntag wieder wegmusste. Nebel in Heathrow verzögerte jedoch ihren Flug, und dann stand eine Schlange am Schalter der Autovermietung in Cork, und es gab ein Problem mit einem Formular, so dass es fast acht Uhr war, als sie endlich am Pflegeheim ankam.

»Aileen«, sagte ihre Mutter, »du kommst spät.« Ihre Mutter saß hochgelagert im Bett, die zarte Gestalt drückte die Kissen kaum ein. Neben ihr, auf dem einzigen Stuhl, den es in dem Raum gab, saß Eily, eine der anderen Heimbewohnerinnen. Eily war groß und breit, die weißen Löckchen fügten ihrer Größe noch einige Zentimeter hinzu, und wenn sie sich auf dem Stuhl vorbeugte, verdeckte sie Aileens Mutter fast vollständig.

»Entschuldige«, sagte Aileen, »mein Flug hatte Verspätung«, doch ihre Mutter und Eily hatten ihr Gespräch schon fortgesetzt. Es ging um den neuen Fußpfleger, der mit dem

Bimsstein meist zu grob zu Werke ging. Die Probleme ihrer Mutter, die unheilbar waren, konnte Fußpflege zwar nicht beheben, das hinderte sie aber nicht daran, mit verstörendem Elan das Thema Schwielen zu erörtern. Aileen wartete am Fenster darauf, dass die beiden fertig wurden. Die treibende Kraft ihres Gesprächs war – seltsam genug – ein dauerndes gegenseitiges Sticheln, nicht unschicklich, aber diffus boshaft, wie ein Kind verstohlen an einem Grind kratzen mochte. Wenn sie, Aileen erwog es flüchtig, ihre Neuigkeit jetzt verkündete, würde Eilys Anwesenheit die Reaktion ihrer Mutter womöglich mildern. Nicht dass ihre Mutter gegen Enkelkinder etwas einzuwenden hätte, Aileens Schwester Janet hatte aber bereits für vier gesorgt, und die Umstände von Aileens Schwangerschaft – 43, ungeplant, verheirateter Arbeitskollege – waren nicht das, was ihre Mutter sich erhofft hatte.

Das Pflegeheim war einmal ein Nonnenkloster gewesen, und von dieser klösterlichen Atmosphäre haftete ihm noch etwas an. Zellenartige Räume zweigten wie Schoten von den schmalen Stängeln der Korridore ab, und in der Wand hinter dem Bett ihrer Mutter war eine merkwürdige eckige Vertiefung, die wie eine übertünchte Tür aussah. Sonst übernachtete sie, wenn sie von London nach Hause kam, im Haus ihrer Mutter in Ballyphehane, das zur Zeit leer stand bis auf die Katze, mit deren Fütterung die Nachbarn betraut waren. Unter der Woche jedoch hatte Janet, ihre Schwester, angerufen und gesagt, sie solle diesmal ein Hotel buchen. Es wohne nun ein Mieter im Haus, denn, so Janet ziemlich unverblümt, es sei ja nicht so, als ob ihre Mutter dort wieder einziehen werde. Aileen stellte sich vor, wie jemand Fremdes, eine Frau – denn aus irgendeinem Grund war sie sicher, dass es sich bei dem neuen Mieter um eine Frau handelte – sich durch das Haus arbeitete, eine Schublade aufzog, dann eine andere. »So wird es sich wohl anfühlen, wenn man ausgeraubt wird«, hatte sie zu Janet gesagt.

Janet hatte geseufzt. »Wie kommst du auf Ausrauben? Warum muss bei dir immer alles so ein Drama sein? Das hab ich erst neulich zu Mam gesagt.«

»Mam weiß es also?«

»Das vom Haus? Du lieber Himmel, nein! Wir haben über etwas anderes gesprochen.«

»Und was ist mit meinen Sachen?«, hatte Aileen gefragt. Im Geiste sah sie vor sich, wie die Frau – jetzt deutlicher erkennbar: blond, ein zarter Knochenbau, gekleidet wie ein Fassadenkletterer – Tagebücher aus Aileens Teenagerjahren fand, ihre angegraute Unterwäsche, die im Wäscheschrank vergessen worden war.

»Du wohnst seit zwanzig Jahren nicht mehr in dem Haus«, sagte Janet. »Was für Sachen könntest du dort noch haben? Wenn es dich beruhigt, ich hab eine Lavalampe und eine Kiste mit Dekosachen auf den Dachboden geräumt.«

Es war Ende Mai und jetzt am Abend noch hell. Draußen auf dem Gelände gingen hübsch beschnittene Büsche, je näher sie dem Fluss kamen, in Gestrüpp und Hügel von vergorenem Grasschnitt über. Seit Aileens Besuch im vorigen Monat hatte Hochwasser ein Stück des Zauns um das Grundstück weggerissen, und jemand hatte die Lücke mit einem blauen Seil überbrückt, das wie eine Ziellinie zwischen Pfosten festgebunden war. So fordert man das Schicksal heraus, dachte Aileen; auf so einem Gelände war das schlicht unverantwortlich. Sie stellte sich vor, wie ihre Mutter und Eily, auf schwieligen Füßen und unter Einsatz der Ellbogen den Hang hinabstolperten und Hals über Kopf im schwarzen Morast des Flussbetts landeten.

Schließlich stand Eily auf, raffte ihren Morgenmantel um sich und schlurfte zur Tür. Sie blieb kurz stehen, die Hand hüfthoch zu einem angedeuteten Gruß erhoben, machte dazu aber ein so verärgertes Gesicht, dass sich die Geste ebenso gut als Drohung verstehen ließ. Als Aileen sich auf den frei gewordenen Stuhl setzte, war er von Eily noch warm, und sie zog ihren Mantel aus und legte ihn sich als Kissen unter.

»Ich kannte alle Dennehys aus Liscarroll«, sagte ihre Mutter, »und von denen war nie einer Zahnarzt.« Ein Filigran blauer Flecken vom Tropf war an der Innenseite eines Arms auszumachen. »Einen Tierarzt Dennehy gab es, das ja«, sagte sie, »oder so ähnlich, aber keinen Zahnarzt.« Das war der neueste Zeitvertreib ihrer Mutter: Eilys Vorfahren unter die Lupe zu nehmen. Sie prägte sich jedes neue Detail ein, um es, wenn Eily nicht dabei war, zu analysieren, und ging Unstimmigkeiten mit einer Hartnäckigkeit nach, wie sie sonst Kriegsverbrechern vorbehalten ist. Die Hand ihrer Mutter kroch über die Decke und schlug auf den Bettrand. »Janet hat mir neulich ein Buch mitgebracht …«, sagte sie. »Das kannst du eigentlich gleich wieder mitnehmen.« Das Buch, ein Exemplar von *Die Straße* – ein komisches Mitbringsel für Todkranke, dachte Aileen –, war auf den Boden gefallen, und Aileen hob es auf und legte es auf den Nachtschrank. »Nimm es mit, wenn du gehst«, wiederholte ihre Mutter. »Hier kommen die Sachen bloß weg«, und sie verdrehte die Augen in Richtung Eilys Zimmer.

Vom Korridor drang das Quietschen von Gummisohlen herein, begleitet von Rädergerumpel. Eine junge Frau in blauer Schwesternuniform parkte einen Wagen in der Tür. »Wie geht es uns heute Abend?«, sagte sie und kam quietschend näher. Sie nahm die Hand von Aileens Mutter und legte den Zeigefinger auf die Innenseite des Handgelenks. Der Finger war pummelig und dick. Die Haut von Aileens Mutter war fast durchscheinend, Adern bildeten dicht darunter ein feines blaues Flussdelta.

»Dorene«, sagte ihre Mutter, »das ist meine andere Tochter, Aileen.«

Dorene ließ die Hand ihrer Mutter los und zog einen Stift aus der Tasche ihrer Uniform. Sie trug etwas in das am Fußende des Bettes befestigte Kurvenblatt ein. »Ihre Tochter?«, sagte sie und schlug auf einer Seite Decke und Laken zurück. »Sie könnten glatt Schwestern sein.«

Aileen war gekränkt und nahm sich das gleich übel, denn hatte ihre Mutter nicht ein Recht auf diese letztlich doch durchsichtige kleine Lüge? Ihre Mutter mit einer Hand am Rücken stützend, drehte Dorene sie zur Seite und zog mit der anderen Hand das Laken unter ihr straff. Es wirkte sehr souverän, wie Dorene, die nicht älter sein konnte als dreißig, ihre Mutter bewegte: ungezwungen und sachlich, ein unbedachtes Verschwenden von Berührung, so als sei das etwas, was sie alle Tage tue, was es ja auch war. Aileen war mit einem Mal sehr müde; sie fühlte sich erschöpft und unfähig. Wenn sie das Baby jetzt herausholen könnte, würde sie es tun. Sie würde es, rot tropfend, über das Bett an Dorene weiterreichen. Dorene würde wissen, was man damit machen musste. Da wusste Aileen, dass sie ihrer Mutter das von dem Baby heute Abend nicht würde sagen können; an diesem seltsamen Ort, halb Hotel, halb Leichenhalle, würde sie es gar nicht sagen können.

»Ich dachte mir, wir könnten morgen doch einen Ausflug machen«, sagte sie, kaum dass Dorene zur Tür hinaus war. »Nur du und ich. Wir könnten ans Meer fahren.«

»Ich könnte Janet bitten, uns zu fahren«, sagte ihre Mutter am nächsten Vormittag, als sie unter dem Vordach des Pflegeheims standen. Sie klopfte sacht auf das Geringel silberner Löckchen in ihrem Nacken, als sie das sagte, eine nervöse Angewohnheit, die sie seit Aileens Kindheit hatte, auch wenn die Löckchen damals braun gewesen waren und dicker.

»Ich kann Auto fahren, Mam.«

»Es würde Janet nichts ausmachen«, sagte ihre Mutter und starrte auf den am Bordstein geparkten Wagen. »Sie könnte in zwanzig Minuten da sein.« Da wusste Aileen Bescheid: Ihre Mutter hatte Janet bereits gefragt, und Aileens Fahrkünste – die möglichen Risiken – waren in so schwarzen Farben ausgemalt worden, dass die Beschwerden ihrer Mutter, sogar ihre Erkrankung, verblasst waren gegen die Gefahr einer Tochter, die mit einem gemieteten Fiat aus London nach Hause kam. Aileen ermahnte sich, nicht mit ihrer Mutter zu streiten, und schwieg, hakte ihre Mutter bloß unter und führte sie zum Auto.

Sie fuhren an der Küste entlang nach Süden, auf der einen Seite das Meer, auf der anderen Straßengräben, strotzend vor Ginster und saftigem Frühsommergras. In dem Dreisternehotel am Stadtrand hatte Aileen am Abend zuvor nach dem Studium der Landkarte beschlossen, nach Courtmacsherry zu fahren, wo die Familie ihrer Mutter herstammte und wo ihre Mutter als Kind jeden Sommer die Ferien verbracht hatte. Ihre Mutter war eine schlechte Beifahrerin und presste sich bei jeder Kurvenfahrt gegen die Rückenlehne. Wenn sie einen Lastwagen überholten, flog ihre Hand an den Hals. Da sie selbst nicht fahren konnte, traute sie es Aileen auch nicht zu.

Janet simste, sie würde sich mit ihnen gern zum Kaffeetrinken in Kinsale treffen wollen. Hätte Janet ihr den einen Tag mit ihrer Mutter nicht zugestehen können?, dachte Aileen. Aber es war riskant, ihr das zu sagen, es würde unweigerlich mit Streit enden, und so hatte sie ja gesagt, natürlich, klar, bitte, komm. Aileen und ihre Mutter waren als Erste im Café und setzten sich an einen Fenstertisch. Aileen bestellte sich einen Kaffee und ein Scone. Ihre Mutter bestellte sich eine Kanne Tee und ein gekochtes Ei, obwohl gekochte Eier nicht auf der Karte standen, und ging dann zur Toilette. Aileen blätterte die Lokalzeitung durch. Im Laufe der letzten Wochen hatte sie eine Veränderung bemerkt, ihr Blick fiel auf Dinge, bei denen sie früher weitergeblättert hätte, und nun landete er bei einem Artikel über Babyklappen in Deutschland, in denen Frauen ihre Neugeborenen ablegen konnten. Sie stellte sich etwas vor, was den Kleidercontainern vor ihrem Büro ähnelte: Babys, die auf duftende warme Häufchen von anderen Babys kippten, flaumig, milchig, schlafend, Babys, die in ein warmes Dunkel plumpsten, ein leises Brechen von Schädelknochen, wie bei Eierschalen.

Hinter der Toilettentür drang das gedämpfte Brummen des Handtrockners hervor, ein schläfrig-leises Gesumm wie von einer Biene, die in einer Vorhangfalte gefangen war. Es hörte auf, fing noch mal an, hörte wieder auf. Ihre Mutter kam heraus, wischte sich die Hände an einem Papiertuch ab. »Ich verstehe nicht, warum die sich diese Dinger anschaffen«, sagte sie. Sie klang jetzt gelöster, munterer, vielleicht weil sie unbeschadet angekommen waren. Sie zog ein Plastikröhrchen aus ihrer Handtasche und schüttete sich eine längliche blaue Tablette in die Hand. Legte sie sich auf die Zunge, trank einen Schluck Tee und warf den Kopf mit einer ruckhaften Bewegung in den Nacken. Drückte sich eine Serviette an die Lippen, hielt sie einen Moment dort fest.

Draußen fuhr Janet vor. Ihr Ältester, Keith, der Janets Ehemann Richard am ähnlichsten sah, saß auf dem Beifahrersitz, die anderen drei Kinder saßen, in Kindersitzen angeschnallt, auf der Rückbank. Janet brauchte eine Weile, bis sie mit dem schweren, unförmigen Minivan gerade eingeparkt hatte, touchierte die Autos vor und hinter sich an der Stoßstange. Dann fuhr sie auf dem Fahrersitz herum, vermutlich schrie sie, dachte Aileen, die Kinder an, denn die schien sie oft anzuschreien. Sie zog jedoch von irgendwo auf dem Boden des Wagens eine Riesenpackung Chips hervor und machte sich daran, sie zu verteilen. Sie stieg aus dem Auto aus, schloss es ab und kam die Stufen zum Café heraufgeeilt. »Ich hab keinen Babysitter gefunden«, sagte sie, »aber wir bleiben ja auch nicht lange, nicht?«

Nun, als Aileen ihre Mutter und ihre Schwester zusammen sah, bemerkte sie eine Ähnlichkeit – um die Nase, ums Kinn –, die ihr bisher entgangen war. Die vier Kinder starrten aus dem Auto herüber, die Blicke auf ihre Mutter, Tante und Großmutter geheftet. Die Älteren beförderten gekonnt mit kleinen Händen Chips in ihre Münder, das Baby zog am

Sauger einer Flasche. Janet ging offenbar im selben Tempo in die Breite, in dem ihre Mutter schrumpfte. Ihr Pullover, ein Stück, das Aileen ihr vorletztes Jahr zu Weihnachten geschenkt hatte, war mindestens zwei Größen zu klein. Janet ließ sich auf dem Stuhl neben ihrer Mutter nieder, Aileen gegenüber. »Wie ist das Leben in London?«, sagte sie.

Aileen wollte schon »schwanger« sagen, »das Leben in London ist schwanger«, ließ es aber bleiben. Wie würde Janet reagieren, überlegte Aileen, wenn sie die Neuigkeit erführe? Bis jetzt war Schwangerschaft das Terrain ihrer Schwester gewesen. Janet achtete aber gar nicht auf ihre Antwort. Sie sah hinaus zum Auto, wo Keith dem Baby Chips in den Mund stopfte. »Den nagel ich ans Kreuz«, sagte sie, und Aileen sah im Geiste vor sich, wie der Junge an die Mauer des Cafés genagelt wurde und Blut auf die Blumenkübel darunter tropfte. Janet sprang auf und hämmerte mit der Faust an die Scheibe. »Lass das!«, schrie sie. Die Gespräche im Café kamen zum Stillstand, die Kinder draußen machten trotzdem weiter. Janet lief hinaus, zog an der verschlossenen Wagentür. Sie befühlte ihre Taschen nach dem Schlüssel, den sie im Café auf den Tisch gelegt hatte. »Mach die Tür auf!«, brüllte sie.

Aileens Mutter verfolgte das Geschehen mit der distanzierten Miene eines Zuschauers in der Stierkampfarena, der auf den Beginn der Hauptattraktion wartet. »Sie ist richtig fett geworden«, sagte sie. »Früher war sie nicht so fett.«

Da merkte Aileen, dass das Fenster über ihrem Tisch offen war. »Sie muss aufpassen«, sagte ihre Mutter, »sonst sieht Richard sich anderweitig um. Ich hab mich immer gewundert, wieso sie einen jüngeren Mann heiratet. Ich hab mir Sorgen gemacht.«

Aileen stand auf und zog, zu spät, das Fenster zu. »Es sind doch nur drei Jahre«, sagte sie.

Ihre Mutter nahm das offenbar als Zuspruch. »Ja, sicher, aber drei Jahre sind drei Jahre«, sagte sie. »Und er ist ein Mann. Männer sind anders.« Ihre Bestellung war gekommen, und sie nahm ihr gekochtes Ei und klopfte mit einem Löffel mit flinken kurzen Bewegungen ringsherum auf die Schale. Draußen hatten die Kinder die Tür von innen entriegelt, und Janet befand sich halb im Wagen und halb außerhalb und verdrosch die Kinder eins nach dem anderen, das Kleinste ausgenommen, schlug so heftig auf sie ein, dass Aileens Hand instinktiv auf ihren noch flachen Bauch fuhr.

Ihre Mutter führte einen Bissen Ei zum Mund und legte den Löffel wieder ab. »Sie war mal so hübsch«, sagte sie. »Sie hat sich gehen lassen.« Das stimmte, dachte Aileen beim Blick auf ihre Schwester, Janet war einmal schön. »Es ist nicht leicht, einen Mann zu halten«, fuhr ihre Mutter fort, »sie muss aufpassen. Ein bisschen mehr aus sich machen.« Aileens Vater war gestorben, als sie drei war, ihre Mutter hatte sich also nicht allzu lange Gedanken zu machen brauchen, wie sie ihn hielt, aber das sagte Aileen nicht. Janet schlug die Autotür zu und kam zum Eingang des Cafés zurück.

»Das kommt natürlich von den Kindern«, sagte Aileens Mutter, »Kinder ruinieren einen.«

Janet verweilte noch einen Moment hinter der Eingangstür. Sie gab sich den Anschein, die Aushänge an der Anschlagtafel zu studieren, Hinweise auf lokale Spendensammler und Sportausrüster, auf entlaufene Haustiere. Als sie schließlich wieder an den Tisch kam, waren ihre Augen rot umrändert.

»Du musst Richard sagen, dass er mal ein ernstes Wort mit dem Jungen spricht«, sagte ihre Mutter und neigte den Kopf in Richtung Auto, in dem der gekreuzigte Keith nun auf dem Beifahrersitz heulte. »Sonst wird es noch schlimmer mit ihm. Man muss das gleich im Keim ersticken.«

Aileen stellte sich vor, wie Janet ihre Mutter in eine Klappe legte und wegrannte, ihre Mutter zusammengerollt wie ein Teppich, den Kopf zum Körper gebogen, das sachte, fast geräuschlose Plumpsen, als sie landete. Und dann sah ihre Mutter, so als hätten sie gerade über etwas ganz anderes gesprochen und würde Janet nicht verstohlen neben ihr schniefen, über den Tisch hinweg Aileen an und sagte: »Erinnerst du dich noch an die Puppen, die du hattest, als du klein warst?«

»Ja«, sagte Aileen. Schwer zu sagen, worauf ihre Mutter hinauswollte.

»Ich musste erst neulich daran denken«, sagte ihre Mutter. »Du hast noch mit zwölf oder dreizehn damit gespielt. Ich hab mir immer Sorgen deswegen gemacht, ich dachte, du bist vielleicht etwas zurückgeblieben.«

»Ich hab Puppen gesammelt, Mam. Das taten damals viele Mädchen.«

»Ja«, sagte ihre Mutter, »du hast wahrscheinlich recht«, und nickte, aber langsam, so als sei sie, jetzt, dreißig Jahre später, noch immer nicht vollends überzeugt. »Das taten sie wohl.«

Sie verabschiedeten sich von Janet und den Kindern, verließen das Café und fuhren weiter nach Süden, bis sie Courtmacsherry erreichten und seine weite Bucht mit dem weißen Glitzern der Wellen und den am Pier schaukelnden Booten.

Es gab einen kleinen öffentlichen Strand – ein schmaler Streifen kiesigen Sands – und ein Hotel, vom Meer durch eine Reihe von Felsbrocken und eine Bank aus niedrigen Sanddünen getrennt. Zum Strand gelangte man vom öffentlichen Parkplatz über einen abfallenden Weg, und Aileen half ihrer Mutter aus dem Auto und hakte sie beim Hinabsteigen unter. Ihre Mutter ging langsam und vorsichtig, den Blick auf ihre durch den Sand schreitenden Füße gerichtet. Ein gutes Dutzend ältere Frauen hatte sich am Strand eingefunden, Hotelgäste, vermutete Aileen, weil sie alle dieselben roten Badekappen trugen. Sie schauten einem Trainer zu, einem Mann, der jung genug war, ihr Enkel zu sein, und ihnen Schwimmbewegungen vorführte. Und dann entdeckte Aileen – es war wie ein Wink des Schicksals, als werde ihr ein Weg zu dem Gespräch mit ihrer Mutter gewiesen, das sie sich für heute vorgenommen hatte – eine schwangere Frau im Wasser. Ihr dicker Bauch hatte etwas Grelles, fast Unanständiges, so als trüge sie ein Hologramm ihrer Schwängerung unter der Haut. Als die Frau zum Ufer geschwommen kam, kreuzte ein Streifen Seetang ihre Bahn, und sie warf ihn, ohne zu stocken, zur Seite. Wie leicht sie es aussehen ließ, dachte Aileen, ganz mühelos. Es hätte sie nicht überrascht, wenn das Baby gleich an Ort und Stelle aus ihr herausgeschwommen wäre, unangestrengt, schmerzlos, ein kleines Dingelchen, dessen Augen noch geschlossen waren, von der Strömung hereingetragen wie eine Qualle. »Sie muss aufpassen«, sagte Aileens Mutter. »Sie ist schon ziemlich weit. Ich würde mir da Sorgen machen.«

»Ihr passiert schon nichts«, sagte Aileen. »Sie scheint eine gute Schwimmerin zu sein.«

»Wenigstens ist sie jung«, sagte ihre Mutter. »Das ist für sie von Vorteil. Vielleicht zu jung. Ich bezweifle, dass es einen Ehemann gibt.«

Sie waren bei einer Gruppe flacher schwarzer Felsen angekommen. Der Schritt ihrer Mutter wurde langsamer, ihr Atem ging in kürzeren Stößen. Aileen sah sie an und dachte, dass sie seit ihrem Aufbruch am Vormittag noch mehr geschrumpft war. War der Ausflug ein Fehler gewesen? Sie hatte vor der Abfahrt jedoch bei der Heimleiterin nachgefragt, und sie hatte gesagt, es täte ihrer Mutter sicher gut, und hatte – ziemlich schroff, fand Aileen – hinzugefügt, das habe sie Janet auch schon gesagt. Aileen half ihrer Mutter, sich auf den flachsten Stein niederzulassen, damit sie sich ausruhen konnte, und sie saßen eine Zeitlang da und schauten aufs Meer und zu den älteren Frauen, die jetzt mit gelben Schwimmhilfen unter den Armen weiter ins Wasser vordrangen.

»Ich mach mir Sorgen«, sagte ihre Mutter.

Aileen wartete. Die Währung der Sorge hatte im Munde ihrer Mutter über die Jahre einen so großen Wertverlust erlitten, dass man nicht ahnen konnte, was nun folgen mochte.

»Wegen … weißt du …«, sagte ihre Mutter, »wegen dem, was passieren wird.«

»Was wird wann passieren?«

»Du weißt schon …«, sagte ihre Mutter, »was am Ende passieren wird.«

Es war das erste Mal, dass sie die Tatsache, bald sterben zu müssen, ohne Umschweife zur Sprache brachte. »Ich habe Angst, dass da keiner da ist«, sagte sie.

Aileen glaubte, es sei der Auftakt zu einem Gespräch über

spirituelle Dinge, doch ihre Mutter sagte: »Nicht du, nicht Janet, niemand.« Ihre Hand schloss sich fester um Aileens Hand. »Im Erdgeschoss war ein Mann, der ist vorige Woche gestorben«, sagte sie. »Eily hat mir erzählt, sie haben zuletzt keine Vene mehr gefunden, und er hat eine Stunde lang geschrien, bevor der Krankenwagen kam.«

Aileen musste an die Schwangerschafts-Chats mit ihren grotesken Geschichten über Geburtszangen, Episiotomien und dreißigstündige Wehen denken. »Mam«, sagte sie, »red nicht so. Du weißt, dass ich da bin.«

»Bist du nicht. Du bist in London.«

»Die melden sich bei mir, wenn …« Aileen war sich nicht sicher, wann sie sich bei ihr melden würden. Denn wie konnten sie zu diesem Zeitpunkt wissen, von einer Minute zur nächsten wirklich wissen, wann es zu Ende ging? »Die melden sich bei mir, wenn es so weit ist«, sagte sie, »und außerdem ist Janet ja da.«

»Mit Janet stimmt etwas nicht«, sagte ihre Mutter, »ich weiß nicht, was, aber irgendwas stimmt nicht. Ich mache mir Sorgen.«

Aileen drückte die Hand ihrer Mutter. Weiter hinten an der Küste pflügte ein Kitesurfer eine weiße Furche durch das Wasser. Aileen folgte dem geblähten Streifen aus Rot und Orange, der am Himmel über ihm tanzte, so als fände sich dort die Antwort, fänden sich die Worte, die sie ihrer Mutter sagen musste. Eine Zeitlang saßen sie schweigend da. Letztendlich, dachte Aileen, war das alles, was sie und ihre Mutter einander anbieten konnten: den Trost, dass sie sich gemeinsam fürchteten.

»Ich hab bei dir hinten im Auto einen Fotoapparat liegen

sehen«, sagte ihre Mutter. »Ich möchte, dass du ein Foto von mir machst.«

In dem Haus in Ballyphehane hatte es immer nur zwei Fotos ihrer Mutter gegeben: eines von ihrem Hochzeitstag, das andere einige Jahre früher im Wohnzimmer einer Cousine, als ihre Mutter noch ein Mädchen in Baumwollkleid und Söckchen war, der Scheitel im Haar so scharf, als wäre er mit dem Messer gezogen worden. »Ja, natürlich«, sagte Aileen, »ein Foto wäre wunderbar. Ich geh die Kamera holen.« Sie sah ihre Mutter an. »Kommst du hier allein zurecht?«

»Sicher doch«, sagte ihre Mutter, »warum denn nicht?«

Der Nachmittag war kalt geworden, und Aileen zog beim Gehen die Jacke fester um sich. Sie ging gerade durch die Dünen, als ein plötzlicher Schwindel sie überkam, begleitet von dem Brechreiz, der, wie ihr Arzt ständig beteuerte, ein gutes Zeichen war. Sie setzte sich für einen Moment und schloss, sich im Gras ausstreckend, die Augen. Hier am Ufer löste Gestrüpp den gepflegten Rasen des Hotels ab, massenhaft besiedelt von gelbäugigen Gänseblümchen und Schöllkraut. Zu Hause in London brachte der Vater ihres Kinds – wie seltsam diese Worte immer noch klangen, *ihres Kinds* – den jüngeren seiner beiden Söhne jetzt zum Geigenunterricht. Er hatte ihr vorgeworfen, es sei herzlos und egoistisch von ihr, das Kind bekommen zu wollen. »Die Jungen sind sechs und zehn«, hatte er gesagt, »hast du dir mal überlegt, was das für sie bedeuten wird?« Der Brechreiz wurde stärker, und sie wollte sich beruhigen, wollte langsam und tief atmen, wurde daran aber gehindert durch das Geschrei der Möwen, die über den Dünen ihre Kreise zogen. Die Schreie waren gellend und hoch, fast wie die von Menschen. Sie wurden immer lauter und schriller, während Aileen da im Gras lag, bis sie sich mit einem Ruck aufsetzte und begriff, dass es nicht Möwen waren, was sie hörte, sondern Frauen.

Sie rannte durch die Dünen zurück und sah ihre Mutter im Meer, bis zur Taille im Wasser. Die Schwimmerinnen aus dem Hotel waren zu ihr unterwegs, riefen sie, die roten Badekappen hüpften wie Bojen, als sie sich ihr näherten. Aileen rannte den Strand hinunter, rutschte, stolperte über die Steine. Sie sah, wie ihre Mutter mit dem Gesicht nach vorn fiel und für Sekunden unter der Wasseroberfläche verschwand. Der Trainer und eine Frau waren jetzt bei ihr und versuchten sie hochzuheben, das Wasser schäumte weiß in dem wilden Durcheinander schlagender Arme und Beine. Während Aileen ihnen noch im Wasser entgegenwatete, drehten sie schon uferwärts und setzten sich in Bewegung, trugen ihre Mutter zwischen sich. Sie legten sie auf die Landungsmauer, und Aileen sah zu, wie ihre Mutter Wasser aushustete, spuckte, sich verschluckte, noch mehr aushustete, das Haar in nassen Strähnen am Kopf klebend.

Sie trugen ihre Mutter zum Hotel, eine gerade lange Straße entlang, die mit alten Bäumen den Rasen zu beiden Seiten begrenzte. Ein Pfauenpärchen, Hahn und Henne, suchten am Rasenrand nach Futter; sacht stupsten sie sich gegenseitig in die Seiten und das Hinterteil und hoben in trägem Gleichmut den Kopf, als die Gesellschaft vorbeizog. Ihre Mutter wurde in ein Zimmer gebracht, und der Hotelmanager schaffte einen Bademantel und einen Becher Tee herbei. Eine Frau bot Wäsche zum Wechseln an – Unterwäsche, Strickjacke und Rock, alles zu groß –, die Aileen mit der Post zurückzuschicken versprach. Da die Übelkeit sich wieder bemerkbar machte, entschuldigte sie sich und ging ins Bad, wo sie ein wenig erbrach und sich Wasser aufs Gesicht spritzte. Als sie aus dem Bad kam, sagte ihre Mutter den anderen Frauen ihren Stammbaum auf, als ob sie ein Zuchttier wäre, trug ihn in einem Singsang vor wie ein in der Schule auswendig gelerntes Gedicht. Mittlerweile, dachte Aileen, konnte sie die Liste schon selbst hersagen, sie hatte sie oft genug gehört, auch wenn es ihre Mutter mit den Jahren nicht mehr ganz so genau nahm. Ab und zu, irrtümlich vielleicht oder aber glatt gelogen, schmuggelte sie ein bisher nicht gehörtes Detail ein, eine kecke kleine Ausschmückung.

Als sie allein waren, ließ ihre Mutter sich ein Bad ein, wollte sich von Aileen aber nicht helfen lassen. Aileen klopfte einige Male an die Tür und fragte, ob alles in Ordnung sei, ob sie Hilfe beim Haarewaschen brauche, was ihre Mutter verneinte. »Ruf mich, wenn du aus der Wanne möchtest«, sagte Aileen durch die Tür. Sie setzte sich in einen Sessel am Fenster und beobachtete die Möwen, die draußen über den Rasen staksten, und eine Gruppe von Kindern, die am Strand Fangen spielten und wie Amphibien zwischen Wasserlachen, dem Weg durch die Klippen und Felsbrocken hindurchglitten. Nach einer Weile hörte sie das Gurgeln des durch den Abfluss fließenden Wassers und sah im Geiste, wie ihre Mutter ohne fremde Hilfe aus der Wanne steigen wollte und auf dem nassen Boden ausrutschte. Sie ging zum Bad, doch als sie die Hand an die Tür legte, war die abgesperrt.

Später am Abend, wieder im Pflegeheim, zog Aileen ihrer Mutter ein Nachthemd an und half ihr ins Bett. Auf Drängen ihrer Mutter ging sie nach unten ins Büro der Heimleiterin und holte sich braunes Papier zum Verpacken der geliehenen

Kleider. »Du schickst sie morgen ab, ja?«, sagte ihre Mutter. »Hier kommen sie nur weg.« Gnädigerweise hatte sich Eily an dem Abend noch nicht blicken lassen. Aileen füllte das Wasserglas ihrer Mutter wieder auf. Neben dem Bett befand sich eine sanft gerundete Kerbe in der Bodendiele. Laut der Broschüre des Heims handelte es sich um die originalen Eichendielen aus dem achtzehnten Jahrhundert, und sie waren übersät mit kleinen Astlöchern, die sich im Dunkel verloren. Am Bettende befand sich eine zweite identische Kerbe. Offenbar hatte an der Stelle einmal ein anderes Bett gestanden, ähnlich, aber nicht ganz genauso aufgestellt wie das, in dem ihre Mutter jetzt lag. Eine andere Frau hatte hier gelegen, eine Reihe von Frauen vielleicht, Nacht für Nacht, Jahr um Jahr, den Mund leicht geöffnet im Schlaf, und dieses Andenken an ihre Existenz in das Holz eingeprägt.

Ihre Mutter nippte am Wasser und legte sich zurück aufs Kissen, presste, als Aileen fragend das Glas hob, die Lippen fest zusammen. »Du hast gestern Abend vergessen, das Buch mitzunehmen«, sagte sie. »Vergiss es nicht noch mal. Hier ist nichts sicher.« Und als Aileen nach dem Buch griff und es in ihre Tasche steckte, kam ihr der Gedanke, dass das sehr wohl die letzten Worte ihrer Mutter sein konnten.

Für die Rückfahrt zum Hotel nahm sie den Autobahnzubringer Richtung Ballyphehane. Das Haus ihrer Mutter war ein bescheidenes Reihenmittelhaus in einer nicht sonderlich schicken Gegend, und Aileen fragte sich, wie es Janet gelungen war, einen Mieter dafür zu finden. Sie parkte direkt davor. Sie würde höflich sein, sagte sie sich, ruhig und höflich. Die Mieterin – die junge Frau – würde es verstehen; Aileen würde es verstehen, wenn sie an ihrer Stelle wäre.

Sie würde sagen, sie wisse, dass es jetzt ihr Haus sei, sie, Aileen, wolle sich ja auch nur einmal umsehen, sie sei so weit gefahren. Noch im Auto sitzend, probte sie zwei Reden: eine für den Fall, dass die junge Frau sich als sympathisch erwies, die andere für den, dass sie pampig war. Bei ihrer innerlichen Sprechprobe sah Aileen die junge Frau so deutlich, als stünde sie vor ihr, nach wie vor feingliedrig und blond, gekleidet wie eine Fassadenkletterin.

Aileen wollte gerade aus dem Auto aussteigen, als ihr auffiel, dass der Garten vor dem Haus verwildert und ungepflegt war, die kostbaren Lupinen ihrer Mutter geknickt und von Unkraut gewürgt. Urplötzlich wallte Zorn auf die junge Frau in ihr auf, die wahrscheinlich, befand Aileen jetzt, pampig war. Neben der Haustür spie eine überquellende Mülltonne ihren Inhalt auf den Weg. Die Vorhänge am Wohnzimmerfenster fehlten – sie konnte sich denken, was ihre Mutter dazu sagen würde –, und sie sah Bierdosen auf dem Couchtisch und die Silhouette von jemandem, der auf der Couch fernsah. Die Silhouette war jedoch nicht die einer jungen Frau, feingliedrig oder nicht. Es war die eines Mannes, und als er, vielleicht weil er das Auto bemerkt hatte, aufstand und ans Fenster trat, sah Aileen, dass es Janets Mann war, Richard. Der Garten war klein, nicht mehr als zehn Schritte von der Haustür bis zum Gartentor, und Aileen war klar, dass er sie erkannt haben musste. Sie wartete, ob er an die Tür kam und sie hereinbat, doch er verharrte am Fenster, und kurz darauf drehte sie den Schlüssel im Zündschloss und fuhr davon.

Am Ende der Straße bog sie nach Osten ab, fuhr an den Randbezirken der Stadt entlang zu ihrem Hotel. Morgen würde sie ihrer Mutter im Pflegeheim auf Wiedersehen sagen und den Rückflug nach London antreten. Der Brechreiz, der sich um diese Stunde sonst immer bemerkbar machte, blieb an dem Abend aus; ihr Arzt hatte ihr gesagt, das würde sich mit der Zeit geben, sie solle sich keine Sorgen machen, wenn es so weit war. Durch seine Abwesenheit, stellte sie fest, ohne diese bittersüße Unpässlichkeit fühlte sie nun gar nichts, nichts außer sich selbst, und sie suchte in ihrer Vorstellung nach einem Bild. Es stellte sich aber nichts ein, nur ein körniger Mischmasch von Ultraschallbildern anderer Frauen, ein schattenhaftes Ding, das in einem See aus Fruchtwasser trieb. Für den Moment, den sie an der Ampel stand, gewann es die Züge einer blonden, feingliedrigen jungen Frau. Es hatte die Augen fest geschlossen, wie es die Augen ihrer Mutter gewesen waren, als sie heute aus dem Wasser kam, gegen das brennende Salz gewappnet. Ihre Mutter, die, so war es Aileen vorgekommen, mit letzter Kraft ausgeholt und ihre Retter mit erhobenen Armen abgewehrt hatte, das Gesicht dem offenen Meer zugewandt.

EIN ANDERES LAND

In Kinnego war das Licht silbern, das Meer und der Himmel grau, und ein beißender, fast metallisch scharfer Wind schnappte nach ihrem Atem. Jedes Mal, wenn er von diesem Landstrich erzählte, hatte er von dem Licht gesprochen, und nun, am frühen Morgen, der Strand menschenleer, verstand sie, was er meinte. Sie waren am Tag zuvor in Dublin aufgebrochen, aber erst spät, und hatten sich dann zu lange in Derry aufgehalten, so dass es bereits dämmerte, als sie den Foyle entlang nach Norden fuhren. Das Meer versank da schon in der Dunkelheit, das Kajütenlicht eines Boots schwebte wie eine Lampe draußen in der Bucht, und als sie durch Quigley's Point, Moville und Greencastle fuhren, stießen kleine dunkle Gestalten über dem Wasser durch die Luft: Vögel vielleicht oder Fledermäuse aus den Bäumen an der Uferstraße.

Nach dem Aufwachen am Morgen hatte sie die Schlafzimmervorhänge im Bungalow seines Bruders aufgezogen, um sich das Meer richtig anzusehen, und hatte erstaunt auf eine Betonmauer geblickt, die, nur grob verputzt, einen Meter vom Haus entfernt stand. Auf dem Boden zwischen Fenster und Mauer lagen ein Gewirr oranger Netze, ein halbes Dutzend scharfkantiger verzinkter Bleche und ein Stapel Plastikkisten mit dem Logo einer Fischereigenossenschaft.

»Es ist ein Bootshaus«, sagte er vom Bett her, und als sie sich umdrehte, sah sie, dass er sie, auf einen Arm gestützt, amüsiert beobachtete.

»Aber warum hier?«, sagte sie und wies ungläubig auf die Mauer. »Warum das Meer und das Licht aussperren?« Es war kalt in dem Schlafzimmer, ihr Atem trübte das Glas, als sie sich dichter zum Fenster beugte. In dem Netz hingen noch Reste aus dem Meer: schwarzer, ledriger Seetang, dünn wie Schnürsenkel, und eine Handvoll Seepocken. »Stell dir mal vor«, sagte sie und spürte, in ihrem Nachthemd zitternd, den auf ihr ruhenden Blick, »was so eine Aussicht in Howth wert wäre.«

Lachend klopfte er auf das Kissen neben sich. »Du bist hier nicht in Kansas, Dorothy«, sagte er und legte, als sie wieder ins Bett kam, die Hand auf ihren Hüftknochen und zog sie an sich.

Nach dem Frühstück fuhren sie gleich nach Kinnego, bevor die anderen auf den Beinen waren. Sie parkten ganz oben auf einer steinigen Landzunge, und als sie aus dem Wagen stieg, hätte der Wind ihr beinahe die Autotür aus der Hand gerissen. Breit und leer lag unter ihnen die Bucht, der Hang unterhalb des Felsens ein grünes Gewirr buschiger Vegetation, die bis zum Wasser hinabreichte. Sie hielt seine Hand, während sie den steilen Pfad zum Strand hinabstiegen. »Hier ist mal ein Schiff der spanischen Armada auf Grund gelaufen«, sagte er und legte ihr stützend den Arm um die Taille, »ein altes venezianisches Handelsschiff, das zu einem Schlachtschiff umgebaut worden war.«

Sie blieb stehen und steckte sich das Haar hinten in die Jacke, damit es ihr nicht ständig ins Gesicht wehte. »Sind viele ertrunken?«

Er nickte. »Ja, und die anderen haben die Leute hier verspeist. So jedenfalls wurde es uns als Kinder erzählt.«

»Ein Märchen natürlich«, sagte sie.

»Warte, bis du die Leute hier kennst.«

»Du bist von hier«, sagte sie, aber da hatte er sie schon aus seiner Armbeuge ausquartiert und ging mit großen Schritten durch den Sand voraus zu den Gezeitentümpeln, in denen Felsen, schwarz und glatt, aus dem Wasser ragten.

Ein Hund rannte allein am Strand herum, ein langhaariges schwarz-weißes Tier, und jetzt kam er durch den Sand auf sie zugeprescht, die Ohren flach an den Kopf gedrückt, der Schwanz wie ein Ruder pendelnd. Rutschend kam er vor ihr zum Stehen, öffnete das Maul und ließ ihr etwas vor die Füße fallen. »Was bringst du mir denn da?«, sagte sie.

Es war eine Krabbe, die Schale von einer Farbe wie Buttermilch mit einem Anflug von Grün darin, wie bei Schimmel, und einem dunkleren Grün am gebogenen Rand. Die Krabbe zappelte, als sie sie mit Daumen und Zeigefinger hielt, die grauweißen Beine bewegten sich schwerfällig und ruckhaft wie die Beine der alten Männer in Badehosen am Forty Foot zu Weihnachten. Sie klopfte auf die Schale, und die Krabbe hörte auf zu zappeln und zog die Beine unter sich.

Der Hund sprang hoch, schnappte nach der Krabbe. »Jetzt verstehe ich«, sagte sie, »du möchtest, dass ich sie werfe.« Der Hund jaulte, jagte im Sand hin und her. »Das wäre aber nicht nett«, sagte sie. Sie hielt die Krabbe mit einer Hand in die Höhe und kraulte dem Hund mit der anderen die Ohren. Der Hund bellte. »Du verstehst nicht, was?« Sie ging bis zum Rand der Wellen und setzte die Krabbe ins Wasser.

Der Hund jaulte auf und sprang in die Gischt. Die Krabbe

wurde von der nächsten Welle hereingetragen, und er bekam sie zu fassen und ließ sie ihr wieder vor die Füße fallen. »Nein!«, sagte sie und hob sie schnell hoch. »Böser Hund!« Die Schale war glitschig von Hundesabber und hatte nun einen Riss, der von oben bis unten reichte. Dieses Mal ging sie ein paar Schritte ins Meer, wobei ihre neuen Wildlederstiefel bis über Knöchelhöhe durchnässt wurden und das eiskalte Wasser bis zu ihren Socken durchsickerte. Sie schleuderte die Krabbe in einem hohen Bogen so weit hinaus, wie sie konnte, und der Hund setzte ihr abermals nach.

Sie stieg aus den Wellen heraus, die Stiefel schwer vom Wasser – die sind hin, dachte sie, das Salz greift sie an, die sind nie mehr wie vorher –, da kam ihr Jonathan entgegen, die Schultern hochgezogen zum Schutz vor dem Wind. Seine Schritte waren lang und leicht, und er hatte die Hände in den Taschen, der Wind wehte ihm das Haar aus der Stirn. Er war im selben Moment bei ihr, als der Hund, ein triefender Sieger, aus dem Meer auftauchte und ihm die Krabbe vor die Füße legte.

»Was ist denn das?«, sagte er. »Vertreibt man sich so in Dublin die Zeit? Wir hier nehmen dafür meistens Stöckchen.«

Er wollte sie küssen, aber sie schob ihn weg und hob die Krabbe auf. Der Hund würgte einige Male und warf dann etwas Kleines, Graues aus, ein Krabbenbein, erkannte sie. »Verschwinde!«, sagte sie zu dem Hund und stampfte mit dem Fuß auf. »Fort! Geh nach Hause!« Aber der Hund bellte nur und sprang an ihr hoch, hätte sie fast umgestoßen. Die Krabbe war verletzt, perlweißes Fleisch quoll an der Stelle hervor, an der sich die Schale vom Leib gelöst hatte. Ihr fehlten zwei Beine, ein drittes hing nur noch an einer Faser.

Sie reichte die Krabbe Jonathan. »Wirf du sie«, sagte sie, »sie muss weiter raus ins Wasser.«

Er betrachtete die Krabbe, die reglos in seiner Hand lag, stupste sie mit dem Finger an, doch sie rührte sich immer noch nicht. »Ich fürchte, die muss gar nichts mehr«, sagte er. Er warf sie über die Schulter nach hinten, wo sie an Steinen zerbrach, und der Hund sauste wie eine Rakete los und schnüffelte in flachen Pfützen nach Teilen der Schale, Stücken vom Bein.

Die Reifen drehten auf dem nassen Gras durch, als sie mit dem Wagen zur Straße zurücksetzte. Sie fuhren in Richtung Greencastle zurück, am Leuchtturm vorbei und an dem Häuschen des Leuchtturmwärters, am inzwischen renovierten Gebäude der alten Schule, an dem letzte Sommerblumen aus Hängekörben quollen. Beim Blick zum Strand konnte sie einen schwarz-weißen Streifen ausmachen: Der Hund rannte am Ufer hin und her. Es war zwar schon Herbst, aber der Hang unterhalb der Klippe war immer noch grün und fuchsienrot in den Gräben, in den Sümpfen weiter hinten blühte die Heide rostrot und orange. Fast zu schön, dachte sie, die Farben zu rein, das Licht zu unwirklich. Es war, als führe sie durch die Landschaft eines Computerspiels, das Lenkrad ihre Konsole, und als könnten die Mauern der zu weißen Häuschen zerbröseln, wenn sie daran vorbei war, und dunkle, monströse Gestalten daraus hervortreten, noch mit Knorpeln spanischer Matrosen zwischen den Zähnen. Sie sah aus dem Augenwinkel zu Jonathan hinüber, und für einen Moment wusste sie nicht, wer er war. Dublin, ihr Zuhause, die Universität kamen ihr weit weg vor.

Der Bungalow seines Bruders stand mit der Rückseite zum Meer auf einem sacht abfallenden Feld voller Dornsträucher und Schilf und war über eine schmale Nebenstraße zu erreichen. Früher musste es hier ein Tor gegeben haben, von dem aber nur noch mit einer dicken Rostschicht überzogene Angeln in den Holzpfosten übrig waren, die zu beiden Seiten der Einfahrt standen.

»Ich würde das alles abreißen«, hatte er bei ihrer Ankunft am vorigen Abend gesagt, wobei mit »alles«, soweit sie es überblickte, der Bungalow gemeint waren, die Betonbaracke mit dem gewölbten Dach, die, wie sich herausstellte, ein Bootshaus war, und ein Kohleschuppen. »Ich würde alles planieren und von Grund auf neu bauen, näher am Wasser.« Das sagte er immer, egal, wohin sie fuhren, und sie hatte inzwischen eingesehen, dass er nicht aus seiner Haut konnte. Er war Architekt, ein Jahr raus aus der Universität, wo sie sich in seinem letzten Semester kennengelernt hatten. Sah er verfallene Nebengebäude, Tankstellen, die mit Brettern vernagelt waren, phantasierte er, fast instinktiv, eine Zukunft dafür zusammen, maß sie im Kopf in Stahl, Holz und Licht aus.

Vor der Hintertür war ein blauer Fiat ohne Reifen und Frontscheibe auf Betonstützen aufgebockt. Das Dach war mit einer Schicht abgestorbenen Laubs bedeckt, und der Lack war mit Rost gesprenkelt. Das kommt vom Salz, dachte sie, zufrieden, dass sie es verstand; das Salz ist die Ursache für den Rost, denn in Howth hatte ihr Vater oft über dasselbe geklagt, auch wenn der Rost an seinem Auto niemals so tief orange und so großflächig verteilt gewesen war.

Pauline, die Freundin seines Bruders, hatte noch im Bett

gelegen, als sie am Morgen aus dem Haus gingen. Jetzt stand sie am Herd und briet sich in einer schwarz verkohlten Pfanne ein Ei. Pauline, hochschwanger, hatte eine Hand stützend im Kreuz und rüttelte mit der anderen an der Pfanne, schwenkte das Ei hin und her. »Kommt schnell rein«, sagte sie, »und macht die Tür zu. Es ist elend kalt heute.« Sie kippte das Ei auf einen Teller, wo es in einer Pfütze aus Fett zitterte, und ließ an der Spüle Wasser in den Kessel laufen.

Sie sah auf eine wilde, aggressive Art gut aus: Das schwarze Haar fiel ihr locker um die Schultern, die dichten Augenbrauen waren nicht gezupft. Sie hatte ein kariertes Hemd an, eine Trainingshose und Flip-Flops, obwohl es schon Ende Oktober war. Die Zehennägel waren nachlässig geschnitten, die Haut an den Fersen hart und gelb. Bei ihrem Anblick musste Sarah an die Mädchen aus den Siedlungen in Castlebar denken, wenn sie im Sommer ihre Cousinen besuchte; Mädchen, die nach der Sperrstunde hinter den Pubs herumlungerten, ihre halb ausgetrunkenen Gläser auf leeren Fässern abgestellt hatten; Mädchen, die, an die Mauern der Gassen gelehnt, hofften, noch einen der Jungs abzukriegen.

Den Tisch in der Küchenmitte bedeckte eine blaukarierte Wachstuchdecke, die nur knapp bis zu den Kanten reichte. Eine dicht belaubte, unten verholzte Topfpflanze mit fleckigen Blättern stand auf einem Spitzendeckchen. Pauline ließ sich auf einen Stuhl nieder und begann ihr Ei zu essen. Das Hemd war ihr zu eng, und als sie nach dem Salz griff, rutschte es hoch und gab den Blick auf eine dunkle Linie frei, die wie ein Aalstrich von ihrem Bauchnabel bis unter den Gummizug der Trainingshose verlief. »Dein Bruder ist mit dem Van nach Killybegs«, sagte sie, »der kommt erst später wieder.« Sie tätschelte sich den Bauch. »Hoffentlich hat das Baby nicht vor, zu früh zu kommen.« Noch während sie es sagte, geriet ihr Bauch von selbst in Bewegung und schwoll wellenförmig an und ab.

Sarah setzte sich neben sie und zog sich die nassen Stiefel aus. Jonathan machte Tee, nahm Becher vom Abtropfbrett und eine Packung Sainsbury-Teebeutel aus einem Regal in der Ecke. Allen baulichen Schwächen des Bungalows zum Trotz ging er ganz ungezwungen herum, öffnete Türen und kramte in Schränken, bis er Zucker und Kekse gefunden hatte. »Das Baby kommt nicht zu früh«, sagte er, »und falls doch, bin ja ich da.«

Als Pauline lachte, sah man, dass ihre Frontzähne zwar weiß waren, aber etwas schief standen, und einer hatte sich vor seinen Nachbarn geschoben, wie es auch bei Sarah gewesen war, bevor sie die Zahnspange bekam. »Handtücher und heißes Wasser, was, Johnny? Nichts für ungut, aber da krieg ich es lieber auf dem Feld.«

»Ich meinte«, sagte er und setzte sich zu ihnen an den Tisch, »dass wir dich ins Krankenhaus fahren würden.«

Er wollte Pauline Tee einschenken, doch sie winkte ab. »Von Tee krieg ich elendes Sodbrennen«, sagte sie.

Ein Fenster ging auf die schmale Gasse neben dem Bungalow hinaus, ein zweites auf das unebene Gelände an der Rückseite. Es war noch nicht mal ganz Mittag, doch der Himmel hatte sich verdüstert, und eine Wolkenwand bildete sich über der Bucht. Von einem Haken in der Mauer des Bootshauses war eine Wäscheleine bis zu einem Pfosten auf dem Feld gespannt, und der Wind zerrte an einem blauen Overall, peitschte ihn so heftig, dass Arme und Beine um sich schlugen. Sarah knöpfte ihren Mantel auf und hängte ihn über die Lehne ihres Stuhls, und dabei fiel ihr Schal zu Boden.

Pauline sah es zuerst. Sie hob den Schal auf, gab ihn aber nicht zurück, sondern befühlte mit Daumen und Zeigefinger das Gewebe, streichelte es. »Burberry?«, sagte sie beim Blick auf das Etikett und hob die dunklen Brauen.

Sarah errötete. »Den hat Jonathan mir geschenkt«, sagte sie, »zum Geburtstag.«

»Jonathan?«, sagte Pauline, sah zu ihm hinüber und lachte. »Tja, Jonathan, dein Geschmack hat sich gebessert. Eins hast du in Dublin doch gelernt.« Sie schlug ihm mit dem Schal spielerisch ins Gesicht und lachte wieder, nun aber leiser. »Sehr anständig, Jonathan«, sagte sie, den Namen wiederholend, als wäre er ein Witz, »anständig, aber elend teuer«, und legte den Schal auf den Tisch.

Sarah trank ihren Tee und hörte zu, als Jonathan und Pauline sich über Leute unterhielten, die sie nicht kannte, Leute mit seltsamen, unglaublichen Namen wie Oberschüler Jimmy, Larry der Zaunkönig oder Vollpfosten Frank. Jonathans Aussprache veränderte sich, passte sich nach und nach an die Paulines an, bis sie ganz anders klang, fremd. Und beim Zuhören kam es ihr so vor, als sei die Grenze, über die sie am Abend zuvor erst in die eine und dann wieder in die andere Richtung gefahren waren, die schwarze Linie, die Dörfer und Wohnzimmer durchschnitt, letztlich nichts anderes als ein Trick, ein bloßer Anschein von so etwas wie Aufgehobensein. Dieser Gürtel war nur lose gebunden, Land und Meer quollen darüber wie ein dicker Bauch, denn hier, hier war auch ein anderes Land.

Ein weißer Hiace, der eine Abgasfahne hinter sich herzog, kam den Weg zum Bungalow heraufgefahren. Er parkte neben dem blauen Fiat, und ein Mann, groß und dünn, stieg aus. Sie hatten sich am Abend zuvor nicht gesehen, doch sowie der Mann am Fenster vorbeiging, wusste sie, dass es Jonathans Bruder war. Er hatte dieselben hohen Wangenknochen, allerdings von rötlichen Äderchen durchzogen, und machte beim Gehen die gleichen langen Schritte. An der Türschwelle blieb er stehen und zog die Stiefel aus. »Alles klar, Johnny?«, sagte er zwinkernd. »Auf Staatsbesuch, ja?« Er war Anfang der Dreißiger und hatte das Haar so kurz geschoren, dass es ein bloßer Schatten auf seinem Schädel war; die hellen Augenbrauen verloren sich im Gesicht. In Socken kam er in die Küche und klopfte Jonathan auf den Rücken. Sarah hielt er die Hand hin. »Ich bin Aidan.«

Unter seinem Arm klemmte ein in Plastik eingeschlagenes und mit blauem Zwirn verschnürtes Paket. Er legte es auf den Tisch und wickelte es aus; seine Hände waren rot und mit Narben bedeckt, ein Finger endete kurz hinter dem Gelenk in einem runden, rosa Knubbel. Als er die Plastikhülle zurückschlug, quoll ein Haufen Fische heraus. Er hob einen hoch, ein riesiges schwarzes Vieh, gut einen halben Meter lang und hässlich bis zur Karikatur: ein breites, mit Zähnen bewehrtes Maul, drahtige weiße Härchen, die ihm aus der Stirn sprossen. Pauline fasste danach, schob die Finger unter den roten Kiemendeckel. »Das ist ja ein Prachtexemplar«, sagte sie und nickte Sarah zu: »Ich wette, solche hast du in Dublin noch nicht gesehen.«

»Hier auch nicht«, sagte Aidan, und alle, Sarah ausgenommen, lachten.

»Ein paar Fische, was schadet das?«, sagte Pauline. »Wär doch eine Sünde, die wieder reinzuwerfen, wenn die halbe Welt hungert.«

Aidan wickelte die Fische wieder ein, warf sie nacheinander auf einen glitschigen schwarzen Haufen und legte sie in den Kühlschrank. Er zog ein Päckchen Zigaretten hervor und bot zuerst Sarah eine an. Als sie ablehnte, zündete er für Pauline und für sich selbst eine an.

Pauline lehnte sich auf ihrem Stuhl zurück, legte die Hände auf die Kuppel ihres Bauches; Zigarettenrauch schwebte in Kringeln zur Decke. »Dein Onkel Seamus hat heute früh angerufen. Ich soll ausrichten, er macht den kleinen Außenborder gleich am Pier in Moville fest.«

»Ja«, sagte Aidan und zog an seiner Zigarette, »das passt genau.« Er setzte sich nicht zu den anderen an den Tisch, sondern blieb, an die Wand gelehnt, stehen.

Pauline stieß den Rauch durch den Mundwinkel aus. »Du willst heute Nacht ja wohl nicht so ein kleines Boot nehmen?«

»Ich fahr nicht weit, bloß in Shroove ein Stückchen raus.«

»Fährt Seamus mit dir mit?«

»Ich fahr allein.«

Pauline stippte Asche auf ihren leeren Teller. »Was für ein Job ist das überhaupt?«

Aidan legte die Hand in den Nacken, knetete ihn, als wolle er einen schmerzenden Muskel lockern. »Probleme mit den Netzen«, sagte er.

Pauline starrte ihn an. Sie schwieg für einen Moment und sah dann weg, griff an Sarah vorbei nach der Zeitung, die am Tischende lag. »Für so einen Job ist es heute nicht das richtige Wetter«, sagte sie und schlug *The Derry Journal* auf.

»Für so einen Job gibt's nie das richtige Wetter. Deshalb kann es genauso gut heute sein.«

Pauline schüttelte den Kopf. »Heute Nacht allein mit so einem kleinen Boot raus, da muss man schon ein Narr sein.« In der Küche war nichts zu hören außer dem Rascheln der Zeitung, als sie umblätterte.

Sarah nahm ihren Atem wahr, ein, aus, und dass ein Fuß, vielleicht ihr eigener, auf die Küchenfliesen tippte. Sie erwog, die Teebecher einzusammeln und in der Spüle zu waschen, doch noch bevor sie sich zu irgendetwas durchringen konnte, sagte Jonathan zu seinem Bruder: »Ich komm mit.«

Aidans Hand wanderte vom Nacken nach oben und strich über den Schädel. »Du bist inzwischen bestimmt andere Boote gewöhnt, Johnny«, sagte er, »das ist hier keine Yacht«, aber diesmal lachte niemand.

»In dem Sommer, in dem unser Vater starb, bin ich mit dem Halbdecker zur Tory gesegelt«, sagte Jonathan. »Und im Sommer darauf, während des Oyster Festival, nach Rathmullan.«

Die ganzen Jahre, die er hier gelebt hatte, bevor er sie kennenlernte, die ganze Zeit, die sie Fremde füreinander gewesen waren, nichts von der Existenz des anderen gewusst hatten, senkten sich schwer und undurchdringlich auf Sarah nieder. Leichte Panik stieg in ihr auf. Es war die Panik des Schwimmers, den eine gefährliche Strömung ganz allmählich hinausgetragen hat und der auf einmal merkt, dass er weit vom Ufer entfernt ist. Sarah hatte das Gefühl, als entgleite ihr etwas; sie konnte dieses Etwas zwar nicht benennen, spürte aber sein Verebben.

»Das ist lange her«, sagte Aidan. »Du bist seitdem nicht draußen gewesen. Bestimmt hast du vergessen, wie's geht, und vielleicht ist es besser so.«

»Du weißt ganz genau, dass es ein Vergessen nicht gibt.« Pauline drückte ihre Zigarette aus und stand auf. Ihr Bauch sank schwer herab, als sie durch die Küche zum Wäscheschrank ging und die Heizung einschaltete. »Mir ist nicht gut«, sagte sie. »Ich geh duschen und leg mich danach wieder hin, und ihr Jungs könnt nach Shroove oder sonst wohin fahren, wie ihr lustig seid.«

Pauline verließ die Küche, und Sarah stand plötzlich das Bild ihres nackten Körpers vor Augen: der geschwollene Leib, das Haar, das sich in nassen schwarzen Strähnen um ihre Schultern ringelte. Sie sah sie in dem kleinen, dunklen Badezimmer des Bootshauses unter der Dusche stehen, das Wasser strömte über sie hinweg, ein Meerestier, an Land gelockt.

Weit draußen in der Bucht war ein Fangschiff für die Nacht vor Anker gegangen, Licht aus dem Maschinenraum lag in Pfützen auf dem Wasser. Von der schmalen Küstenstraße, auf der sie entlangfuhr, sah Sarah Strichmännchen auf dem lichtüberfluteten Deck umhergehen. Neben ihr tauchte Pauline eben aus den Klauen einer Wehe auf und sank auf dem Beifahrersitz zurück. Sie schob sich das schweißfeuchte Haar aus dem Gesicht und zog ihr Handy heraus. »Ich probier's noch mal bei ihm«, sagte sie. Sie waren eine Meile hinter Greencastle, hatten die Fischereischule und die Ferienhäuser passiert, die sich im Schatten des Forts drängten, und näherten sich Shroove.

Auf der gegenüberliegenden Seite der Bucht verlief, mit gleichem Abstand voneinander und heller als Straßenlaternen, eine Reihe von Lichtern längs der Halbinsel. Sarah hatte Jonathan danach gefragt, als sie am Abend zuvor ihr Gepäck aus dem Kofferraum des Autos ausluden. »Ist das ein Hotel?«, sagte sie, und er hatte, schon zur Hintertür unterwegs, gelacht und den Kopf geschüttelt. »Das ist das Gefängnis Magilligan.« Später hatte er ihr erzählt, dass er als Kind mit seinem Vater dort war, einen Cousin besuchen. »Wie war das?«, wollte sie wissen, aber er erinnerte sich nicht mehr an viel, nur noch an ein paar aus Kriegszeiten stammende Nissenhütten und einen Soldaten, der mit vier oder fünf Hunden an einer Leine patrouillierte. Das Gefängnis glitzerte übers Wasser, die Lampen der Umzäunung wie eine leuchtende Perlenschnur an der zerklüfteten Küste.

Pauline fluchte, als bei Aidans Handy wieder die Mailbox ansprang. »Bestimmt sind die noch bei diesem Job«, sagte sie, »da hören sie ein Handy sowieso nicht. Oder gehen, wenn sie es hören, nicht ran.« Sie hob sich die Reisetasche, die zu ihren Füßen stand, auf den Bauch und wühlte zwischen Nachthemden und Pantoffeln, bis sie ihre Zigaretten fand. »Probier's mal bei Jonathan«, sagte Sarah und nannte die ersten Ziffern der Nummer, doch Pauline fiel ihr ins Wort. »Hab ich schon«, sagte sie. Sie zündete sich eine Zigarette an und kurbelte das Fenster herunter, damit der Rauch abzog.

Ihr Haar wirkte noch schwärzer als sonst vor ihrer blassen Haut, die dunklen Brauen wie die Striche einer Kriegsbemalung. »Mein Vater war Fischer«, sagte sie, »mein Großvater auch, wie die von Aidan.« Sie legte behutsam die Hand auf den Bauch. »Und es gibt Tage, da steh ich am Ende des Piers und könnt schwören, dieser kleine Wurm da weiß das. Ich spüre, wie er zum Wasser hinwill, als ob er das Meer sehen oder riechen könnte.« Sie zog an ihrer Zigarette, stieß den Rauch aus. »Aber Fischen, das ist eine schmutzige Arbeit. Schmutzig und schwer. Mit Johnny hast du's gut getroffen.« Sie warf die Zigarette zum Fenster hinaus und umklammerte ihren Bauch. »Hier kommt die nächste«, sagte sie, beugte sich nach vorn und legte die Stirn auf das Armaturenbrett.

Als sie die Moore durchquert hatten, wurden sie von einem kleinen Auto, das mit blendenden Scheinwerfern auf sie zugerast kam, in den Graben abgedrängt. Der andere Wagen hob von der Straße ab, flog für einen Moment regelrecht durch die Luft und fuhr davon, ein Junge in einem dunklen Kapuzenshirt tief in den Fahrersitz gesunken. »Das war einer von den Shaker Sweeneys aus der Malin Road«, sagte Pauline, und Sarah wartete, ob sie noch mehr sagen würde, aber Pauline lehnte sich zurück und schloss die Augen. Die Hecklichter des sich entfernenden Autos blitzten rot im Rückspiegel auf und waren verschwunden, ausgelöscht, die Straße wieder dunkel.

Pauline sprach bis zum Ortseingangsschild von Shroove kein weiteres Wort. Ein Pub tauchte aus der Dunkelheit auf, eine Oase des Lichts an dem ansonsten einsamen Abschnitt der Küstenstraße. »Hier war ich zum Abschlussball«, sagte sie, »im Sommer vor vier Jahren.«

Sarah hatte Pauline für älter gehalten – nicht in dem Sinne älter, wie ihre Eltern es waren, aber doch für älter als sie selbst und Jonathan. Nun wurde ihr klar, dass sie praktisch gleichaltrig waren. »Warst du mit Aidan?«, sagte sie.

Sie versuchte, sich Aidan in einem Smoking vorzustellen, einen erwachsenen Mann, verlegen in einem Raum voller Teenager, die Hände unter den weißen Manschetten des Anzughemds rot und schwielig.

»Damals kannte ich Aidan noch nicht«, sagte Pauline, »ich hatte Johnny dabei, Johnny und ich waren in Carn zusammen in der Schule«, und als die Lichter des Pubs hinter ihnen schwächer wurden: »Hier! Fahr hier rein.« Sie wies auf eine Lücke in einem Feld.

Das Gras war übersät mit Dosen und kohlschwarzen Kreisen erloschener Feuer. Das Gelände führte zu einer Reihe niedriger Klippen, hinter denen, dunkel und kabbelig, das Meer lag. Sarah hielt an. Pauline stöhnte vornübergebeugt, und als sie das Gesicht aus den Händen erhob, liefen ihr Tränen über die Wangen. »Die werden da unten am Ufer sein«, sagte sie, »sag ihm, er soll sich beeilen.«

Sarah fand im Kofferraum eine Taschenlampe und folgte einem Pfad durch das Gras bis zum Rand der Klippen. Unterhalb sah sie Lichter, die auf dem Wasser hüpften, und, als ihre Augen sich an die Dunkelheit angepasst hatten, die Umrisse eines Boots. Es gab einen kleinen Strand, ein weißer Streifen Sand hob sich deutlich vom Schwarz der Felsen in der Umgebung ab. Der Mond und die Lichter von Magilligan auf der gegenüberliegenden Seite der Bucht versilberten das Meer, das Boot zog flache Wellen durch das Wasser, und sie war ergriffen davon, wie wunderschön das alles war, wunderschön und unberührt, und wäre gern länger so gestanden, hätte Pauline nicht wartend im Auto gesessen.

Sie stieg den steilen Hang zu der kleinen Bucht hinab, griff nach Riedgras, um nicht zu stürzen. Die starke Neigung trieb sie so schnell vorwärts, dass sie nicht anhalten konnte, selbst wenn sie es gewollt hätte, und schließlich landete sie halb rennend, halb fallend, auf dem kleinen Strand. Bis auf das Plätschern und Schäumen der Wellen, die sich auf dem Sand brachen, war es in der Bucht vollkommen still. Die Männer hatten den Bootsmotor ausgeschaltet, und Jonathan sprang über Bord und kam auf sie zugewatet. Er trug eine dunkle Öljacke, die Kapuze dicht ums Gesicht gezogen. »Was machst du hier?«, sagte er, als er vor ihr stand, und sie merkte, dass es nicht Jonathan war, sondern Aidan. Etwas Langes, ein Stock vielleicht, klemmte unter seiner Achsel.

»Wo ist Pauline?«, sagte er, als sie nicht antwortete, gefesselt von einer Gestalt, die sich hinter ihm im Wasser herumwarf, wild um sich schlug und kämpfte und das Meer ringsherum weiß schäumen ließ. In jähem Schrecken hielt Sarah es plötzlich für einen menschlichen Körper, sah dann jedoch, dass es viele waren, die sich langsam landeinwärts bewegten und Furchen durch die dunkle See pflügten. Sie sahen aus wie Taucher in Neoprenanzügen, es waren aber, merkte Sarah, als sie näher kamen, Robben, schwarz und glänzend. Sie rollten mit den Wellen herein, verschwanden unter Wasser und tauchten wieder auf, die glatten Köpfe im Mondlicht schimmernd.

»Wo ist sie?«, sagte Aidan noch einmal. Er packte Sarah an der Schulter und schüttelte sie, und sie begriff, dass das Ding unter seiner Achsel kein Stock war, sondern ein Gewehr.

»Sie ist im Auto«, sagte sie, »das Baby kommt.« Sie sprang zurück, als eine Welle heranrauschte und ihre Schuhe und die Hosenbeine ihrer Jeans durchnässte.

Das Boot war jetzt kurz vor der Küste, Jonathan stand am

Ruder. Die nächste Welle rollte heran, und eine Robbe wurde auf den Sand geschleudert. Sie landete mit dumpfem Geräusch auf dem Rücken und wälzte sich auf den Bauch. Blutend lag sie zu ihren Füßen auf dem Sand, und als Sarah sich auf die Knie fallen ließ, sah sie das Loch an der Kopfseite, wo der Schuss sie getroffen hatte. »O mein Gott«, sagte sie, und die Taschenlampe fiel ihr aus der Hand, »o mein Gott, o mein Gott.«

»Gib mir den Autoschlüssel.« Aidan beugte sich über sie, die Hand ausgestreckt.

»Er steckt im Zündschloss«, sagte Sarah, ohne ihn anzusehen, und er machte kehrt und begann zu laufen, den Pfad über die Klippen hinauf, das Gewehr immer noch unter der Achsel.

Das Boot war nur noch wenige Meter von der Küste entfernt, und Jonathan stieg heraus und zog es auf eine Kiesbank. Er hatte ebenfalls eine Öljacke mit straff ums Gesicht gezogener Kapuze an und dazu Watstiefel, die ihm bis ans Ende der Oberschenkel reichten. »Sie sind unverschämt geworden«, sagte er und kam über den Sand auf sie zu, »sie haben die Netze zerbissen und den Fang vernichtet.« Er streckte die Hand aus, um ihr beim Aufstehen zu helfen, doch sie nahm sie nicht.

Eine Welle donnerte herein, und weiter hinten in der Bucht wurde wieder eine Robbe auf den Strand geworfen. Sarah verließ die erste Robbe und rannte zur zweiten. Sie war kleiner – ein Jungtier, dachte sie –, mit hellerer Haut. Blut tröpfelte ihr aus dem Maul und aus einer Wunde am Hals, und am Rand der Felsen war die Gischt überall dunkelrosa gefärbt.

Jonathan war ihr langsam über den Sand gefolgt und stand nun da, die Hände in den Taschen, und blickte zu ihr herunter. »Ist mit Pauline alles in Ordnung?«, sagte er. »Ist es das Baby?«

Sarah hockte neben der Robbe. Sie lebte noch, ein dünner Faden Blut rann ihr aus dem Maul, ihre Brust hob und senkte sich.

»Wir nehmen das Boot nach Moville«, sagte Jonathan, »der Van steht auf dem Pier. Du musst dir was anderes anziehen, bevor wir ins Krankenhaus fahren.«

Sie rieb an ihrer nassen Jeans, wollte die daran klebenden Steinchen und Schalenstücke abwischen und sah, dass sie vom Blut der Robbe Flecken bekommen hatte. Noch immer brandeten die Wellen herein, ein unablässiges Vorrücken und Zurückweichen, und einige Schritte entfernt landete der Körper der nächsten Robbe mit einem Salto auf den Felsen. »Wir können die nicht so liegen lassen«, sagte sie. Sie berührte das Robbenjunge am Kopf. Es zuckte zusammen, entzog sich aber nicht, seine Augen, schwarz wie Onyx, trübten sich ein.

»Sie sind so gut wie tot«, sagte Jonathan, und Sarah hörte die Ungeduld in seiner Stimme, »die Flut trägt sie wieder hinaus.« Er ging schon von ihr weg zum Boot. »Komm schon«, sagte er und zog es ins Wasser, »steig ein.«

Sie stand auf und suchte den Strand ab. Der Wind hatte nachgelassen, der nächtliche Himmel war klar, und saubere weiße Knochen eines toten Meeresvogels waren über den Sand verstreut wie geschnitztes Elfenbein. Am Fuß der Klippen hatte sich ein Stück Holz, schleimig-grün und faulig, zwischen zwei Steinen verklemmt. Sie zog es heraus und schleppte es über den Sand zurück zu der Stelle, wo die sterbende Robbe lag.

»Was machst du denn?«, rief Jonathan vom Wasser herüber. Weiter südlich, hinter dem Dorf, tauchten oben auf den Klippen Lichter auf, die Scheinwerfer eines Autos, das auf die Küstenstraße eingebogen war. »Komm schon«, sagte er, »wir müssen weg von hier«, und sprang ins Boot.

Sie stand über der Robbe und erhob das Stück Holz. Ein Motor begann zu stottern, Jonathan stand im Boot und wartete auf sie, ohne etwas zu sagen oder zu rufen, nur als Silhouette zu erkennen, das Gesicht ausdruckslos unter der dunklen Öljacke. Sie blickte auf die Robbe hinab, deren halbgeschlossene Lider flackerten. Ringsherum glitzerte die Küste wie ein mit Pailletten besetzter Stoff, winzige Schalen und Kiesel leuchteten im Mondlicht, trotz des Bluts, das den Sand verdunkelte. Sie stand da, das Holz hoch über den Kopf erhoben, die ausblutende Robbe zu ihren Füßen. Und die ganze Zeit rauschten die Wellen herein, unerbittlich, und hinter dem Wasser leuchteten unverwandt und ungerührt die Lichter von Magilligan, wunderschön.

DER GERUCH WELKER BLUMEN

Die Eingangstür des Hauses in der Drumcondra Road, eines roten Backsteinbaus mit Erkerfenstern, war in der Mitte der Fassade unter einem Bogen zurückgesetzt. Ich stellte meinen Koffer ab und läutete. Ein Pulk kränkelnder Topfpflanzen mit dürren Stängeln stand auf der Treppe. In ausgeklügelter Reihenfolge wurden Schlüssel in Schlössern gedreht und Riegel zurückgezogen, wozu Lou Anne dauernd »Moment noch, Moment noch« rief, so als könnte ich, nachdem ich von Tuamgraney hierhergekommen war, auf dem Absatz kehrtmachen und wieder zurückfahren. »Wie ging es mit dem Bus?«, sagte sie, als ich schließlich eintrat, und, ohne meine Antwort abzuwarten: »Wie ging es mit dem Taxi?«

Lou Anne war die Cousine meiner Mutter, und ihr Haus stand an der Buslinie zur Universität. Sie war im gleichen Alter wie meine Mutter, Anfang vierzig, trug aber Sachen, die meine Mutter niemals anziehen würde: ein knielanges türkisgrünes Kleid mit Goldlitze am Kragen und an den Ärmeln, eine Bernsteinbrosche, die ihr wie ein Käfer auf der Schulter hockte. Ihr Haar war hennarot, in einem Pferdeschwanz zurückgebunden und hatte eine feine Gezeitenmarke in Grau an den Schläfen. Lou Anne stand mit dem Rücken zu mir und war mit der Tür beschäftigt, deren Riegel wie Schweine quiekten, als sie sie mit Gefühl wieder an Ort und Stelle beförderte. Auf einem Tischchen in der Diele befand sich ein Telefon, etwas, was wir zu Hause noch nicht hatten. Auf dem Boden lag ein Läufer, der nicht ganz bis zu den Wänden reichte, an seinen Rändern entdeckte ich einen schmalen Streifen schwarzer und weißer Fliesen. Ein paar Blätter lagen über den Boden verstreut, vielleicht vom Wind hereingetragen, denn im Oberlicht der Tür fehlte ein kleines Glas.

Als sie endlich mit den Riegeln fertig war, drehte Lou Anne sich zu mir um. »Schau einer dich an«, sagte sie, »richtig groß geworden«, und schüttelte den Kopf, so als hätte sie es nicht gebilligt, dass ich erwachsen wurde. Sie griff nach meiner Hand, schüttelte sie aber nicht, sondern streckte mir nacheinander die Finger aus und knetete bei jedem das mittlere Gelenk. »Du hast gute Hände«, sagte sie. Ihre eigenen Hände waren höckerig mit kurzen, pummeligen Fingern, überhaupt nicht, wie ich mir die Hände einer Pianistin vorgestellt hätte, aber meine Mutter war ja auch die Einzige, die sie so nannte; für meinen Vater war Lou Anne »der Hippie« oder »die Irre«, manchmal auch »die Kommunistin«, je nachdem, wie er gelaunt war und wie er mit meiner Mutter auskam. Denn so, wie Lou Anne die Cousine meiner Mutter und nicht meines Vaters war, war sie auch die Freundin meiner Mutter.

Ich öffnete den Reißverschluss meiner Schultertasche und zog das Schächtelchen mit den parfümierten Seifen hervor, lila Ovale, eingelegt mit Blütenblättern, das meine Mutter in Geschenkpapier eingewickelt hatte. »Das wäre doch nicht nötig gewesen«, sagte Lou Anne, während sie das Papier schon aufriss. Ich schaute sie an – die nackten Beine unter dem Goldlitzenkleid – und dachte, meine Mutter hätte sich vertan, Lou Anne war nicht der Geschenkseifen-Typ, doch sie pusselte schon ein ovales Stück aus der Plastikvertiefung und drückte darauf herum, wie sie es bei meinen Fingern getan hatte. Sie freute sich offenbar wirklich. »Lavendel«, sagte sie, führte sich das Stück zur Nase und schnupperte. »Deine Mutter und ich hatten mal eine Phase, da haben wir uns mit nichts anderem gewaschen.« Sie drückte das Oval wieder in sein Plastiknest und pulte einen kleinen Seifenhalbmond unter dem Fingernagel hervor. Dann lächelte sie mich an, und ich sah, dass sie, wenn sie lächelte, sehr schön war und jünger aussah als meine Mutter.

Irgendwo im oberen Stock ging eine Tür auf, und eine junge Frau erschien auf dem Treppenabsatz. Sie war groß und pummelig, sogar aus der Entfernung erkannte man, dass ihr Körper unter dem blauen Schlafanzug rundlich war. Bei meiner letzten Begegnung mit Cassie waren wir beide noch Kinder, und ich war verblüfft, jetzt eine erwachsene Frau zu sehen, zumindest ihrer körperlichen Gestalt nach. »Du erinnerst dich an meine Tochter«, sagte Lou Anne, und mir stand auf einmal lebhaft ein Tag vor Augen, an dem sie sich auf unserem Bauernhof, ich war damals zehn und Cassie zwölf, draußen vor dem Melkstand zum Pinkeln hingehockt hatte und ein gelber Strom durch den Staub auf unserem Hof floss. Worin genau Cassies Behinderung bestand, wurde bei uns zu Hause nicht erörtert. Sie sprach nur wenig und war kränklich und außerdem das, was mein Vater »zurückgeblieben« nannte, auch wenn meine Mutter jedes Mal ts-ts-te, wenn er dieses Wort gebrauchte. Cassie trug das Haar immer noch zu zwei dunkelbraunen Zöpfen geflochten, was zu ihrer neuen

Erwachsenengestalt gar nicht passte. »Leg dich wieder hin«, rief Lou Anne die Treppe hinauf, »ich bin gleich da«, woraufhin Cassie kehrtmachte und in ein Zimmer verschwand. »Komm«, sagte Lou Anne dann und legte das Seifenschächtelchen auf den Dielentisch. »Ich zeig dir dein Zimmer.«

Die Diele war halbwegs sauber gewesen, abgesehen von dem nicht reparierten Oberlicht und einem unidentifizierbaren Geruch nach scharf gewürztem Essen. Als ich hinter Lou Anne die Treppe hinaufstieg, sah ich eine Staubschicht auf der Sockelleiste und den Bilderrahmen. Vom oberen Flur gingen vier Türen ab. Eine war halb geöffnet, und ich sah die Ecke einer emaillierten Badewanne und eine Wand mit blauen und weißen Kacheln. »Ich hab dich in Daddys ehemaligem Schlafzimmer untergebracht«, sagte Lou Anne und stieß eine Tür auf. »Es ist Daddys altes Bett, die Federn sind schon ein bisschen altersschwach, aber die Matratze ist neu.« Die Luft kam mir hier abgestandener vor als in der Diele, dichter, als sei sie gegärt. Lou Anne trat ans Fenster und zog die Vorhänge auf, um etwas Licht hereinzulassen. »Wir haben diesen Raum schon eine ganze Weile nicht mehr benutzt«, sagte sie. »Als Daddy gestorben war, hab ich probeweise mal hier geschlafen, aber es war einfach zu ungewohnt.« Unter dem Fenster stand ein Bett und an seinem Fußende ein Kleiderschrank. In eine Ecke war ein Schreibtisch aus billigem Sperrholz, Marke Eigenbau, gezwängt, neuer als das übrige Mobiliar, darauf eine Lampe und eine Vase mit gelben Blumen, die verdächtig nach Löwenzahn aussahen. »Den Schreibtisch hat Marcus gebaut«, sagte Lou Anne, »wir mussten die Bodenleiste wegnehmen, damit er reinpasst.« Marcus. Meine Mutter hatte einen zweiten

Untermieter erwähnt, der komme »auch vom Land«, für sie offenbar ein kleiner Trost, obwohl ein Mädchen als Untermieter für sie sicher tröstlicher gewesen wäre. »Ich lass dich mal allein«, sagte Lou Anne. »Komm runter, wenn du ausgepackt hast, dann essen wir etwas zu Abend.«

Während ich meine Sachen aufhängte, hörte ich Cassie, die im Nebenzimmer herumging, hörte Bettfedern quietschen, dumpfe Töne, mit denen Gegenstände irgendwo landeten. Ich fragte mich, ob Marcus zu Hause war, und horchte auf andere Geräusche, hörte aber keine. Im Kleiderschrank fand ich eine Plastiktüte voller Männerschlipse mit Paisleymuster, die Knoten unlösbar festgezurrt. Sie rochen noch nach Lou Annes Vater, nach Schweiß und Tabak, und ich schob die Tüte ganz nach hinten und stellte meinen leeren Koffer darauf. Als alles verstaut war, setzte ich mich aufs Bett und sah mir durch die Netzvorhänge den Verkehr draußen auf der Straße an. Ich blieb so lange sitzen, wie ich es mir meinte erlauben zu können, und ging hinunter, als es nicht mehr aufzuschieben war.

Lou Anne war in einem Zimmer, das nach vorn hinausging, sie legte auf einem runden Tisch gerade Besteck auf. »Kann ich bei irgendwas helfen?«, sagte ich, wie meine Mutter es mir zigmal eingeschärft hatte.

»Es gibt nur kalten Braten und Salat«, sagte sie, »das hab ich schon fertig im Kühlschrank.«

Der Raum wirkte wund, als habe er bei unzähligen Scharmützeln, die über viele Jahre dort ausgetragen wurden, Schaden genommen. Er war voll mit Mobiliar; außer dem Esstisch mit den Stühlen standen darin eine hohe Kommode mit eingestaubten Kakteen, ein 3er-Set Beistelltischchen mit alten Telefonbüchern und Vitrinenschränke, randvoll mit angelaufenem Silberzeug. Ich stellte mir vor, was mein Vater sagen würde, wenn er das sähe, wie er sich an dem Chaos delektieren, Details für später aufsparen würde, um sie als Munition gegen meine Mutter zu verwenden. An einer Wand stand ein Klavier, übersät mit Zeitschriften und anderem Krimskrams, so dass man einigen Aufwand treiben musste, bevor man überhaupt den Deckel hochklappen konnte.

Lou Anne kam mit Platten auf einem Tablett zurück: Scheiben von einem Schinken mit gelbem Rand neben runden, fast durchsichtigen Gurkenscheibchen und Tomatenvierteln, dazwischen löffelgroße Häufchen verschiedener Salate. So etwas servierte meine Mutter Gästen auch immer, Lou Annes Variante war allerdings weniger gekonnt, denn von den eingelegten Roten Beten floss der Saft bereits in den Krautsalat und färbte ihn rosa. »Setz dich, setz dich«, sagte sie, und als ich es tat, fiel mir auf, dass vier Plätze gedeckt waren. Lou Anne war nun mit einem Teegeschirr beschäftigt; Tassen und Teller schlugen klingend aneinander wie Stimmgabeln. »Na endlich!«, sagte sie, als es läutete. »Wieso muss er so spät kommen?« Sie ging hinaus, und ich hörte die Riegel über die Tür gleiten, und dann sprach ein Mann. »In der O'Connell Street gab es einen Umzug«, sagte er, »ich steckte eine Stunde lang mit dem Bus fest.«

»Du hättest aussteigen und zu Fuß gehen können.« Das war Lou Anne vor dem Hintergrund der Riegel.

»Das konnte ich nicht, wie denn? Ich hatte keinen Rosenkranz bei mir.«

»Scht«, sagte Lou Anne. »Sie ist da.«

Er kam an die Wohnzimmertür. »Oh, hallo«, sagte er, »ich

dachte, du kommst erst später.« Er war klein und schmächtig, hatte dunkles Haar und einen dunklen Bart. Er trug eine Lederjacke und hatte einen Rucksack über die Schulter geschlungen, obwohl er für einen Studenten alt aussah, er musste Ende zwanzig sein, so in dem Dreh.

»Daddy musste Kälber nach Tuam bringen«, sagte ich, »und hat mich früher am Bus abgesetzt.« Ich bereute diese Auskunft sofort, denn warum musste dieser Mann etwas über unsere Kälber wissen?

»Es ist bestimmt anstrengend für deinen Vater – der Hof, meine ich –, jetzt, wo dein Bruder nach England gegangen ist.«

Ich wollte nicht, dass er das über uns wusste. Was mochte Lou Anne ihm noch alles erzählt haben?

»Ich bin Marcus«, sagte er dann, kam herüber zum Tisch und reichte mir die Hand. Ich überlegte, ob ich ihm meinen Namen nennen sollte oder ob er den auch schon wusste, doch er wandte sich zu Lou Anne um, die hinter ihm stand. »Wie geht es ihr heute?«

»Ach, na ja«, sagte Lou Anne, »unverändert, sie ist wie immer. Ich hab in der Praxis angerufen, aber Dr. Raymond ist noch nicht zurück, es ist nur der Vertretungsarzt da. Du weißt ja, wie der ist.«

»Hast du ihm von ihren Kopfschmerzen berichtet?«

»Er hat die ganze Zeit davon geredet, dass sie zum Lesen eine Brille braucht. Wie oft muss ich Ihnen das noch sagen?, sagte ich, sie liest nicht.« Lou Anne hob entrüstet die Hände. »Wirft der eigentlich mal einen Blick in die Krankenakte?«

»Soll ich mal mit ihm reden?«, sagte Marcus.

»Wir dürfen es uns mit ihm nicht verderben«, sagte Lou

Anne. »Falls wir ein Rezept brauchen, bevor Dr. Raymond wiederkommt. Bis nächste Woche müssen wir uns irgendwie durchschlagen.« Sie nahm ihm den Rucksack von der Schulter. Er war mit Regentropfen besetzt, und sie wischte ihn mit dem Ärmel ihres Kleids trocken, bevor sie ihn an eine Stuhllehne hängte. Sie schob Marcus eine nasse Haarsträhne aus dem Gesicht und machte Anstalten, ihm beim Ausziehen seiner Jacke zu helfen, die ebenfalls nass war, doch er zog den Reißverschluss selbst auf und hängte sie neben den Rucksack. »Ich hol sie zum Abendessen«, sagte er und ging nach oben.

Lou Anne stand einen Moment da und nestelte an ihrem Pferdeschwanz. Ihr Blick wanderte zerstreut durchs Zimmer, so als suche sie etwas, habe aber vergessen, was. Die Augen kamen auf mir zur Ruhe, und sie zuckte zusammen, so als falle ihr eben wieder ein, dass ich da war. »Hol doch noch die Servietten, ja?«, sagte sie und wies auf die Mahagonikommode auf der anderen Seite des Raums. Ich fischte die Servietten aus einem Meer von Steingutgeschirr und Krimskrams und legte, als Lou Anne nicht signalisierte, sie mir abnehmen zu wollen, selbst an jeden Essplatz eine.

Marcus kam mit Cassie an der Hand herein. Sie trug über dem Schlafanzug einen gesteppten blauen Morgenmantel, der bis zum Hals zugeknöpft war. In ihrer freien Hand hatte sie ein Becherglas, auf dessen Boden kleine schwarze Perlen kullerten. Sie kam nicht bis an den Tisch, sondern blieb ein Stück hinter Marcus zurück und zupfte an ihren Zöpfen. »Cassie«, sagte Marcus, »sag Louise guten Tag«, aber sie schaute nur. Marcus versuchte es noch einmal. »Cassie«, setzte er an, aber Lou Anne fiel ihm ins Wort. »Ach, lass gut sein, sie weiß, wer sie ist, ich hab es ihr schon erklärt«, sagte sie, zog einen Stuhl hervor, setzte sich und begann, Butter auf eine Scheibe Brot zu streichen.

Marcus zuckte mit den Achseln und setzte sich auf den Stuhl neben mich. Von nahem sah ich nun, dass sein Pullover an den Ellbogen durchgescheuert war und vorn ein Loch hatte. Er klopfte auf den Stuhl neben sich, und Cassie setzte sich. Sie stellte das Glas vor sich auf den Tisch, und ich sah, dass das Schwarze darin keine Perlen waren, sondern ungefähr ein Dutzend toter Schmeißfliegen, denen die Flügel fehlten. Marcus nahm das Glas und stellte es auf den Boden neben Cassies Stuhl. Mit den Augen folgte sie dem Vor und Zurück des Messers, als er ihr den Schinken in kleine Stücke schnitt und dasselbe danach bei ihrer Tomate wiederholte. Er nahm mit der Gabel Essen von seinem eigenen Teller auf, nickte Cassie zu und schob es sich in den Mund. Und als sei dies das Signal, auf das sie gewartet hatte, griff sie nach ihrer eigenen Gabel und tat es ihm gleich.

Marcus wandte sich mir zu. »Was meinst du, was wirst du lieber haben?«, sagte er. »Englisch oder Französisch?«

Schon wieder! Noch etwas, was er über mich wusste. »Englisch«, sagte ich. »Französisch mag ich nicht so.«

Er legte Messer und Gabel hin und betrachtete mich neugierig. »Warum es dann studieren?«

»Meine Mutter fand, es wäre nützlich, eine Fremdsprache dabeizuhaben. Fürs Unterrichten.«

»Du willst also Lehrerin werden?«

Ich spürte gleich, dass es nicht leicht werden würde, Marcus zu erklären, dass es bei uns zu Hause selten ums »Wollen« ging. »Ja«, sagte ich.

»Ich war mal Lehrerin«, sagte Lou Anne. »Ich hab ein Jahr lang in Spanien Englisch unterrichtet. Die Schule war direkt am Meer.«

»Valencia«, sagte ich. »Wir haben eine Postkarte davon.« Auf dem Frisiertisch meiner Mutter klemmte mit einer Ecke eine Postkarte im Spiegel, sie hatte Eselsohren und zeigte die Ruine eines weißen Steinhauses, umgeben von wilden Orangenbäumen. Wir hatten diese Karte, so lange ich zurückdenken konnte, so lange, dass ich nie gefragt hatte, von wem sie eigentlich stammte.

»Dass deine Mutter die aufgehoben hat, ich glaub's ja nicht«, sagte Lou Anne, »sie war schon immer viel zu sentimental«, aber ich merkte, dass es sie doch freute.

»Ein sentimentaler Mensch«, sagte Marcus, »ist einfach jemand, der den Luxus eines Gefühls genießen will, ohne dafür zu bezahlen.«

Ich dachte, er erkläre es meinetwegen, und war beleidigt, weil ich wusste, was das Wort bedeutet, auch wenn ich es so nicht hätte ausdrücken können.

»Marcus studiert Philosophie am Trinity«, sagte Lou Anne. »Wir alle ernten ständig die Früchte davon.«

»Das war, genau genommen, Wilde«, sagte Marcus.

Nun, da Marcus nicht mehr aß, hörte auch Cassie auf. Sie spielte mit ihrem Essen, schob Schinkenstückchen an den Rand ihres Tellers und kicherte, wenn sie abstürzten und auf die Tischdecke fielen. Ich wartete darauf, dass Lou Anne sie ausschimpfte, tat sie aber nicht. Marcus klopfte mit dem Messer sacht an Cassies Teller – zwei kurze, glockenhelle Schläge, so als wolle er eine Rede halten –, und sie lachte, hob ein Stück Schinken mit den Fingern auf und steckte es sich, immer noch kichernd, in den Mund. Da sie mit offenem Mund kaute, war ein Gemisch von zerkleinertem rosa Fleisch zu sehen, so dass wir jeder auf unseren eigenen Teller blickten und das Gespräch am Tisch verstummte. Draußen hielt ein Bus an, röchelte, zischte und fuhr wieder ab, und als sich das letzte Abendlicht über den Garten legte, spürte ich die ersten Regungen einer Migräne.

Marcus hatte, erfuhr ich später, schon seit über einem Jahr keine Vorlesungen mehr besucht und war am College nicht mehr als Student eingeschrieben, obwohl er ab und zu noch hinging, den mit Büchern gefüllten Rucksack über der Schulter. Er schien keinen wie immer gearteten Job zu haben. Der löchrige Pullover hatte mich glauben lassen, seine Familie sei arm, nun aber legte ich mich darauf fest, dass sie reich war, und zwar reich auf die Art, bei der solche Dinge keine Rolle spielten. Er wohnte schon fast drei Jahre im Haus, und Cassie himmelte ihn an. Als ich am Mittwoch jener ersten Woche vom College nach Hause kam, waren die beiden draußen vorm Haus und warfen einen Ball an die Giebelwand. Jemand hatte eine Terrasse verlegt, eine arge Flickschusterei, hätte mein Vater gesagt, denn mehrere Steine fehlten ganz und andere waren locker. Cassie trug einen langen roten Rock und einen weißen Rollkragenpullover. Ihr Haar, diesmal nicht geflochten, schaukelte um ihre Schultern, wenn sie dem Ball nachrannte. Manchmal fing sie ihn, meistens aber hüpfte er an ihr vorbei. Es war ungewöhnlich warm und trocken für Anfang Oktober, und jedes Mal, wenn der Ball auf dem Boden landete, flog eine kleine Staubwolke auf.

Ich ließ den Rucksack von der Schulter gleiten, lief hin

und postierte mich zwischen Marcus und Cassie. Das Spiel wurde schneller, der Aufprall des Balls an der Wand lauter, die Staubwolken dicker. Dann schleuderte Marcus den Ball so fest gegen die Wand, dass er nach dem Abprall an mir vorbeiflog, den Zaun hinter mir traf und ein Pflanzgefäß aus Terrakotta zu Fall brachte. Cassie schrie auf, schlug die Hände vors Gesicht und brach in Gelächter aus, und kurz darauf stolperten wir alle japsend durch den Garten und bogen uns vor Lachen. Als ich stehen blieb, um mir die Augen zu trocknen, stand Lou Anne an einem Fenster oben in der Giebelwand und blickte herab. Ich sah zu dem kaputten Blumentopf, der genau in der Mitte zerbrochen war und aus dem Erde ins Gras rieselte. Lou Anne öffnete das Fenster. »Der Zaun steht schon auf wackeligen Beinen«, rief sie, »besser, sein Ende nicht beschleunigen.« Marcus hob seinen Pullover vom Gras auf und ging, ohne ein Wort an mich oder Cassie zu richten, uns voran ins Haus.

Eines Morgens nicht lange danach stand die Tür zu Cassies Zimmer, anders als gewöhnlich, offen. Lou Anne zog das Bett ab. »Die Gemeindeschwester kommt«, sagte sie, als sie mich in der Tür stehen sah. »Ich hab sie erst morgen erwartet, aber sie hat angerufen und Bescheid gesagt, dass ihr Dienstplan sich geändert hat.« Lou Anne sah erschöpft aus. »Kann ich helfen?«, sagte ich und rechnete damit, dass sie ablehnen würde, doch sie war wohl besonders müde, denn sie sagte nach kurzem Überlegen: »Du könntest das Bett beziehen.« Sie wies auf einen Stapel gefalteter sauberer Bettwäsche. »Zwei Laken mindestens, und steck sie richtig tief rein, sonst strampelt sie die bloß wieder weg.« Marcus war schon früher aus dem Haus gegangen. Von unten drang das

Gebrüll des Fernsehers herauf, Cassie schaute bei voll aufgedrehter Lautstärke ihre Zeichentrickfilme. Als Lou Anne ging, um die Gemeindeschwester hereinzulassen, sah ich mich kurz im Zimmer um. Es war ein einziges Chaos: Kleidung, nachlässig in eine Wäschebox gestopft, Regal um Regal gefüllt mit alten Keksdosen, Schuhkartons und Gläsern voller unsortierter Perlen, Kupfermünzen und Knöpfe. Lou Annes Toleranz für Unordnung war groß, stellte ich fest. Ihr eigenes Schlafzimmer im Erdgeschoss hatte einmal zur Küche gehört, und ihre Sachen überwanden ständig die Grenze zu der provisorischen Abtrennung; dann lagen Strumpfhosen über Stuhllehnen und Haarbürsten mit Büscheln roten Haars neben dem Kochherd.

Die Gemeindeschwester hatte rundliche Wangen und eine rosige Farbe. »Vom Land«, flüsterte Lou Anne, als wir uns ansahen, wie sie Cassie zum Wiegen ins Badezimmer führte, »sie kennt die Tanten deiner Mutter aus Claremorris.« Ich hatte das Bett fertig bezogen, wollte mich an Lou Anne vorbeizwängen und hinausgehen und stieß dabei an eine Blechdose, die weiter unten im Regal stand. Der Deckel sprang auf, als sie auf dem Boden landete, und eine übelriechende, ascheähnliche Substanz ergoss sich auf den Teppich. Ich beugte mich hinab, um sie genauer zu betrachten, und sah, dass es Überreste von toten Insekten waren, Dutzende und Aberdutzende, verschrumpelt und verdorrt. Es mochten Schmetterlinge gewesen sein oder vielleicht Motten, denn es waren durchscheinende Schnipsel darunter, womöglich ehemalige Flügel. Jemand hatte ein paar Exemplare auf ein mit grünem Stoff bezogenes Brett geheftet, von ihnen waren allerdings nur noch die pelzigen tonnenförmigen Leiber vorhanden.

»Schnell«, sagte Lou Anne, »bevor Cassie es sieht«, sank auf die Knie und schob hektisch alles in die Dose zurück. Ich machte mit, aber wir waren nicht fix genug, die Schwester und Cassie kamen schon untergehakt aus dem Bad zurück. Cassie stieß einen Klagelaut aus, riss sich von der Schwester los, kam auf mich zu und erwischte mich an der Schulter. Ich kippte rückwärts auf den Teppich, und schon war sie auf mir, schlug trommelnd auf mich ein, zog mich an den Haaren. Sie nahm eine Faustvoll des grobkörnigen Staubs und schmierte ihn mir ins Gesicht, zwängte ihn mir an den Lippen vorbei und zwischen die Zähne. Lou Anne und die Schwester zogen schreiend an ihr, aber sie war stärker als die beiden. Erst als sie das Gewicht verlagerte, bekam ich eine Hand frei und gab ihr eine kräftige Ohrfeige. Sie hörte sofort auf und erstarrte, schaute mich entsetzt an und sank, so als sei ihre ganze Wut verpufft, dann laut weinend auf meine Brust und schlang die Arme um mich.

Lou Anne und die Schwester hoben sie von mir herunter und setzten sie aufs Bett. Sie weinte immer noch, und Lou Anne hielt sie im Arm, beruhigte sie, summte die Strophe eines Lieds, das sie gernhatte, streichelte ihr das Haar. Ich sprang auf und rannte ins Bad, spie ins Waschbecken, spülte mir unter dem laufenden Wasser den Mund aus und spie noch einmal aus. Ich schnappte mir meine Zahnbürste und schrubbte mir die Zähne, die Zunge und die hintersten Winkel meines Gaumens, bis meine Spucke sich rosa verfärbte und meine Mundhöhle sich wund anfühlte. Als ich fertig war, merkte ich, dass ich zitterte, und musste mich am Waschbecken festhalten. Lou Anne und die Schwester kamen auf den Treppenabsatz und unterhielten sich leise. »Es wird nur schlimmer werden«, sagte die Schwester, »sie wird von Mal zu Mal stärker. Wie wollen Sie das schaffen?«

»Das wäre nicht passiert, wenn mein anderer Untermieter da gewesen wäre«, sagte Lou Anne. »Er kann sehr gut mit ihr, aber mittwochs muss er seine Vorlesungen besuchen.« Warum machte sie sich die Mühe und tischte der Schwester eine Lüge über Marcus auf, denn welche Rolle sollte es für die Schwester spielen, ob Marcus zu Vorlesungen ging oder nicht? Und dann senkte Lou Anne die Stimme, aber nicht genug, und ich hörte sie sagen: »Sie ist nicht mehr so gut drauf, seit …«, und hier stockte sie kurz, »seit der Veränderung in unseren häuslichen Verhältnissen.«

Ich verbrachte den größten Rest des Tages in meinem Zimmer in der Erwartung, dass Lou Anne kam und nach mir sah. So jedenfalls machte es meine Mutter, wenn sie und ich uns gestritten hatten, und dass Lou Anne und ich Streit hatten, war mir klar, auch wenn ich nicht ganz nachvollziehen konnte, wie es dazu gekommen war. Am vorgerückten Nachmittag ging ich hinunter und machte mir ein Sandwich. Hinter dem Vorhang, der Lou Annes Schlafraum von der Küche abtrennte, drang das Knistern ihres Radios hervor. Ich setzte den Wasserkessel auf, klapperte mit dem Deckel des Brotkastens, um ihr zu signalisieren, dass ich da war, sie kam jedoch nicht heraus, und so ging ich mit meinem Sandwich nach oben. Irgendwann gegen neun Uhr abends ging die Türklingel, gefolgt von dem üblichen Lärm der Riegel. Ich war eingedöst und setzte mich nun auf und strich mir das Haar glatt, nahm eine, wie ich dachte, schicklichere Haltung ein. Lou Anne und Marcus unterhielten sich, hörte ich, zuerst in der Diele und wechselten dann ins Wohnzimmer, wo ihre Stimmen verklangen. Nach einer Weile vernahm ich Schritte auf der Treppe, und es klopfte an der Tür. »Herein«, sagte ich.

Marcus kam herein und stand neben meinem Bett. Ausnahmsweise trug er einmal nicht den grünen Pullover, sondern ein rot-blau kariertes Hemd, das nach Rauch roch. Er hob das Buch hoch, das ich gerade gelesen hatte, es gehörte zu meinem Lehrplan auf dem College, drehte es um und sah nach dem Umschlag. »Ah, ja«, sagte er. »Rhys. Was hältst du von ihr?«

»Sie ist gut«, sagte ich zögernd. Ich hätte weitersprechen und erzählen können, was mir schon die ganze Woche nicht aus dem Kopf ging: die Bilder von Coulibri, das völlig verwildert war, der Geruch welker Blumen, der sich mit dem des frischen, lebendigen Grüns vermischte, das vergiftete Pferd unter einem Baum, seine Augen schwarz von Fliegen. Ich hatte inzwischen jedoch begriffen, dass ich auf der Hut sein musste, wenn ich mich mit Marcus über Bücher unterhielt. Als ich nichts mehr sagte, seufzte er, klappte das Buch zu und ließ sich auf der Bettkante nieder. »Lou Anne hat mir erzählt, du hättest Cassie heute geschlagen.«

»Sie hatte sich auf mich geworfen«, sagte ich, »sie hat mir wehgetan, und …«

Er hob die Hand. »Das darfst du nie wieder tun«, sagte er. »Nie wieder, unter keinen Umständen. Hörst du?«

»Sie hätte mich umbringen können.«

»Was sie tut, spielt keine Rolle, du darfst sie nicht schlagen.«

Ich hatte mir den ganzen Tag überlegt, womit er mich wohl trösten würde. Gekränkt, weil das alles so ungerecht war, schwang ich die Beine über die andere Seite des Betts und kehrte ihm den Rücken zu. Er griff herüber und legte die Hand auf meine Schulter. »Hör zu«, sagte er, »das ist wichtig. Es darf nicht wieder vorkommen. Verstehst du?«

Ich nickte, ohne ihn anzusehen.

»Kannst du dich entschuldigen, was meinst du?«

Die Vorstellung gefiel mir gar nicht. »Sie schläft«, sagte ich.

»Ich meinte, bei Lou Anne entschuldigen.«

»Nein.«

Er seufzte und stand auf, fuhr sich mit der Hand durchs Haar. »In Ordnung«, sagte er, »kann ich ihr aber wenigstens sagen, es wird nicht wieder vorkommen?«

»Sag ihr das.« Ich zog die Bluse hoch und zeigte auf einen kreisrunden blauen Fleck direkt unter meinen Rippen, der sich zu meiner Genugtuung bereits lila verdunkelte. Marcus kam zu meiner Bettseite herum, bückte sich und inspizierte die Stelle unter leisem Fluchen. Sein Haar und der Kragen seines Hemds waren feucht, sah ich und dachte, dann war er wohl zu Fuß von der Innenstadt bis hierher gegangen und kam deswegen so spät. Er machte schon Anstalten, den Fleck zu berühren, zog die Hand aber zurück. »So etwas kann ich überhaupt nicht brauchen«, sagte er, richtete sich auf und verließ mein Schlafzimmer ohne ein weiteres Wort. Als er weg war, wollte ich noch ein bisschen in meinem Buch weiterlesen, konnte es aber nicht. Ich schaltete das Licht aus und legte mich, vollständig angekleidet, ins Bett, zog mir die Decke über den Kopf, fürchtete mich zum ersten Mal vor den Faltern, die nachts kopfüber in die heiße Birne meiner Schlafzimmerlampe stürzten und deren verbrannte Stümpfe morgens über den Boden verteilt waren.

Am nächsten Tag aß ich in der Kantine des Colleges zu Abend und kam so spät nach Hause, wie ich mich traute. Obwohl ich ganz leise war, legte Lou Anne den Finger an die Lippen, als sie mich hereinließ, und sagte beim Sichern der Tür: »Scht, sie schläft.« Die Riegel, hatte Marcus mich aufgeklärt, waren wegen Cassie, die nachts manchmal nach unten ging und einmal sogar auf die Straße gelaufen war. Ich vermutete, Lou Anne und ich hätten immer noch Streit, doch als sie mit der Tür fertig war, sagte sie: »Ich mach uns Tee«, und verschwand in die Küche. Ich ging ins Wohnzimmer und setzte mich an den Tisch. »Meine Güte«, sagte Lou Anne, als sie mit einem Tablett hereinkam, »es ist schon fast dunkel.« Sie stellte das Tablett ab, ging durch das Zimmer und knipste Lampen an. Ihre Wangen waren gerötet, und mir fiel auf, dass neben dem Teegeschirr auch eine kleine Flasche Whiskey auf dem Tablett stand. Lou Anne setzte sich mir gegenüber und schenkte Tee in zwei Tassen ein – das feine Porzellan vom ersten Abend war nie wieder zum Vorschein gekommen. »Wo ist Marcus?«, sagte ich.

Lou Anne zog ein finsteres Gesicht. »Woher soll ich das wissen?«, sagte sie. »Er ist ein junger Mann, er wird sicher tun, was junge Männer eben so tun. Warum sollten du oder ich uns seinetwegen Gedanken machen?« Sie beugte sich näher zu mir. »Das tun Frauen ja, und zwar ständig, sich Gedanken um Männer machen. Wir, deine Mutter und ich, wir waren jedenfalls verrückt nach Männern.« Sie goss sich etwas Whiskey in den Tee, schien kurz zu überlegen und bot mir die Flasche an. Als ich den Kopf schüttelte, ließ sie noch etwas in ihren Becher tröpfeln. »Weißt du, was du tun musst?«, sagte sie. »Du musst dir Freunde suchen, anstatt abends immer hier herumzusitzen. Du bist jung, das ist die Gelegenheit, Spaß zu haben. Wenn deine Mutter hier wäre, würde sie dir dasselbe sagen.«

Das bezweifelte ich zwar stark, doch bevor ich etwas erwidern konnte, stand Lou Anne auf und kramte in einer Kommode, schob mit verärgertem Ts-ts alte Kataloge und Stoffreste beiseite und zog schließlich ein Fotoalbum hervor. »Ich möchte dir etwas zeigen«, sagte sie. Sie blätterte eine Weile und hielt bei einem Foto inne. Es dauerte einen Moment, bis ich begriff, dass es sie und meine Mutter zeigte, aufgenommen anscheinend in den Jahren vor der Hochzeit meiner Eltern, denn meine Mutter hatte einen kurzen Rock an und rauchte eine Zigarette. »Du siehst ihr zum Verwechseln ähnlich«, sagte Lou Anne und neigte, den Zeigefinger unter meinem Kinn, mein Gesicht erst in die eine, dann in die andere Richtung. »An dem Tag, als du auf meiner Türschwelle standst, das war wie eine Erscheinung.« Sie seufzte und blätterte zur nächsten Seite um. Dieses Foto zeigte eine jüngere Cassie, die im Stehen die Hand vorstreckte. Auf ihrer hohlen Hand saß, sie fast ganz ausfüllend, ein rot-blauer Schmetterling, riesig, ein Prachtexemplar mit silbern getüpfelten Flügelrändern und goldenem Flaum am Leib.

»Den hat Daddy aus einem Katalog bestellt«, sagte Lou Anne. »Er kam den weiten Weg von den Philippinen bis hierher. Die Briefmarken waren fast genauso schön wie der Schmetterling, die hab ich noch.«

Ich starrte auf den Schmetterling und stellte mir vor, wie er aus dem Farbengewimmel eines Regenwalds gerissen, getötet, in eine Schachtel verpackt und in ein feuchtes, düsteres Haus in Drumcondra verfrachtet wurde.

»Cassie hat Daddy sehr gern gehabt«, sagte Lou Anne. »Bei den Schmetterlingen hat er ihr immer geholfen. Er fehlt ihr schrecklich.«

In dem Moment kam Marcus nach Hause. Lou Anne zog die Riegel zurück und ließ ihn herein, und er hatte kaum den Fuß ins Zimmer gesetzt, da wusste ich, dass er getrunken hatte. Lou Anne merkte es wohl auch, goss aber bloß Whiskey in ein Glas, das sie vom Küchenschrank nahm, ein kleines Sherryglas mit Goldrand, und reichte es ihm. Er kippte ihn auf ex, griff zur Flasche und goss sich einen zweiten ein. Schaltete den Fernseher an und ließ sich in einen Sessel fallen. Es war eine Motorsport-Sendung, und das wespenartige Gedröhn von Rennwagen füllte den Raum. Lou Anne schaltete den Apparat wieder aus. »Hilf mir mal«, sagte sie, auf das Klavier weisend. Mir war nicht klar, ob ich oder Marcus gemeint war, aber da Marcus keine Anstalten machte, stand ich auf und half ihr, Sachen fortzuräumen. Ein Krug, den ich für leer gehalten hatte, enthielt abgestandenes Wasser mit schlierigen Resten von Blütenblättern und schwappte über den Rand, als ich ihn herunterhob. »Vorsicht«, sagte Lou Anne, »dieses Klavier ist zwanzig Mille wert.« Ich erstarrte, den Krug in der Hand, von dem brauner Schleim auf das dunkle Holz des Deckels tropfte. Marcus begann aus seinem Sessel heraus zu lachen, und Lou Anne, sah ich, verzog krampfhaft keine Miene, prustete dann aber ebenfalls los. »Glaubst du, ich würde es nicht verkaufen, wenn es so viel wert wäre?«, sagte sie und setzte sich auf den Klavierhocker. »Schau dich mal um. Glaubst du, hier gibt es irgendwas, was ich nicht verkaufen würde, wenn ich könnte?«

»Ich würde nach Argentinien gehen, wenn ich Geld

hätte«, sagte Marcus. »Einer aus unserer Stadt hat das getan. In Patagonien bekommt man tausend Hektar Land für dasselbe Geld, was hier hundert kosten. Ich würde nicht zurückkommen.«

Lou Anne murmelte etwas vor sich hin. Sie fegte das letzte Gerümpel vom Klavier auf den Boden und klappte den Deckel auf. Ich ging an den Tisch zurück. Ich verstand nicht genug davon, um zu beurteilen, ob ihr Spiel etwas taugte; das Klavier war vermutlich verstimmt, und das konnte der Grund für die etwas scheppernden Töne gewesen sein. Dass sie nicht singen konnte, war mir jedoch sofort klar; sie kämpfte sich durch einen Song von Bonnie Tyler und einige andere, mir unbekannte Lieder, die sie ebenfalls überforderten. Und dann hörte sie auf. Sie erhob sich, ohne Marcus oder mich anzusehen, klappte den Deckel wieder zu und ging aus dem Zimmer. Ich hörte, wie sie durch die Diele in die Küche abbog, wo ihre Schritte noch leiser wurden, so als sei sie in ihr Schlafzimmer verschwunden.

Marcus nippte seinen Whiskey und starrte mich an, und ich starrte zurück. Die Lampe auf dem Beistelltisch neben seinem Sessel war zu seinem Gesicht hin gedreht, und mit dem dunklen Haar und dem Bart und den dunklen Augen sah er aus wie eine Gestalt auf dem Gemälde aus dem Barock, wie ein Christus von Caravaggio, leuchtend und vorwurfsvoll. Ich hatte mir schon zurechtgelegt, was ich sagen wollte, falls er noch mal von Cassie und dem Schlagen anfing. Er stand auf und kam mit seinem Glas Whiskey zu mir herüber, beugte sich herab und küsste mich, und ich spürte seinen kratzigen Bart und schmeckte den Whiskey auf seiner Zunge. Er setzte das Glas ab, zog mich hoch und küsste mich noch einmal, nun länger, fuhr mir mit den Händen durchs Haar, ließ sie an meinem Hals auf die Schultern herabgleiten. Ich glaubte ein Geräusch aus der Diele gehört zu haben und entzog mich. Er sah mich fragend an.

»Lou Anne …«, sagte ich und machte eine Kopfbewegung hin zur Tür, doch er lächelte bloß. »Ach, meine kleine Louise«, sagte er, »ständig macht sie sich Sorgen.« Er wollte mich wieder küssen, hielt aber inne. »Du bist nach ihr benannt, stimmt's?«, sagte er. »Fällt mir gerade erst auf. Du bist nach Lou Anne benannt.« Das fand er offenbar amüsant; er lächelte und schüttelte den Kopf, nahm mich bei der Hand und führte mich wortlos in die Diele und hinauf in mein Schlafzimmer.

Er drückte mich aufs Bett und legte sich, nachdem er Jeans und Hemd ausgezogen hatte, neben mich. Während er meine Bluse aufknöpfte, horchte ich auf Geräusche aus Cassies Zimmer gleich nebenan oder von Lou Annes unten. Er hakte meinen Büstenhalter auf und betrachtete mich, auf einen Ellbogen gestützt, für einen Moment, bevor er den Zeigefinger langsam um eine Brustwarze kreisen ließ. Ich regte mich nicht, als sein Finger über meine Rippen abwärts glitt und an dem blauen Fleck anhielt, der inzwischen die Stufe von dunklem Blau und Mauve erreicht hatte. Er berührte die Stelle mit dem Mund und küsste sie. »Arme Louise«, sagte er, »was hat sich deine Mutter nur gedacht, als sie dich hierhergeschickt hat?« Seine Lippen glitten über meinen Bauch abwärts. Er knöpfte meine Jeans auf, zerrte meinen Schlüpfer bis zum halben Oberschenkel herunter, und dann spürte ich wieder seinen Mund, warm und nass, seine flinke Zunge. »Psch«, sagte er, als ich mich vergaß und ein Geräusch machte, und dann griff er nach seiner Jacke auf dem Fußboden und zog eine eckige Folie aus der Innentasche.

Hinterher erzählte er mir von Dingen, über die er noch nie gesprochen hatte: von seiner Familie – in der Hauptsache seine Mutter und die jüngere Schwester, denn sein Vater war tot. Sie lebten, stellte sich heraus, in Offaly und waren keineswegs reich, sondern führten einen kleinen Lebensmittelladen und bewirtschafteten zwanzig Hektar Land, die seine Schwester von einer Großmutter geerbt hatte.

»Wann besuchst du sie?«, fragte ich, weil mir gerade auffiel, dass es kein Wochenende gegeben hatte, an dem er nicht da gewesen wäre.

»Gar nicht«, sagte er.

Wie konnte seine Mutter das zulassen? Ich war schon einmal zu Besuch nach Hause gefahren, nach Tuamgraney. »Aber sie sind doch deine Familie«, sagte ich.

»Was ist Familie denn, wenn man es sich mal überlegt?«, sagte er. »Nur etwas, in das man zufällig reingerät, ein Haufen Leute, nicht mal selber ausgesucht, zu denen man eine Beziehung aufgezwungen bekommt. Ich glaube fest daran, dass wir das Recht haben, uns unsere Familie selbst auszuwählen.«

Familie ist Familie, dachte ich, das hilft alles nichts. Das wollte ich auch sagen, fürchtete aber, das Ganze hätte vielleicht etwas mit Philosophie zu tun und ich stünde dann dumm da. Ich streichelte das dunkle Haar auf seiner Brust und hielt den Mund.

»Weißt du, wo ich hingehen würde, wenn ich gehen könnte, wohin ich will?«, sagte er und fing wieder von Argentinien an. Wir waren mittlerweile unter die Bettdecke gekrochen, und während er weitersprach, lag seine Hand in der feuchten Höhlung zwischen meinen Beinen, wo seine Finger halbherzig mit mir spielten. Ich war wohl eingeschlummert, denn als ich später aufwachte, sah ich ihn in der Tür, sein Profil für einen Moment deutlich im Licht des Treppenabsatzes, als er die Tür hinter sich zuzog.

Am Sonntagmorgen machten Lou Anne und Marcus Sandwiches, als ich in die Küche kam. Marcus blickte von dem Käsestück auf, von dem er Scheiben abschnitt, und sagte: »Wir wollen an den See, falls du mitkommen möchtest.«

»Warum sollte sie an den See wollen?«, sagte Lou Anne. »Ich würde selber zu Hause bleiben, aber ich hab's Cassie versprochen. Es ist Wahnsinn – um die Jahreszeit, bei der Kälte holen wir uns den Tod.«

»Es ist nicht kalt«, sagte Marcus. Er wies zum Fenster, wo eine wässrige Sonne schräg durch die Jalousien einfiel.

»Ich würde gern mitkommen«, sagte ich, bevor Lou Anne noch etwas sagen konnte. Ich war dankbar, sogar erfreut. Marcus hatte in den letzten Tagen kaum Notiz von mir genommen, nicht mal, als ich mir bei Cassie Mühe gab, um ihm eine Freude zu machen.

Lou Anne holte eine Thermosflasche aus dem Schrank und füllte sie mit heißem Wasser. Dann gab sie löffelweise Instantkaffee zu, zählte leise mit.

»Hast du einen Badeanzug?«, sagte Marcus.

»Es ist zu kalt zum Schwimmen«, sagte Lou Anne und schraubte den Verschluss zu. »Cassie wird ein bisschen mit den Füßen reingehen, wir essen unsere Sandwiches und fahren wieder heim.« Sie packte die Thermosflasche in die dunkelblaue Reisetasche, die auf dem Tisch stand.

Ich hatte einen roten Bikini, den ich mir vor einem Jahr bei einem Einkaufstrip nach Galway gekauft hatte. Er war von Galway nach Tuamgraney und nach Dublin mitgereist, ohne dass ich ihn einmal getragen oder meine Mutter ihn auch nur zu Gesicht bekommen hätte. Ich ging nach oben und zog ihn an, überprüfte mein Aussehen im Badezimmerspiegel. Gut, dachte ich, sieht gut aus, zog meine Sachen darüber und ging nach unten.

Ich hatte vermutet, wir würden mit irgendeinem Bus fahren, aber Lou Anne hatte einen Leihwagen besorgt, einen kleinen roten Ford Fiesta. Sie saß am Steuer, Cassie auf dem Beifahrersitz, Marcus und ich saßen hinten. Musikkassetten waren über das Armaturenbrett verstreut, und als Lou Anne nach einer griff und sie einlegte, erwies sie sich als Debussy. Es war überschwängliche, vieldeutige Musik, zu der wir die Drumcondra Road entlangfuhren; die fremdartigen Harmonien verwirrten mich, erzeugten ein Gefühl, das ich nicht eindeutig benennen konnte. Auf meinem Schoß lag eine karierte Picknickdecke, und Marcus schob die Hand darunter, ließ sie auf meinem Oberschenkel liegen. Lou Annes Fahrstil war unberechenbar: Sie nahm Kurven zu weit und zu schnell, fuhr an einer Kreuzung über eine rote Ampel. In der Stadt ging es an diesem Vormittag ruhig und entspannt zu, die Umrisse der Bäume wirkten weicher durch die wenigen gelb gefärbten Blätter, die sich noch an Äste klammerten, und als wir den Friedhof passierten, hob ein älterer Mann die Hand zum Gruß, vielleicht eine Verwechslung.

Wir fuhren eine Stunde, möglicherweise auch länger,

bogen von der Haupt- auf eine Nebenstraße und nach geraumer Zeit auf einen Feldweg. Vor uns lag ein See, eine Senke, aus den umliegenden Äckern geschöpft, mit einem Wäldchen an einem Ende, das sich bis zum Ufer hinzog. Dort wurzelten junge Schösslinge im Seebett, halb entwickelte Bäumchen, die sich aus dem Wasser hervorschoben. Als der unbefestigte Weg auslief, rollten wir langsam hangabwärts durch ein Feld. Lou Anne parkte so dicht am Seeufer, wie sie konnte, so dicht, dass ich fürchtete, der Fiesta landete, wenn die Handbremse nicht hielt, womöglich im Wasser.

Wir stiegen alle aus, und Lou Anne nahm mir die Decke vom Schoß, riss sie förmlich weg, bevor ich anbieten konnte, sie zu tragen. Dann wollte ich den Picknickkorb aus dem Kofferraum holen, doch sie nahm auch den. Der See war grau und still und zur Mitte zu schwarz wie Onyx. Lou Anne breitete die Decke auf einem Fleck Gras aus, setzte sich darauf und schaute auf den See, der Picknickkorb ungeöffnet neben ihr. Cassie kämpfte sich schon aus den Kleidern und ließ sie aufs Geratewohl fallen, wonach Marcus sie aufhob, bis sie bei einem dunkelblauen Einteiler angelangt war. Ich sah – und schämte mich dafür –, dass ihre Beine tiefe Cellulitedellen hatten und lange blaue Adern stark hervortraten. Marcus hatte sich die Hosenbeine hochgekrempelt. Er streckte Cassie die Hand hin und deutete aufs Wasser, aber sie hockte sich auf den Kies. Überall auf dem Wasser lagen Libellen, allesamt tot, gefällt vielleicht erst vor kurzem bei einem Wetterumschwung, denn sogar bei Sonne war es hier kälter als in der Stadt. Cassie hob eine Libelle auf, doch sie zerfiel, und sie hatte nur noch ein Bein in der Hand. Laut schimpfend, sammelte sie andere und legte sie der Reihe nach auf einen großen Stein.

Ich zog Schuhe und Socken aus, schob mir die Jeans bis zu den Knöcheln hinunter und stieg heraus. Als ich mir das T-Shirt über den Kopf zog, richteten sich die Haare auf meinen Armen zu einem kleinen Stachelwald auf. Ich hatte jetzt nur noch den Bikini an und kontrollierte mit der Hand auf dem Rücken, ob das Band richtig verknotet war. Ohne Marcus anzusehen, ging ich das kurze Stück bis zum Ufer. Der Kies tat mir an den Fußsohlen weh, doch ich ging weiter. Es war entsetzlich kalt, als ich ins Wasser watete, aber ich wappnete mich dagegen, ging weiter, bis es meine Oberschenkel ganz bedeckte, und blieb dann stehen, immer noch mit dem Rücken zu ihm, damit er mich anschauen konnte. Ich hatte mir den Zeh an einem Stein angeschlagen und war mir sicher, dass er blutete, doch das war mir egal. Ich stand in dem eiskalten Wasser und ließ ihn schauen, während ich zu den Hügeln auf der anderen Seite des Sees hinübersah. Die Felder dort waren besser in Schuss und umzäunt, und auf einer Lichtung stand ein Bauernhaus wie auf einem Gemälde von Constable. Auf einer Weide grasten schwarz-weiße Kühe, und alles war sehr still und ordentlich, klein und weit weg. Ich tauchte ins Wasser ein, überlegte, wie ich wohl vom Ufer aussah, die Wölbung meines Rückens, das Rot des Bikinis gegen das Weiß meiner Haut. Ich schwamm weiter hinaus, hielt irgendwo in der Mitte des Sees an und trat Wasser. Erst da schaute ich zurück.

Marcus sah nicht aufs Wasser und unterhielt sich mit Lou Anne. Sie saß immer noch voll bekleidet auf der Decke, ein Handtuch um die Schultern. Cassie war etwas abseits und scharrte im Kies nach ihren Insekten. Marcus und Lou Anne hatten die Stimmen erhoben, aber ich war zu weit weg, um das Gesagte zu hören. Das Wasser ringsherum war schwarz und still, und als ich zu meinen Füßen hinabsah, wirkten sie weiß und gespenstisch. Am Ufer begann Marcus zu gestikulieren. Lou Anne sprang auf und ließ das Handtuch fallen. Sie stand dicht vor ihm, fuchtelte mit den Armen, schrie einmal etwas heraus und ging dann von ihm weg, verfiel wenig später sogar ins Laufen und wurde immer kleiner, bis sie zwischen den Bäumen verschwand.

Marcus sah ihr noch nach, bevor er sich endlich zum See umwandte. Die Hände in die Seiten gestemmt, stand er da und schaute unverwandt zu mir herüber, während ich weiter Wasser trat. Er zog seine Sachen aus, watete in Schwimmshorts hinein und begann dann zu schwimmen. Sein dunkler Kopf näherte sich wie ein Otter, und er als auf meiner Höhe war, machte ich kehrt und schwamm zum gegenüberliegenden Ufer, blieb im Seichten stehen und wartete wie ein den Tiefen entstiegenes Tier, während das Wasser in Rinnsalen an mir herablief. Wortlos hob Marcus mich hoch und legte mich hinter einen immergrünen Busch, der einen gewissen Sichtschutz bot. Er kämpfte mit dem Verschluss meines Bikinioberteils, bis ich nach hinten griff und ihn selber aufmachte. Er stieg auf mich, zog ohne die Einleitung vom letzten Mal meine Bikinihose zur Seite und drang in mich ein, sein Mund auf meinem, mit einer Hand meine Brust knetend. Seine Stöße waren schnell und hart und drückten mich so tief in den Schlamm, dass ich mir vorstellte, wie sich eine Mulde bildete, die im Winter dann aushärtete und versteinerte. Er stöhnte und sackte auf meine Brust, wir lagen zusammen da, Schlamm an meinen Armen und zwischen meinen Beinen, mein Haar zu seildicken Strähnen verklebt wie ein aus Ölschlick befreiter Vogel.

Plötzlich glitt er aus mir heraus und zog sich im Aufsetzen die Badehose wieder an. Ich setzte mich auch auf und merkte erst in dem Moment, dass Lou Annes Stimme von der anderen Seeseite herüberschallte. Ich sah mich nach meinem Oberteil um, es schwamm am Rand des Wassers. Marcus war schon halb drüben, bevor ich die Bänder verknotet hatte und ihm hinterherschwamm. Lou Anne stand bis zur Taille im Wasser. Sie rief nach Cassie und Marcus und dann wieder nach Cassie. Als Marcus bei ihr war, fasste er sie am Arm und zerrte sie ans Ufer. Sie wollte sich ihm entwinden, und er packte sie bei den Schultern. »Hör mir zu«, sagte er. »Sie ist nicht im Wasser. Da wär sie allein nicht reingegangen, das weißt du.«

»Woher willst du wissen, was sie machen würde?«, sagte Lou Anne und schüttelte ihn ab. »Wie kommst du darauf, dass du etwas über meine Tochter weißt?« Ich war nun auch bei ihnen angelangt und stand zitternd neben Marcus. Lou Anne watete an uns vorbei in den See zurück, schlug im Wasser hin und her und wühlte es auf, bis es braun und trüb wurde und man nichts mehr sah.

»Sie ist dir in den Wald nachgelaufen«, sagte ich. Was als Gedanke, als Möglichkeit, noch nicht fertig ausgeformt war, schien, kaum dass ich es ausgesprochen hatte, die wahrscheinlichste Lösung. Lou Anne lief sofort los, rannte auf die Bäume zu. Marcus und ich stiegen hastig in unsere Kleider und Schuhe und liefen hinter ihr her. Ein kurzes Stück in den Wald hinein gabelte sich der Weg und führte auf einer Seite geradeaus weiter, auf der anderen, weniger stark ausgetreten, bergauf. Marcus blieb stehen, ich auch, Lou Anne jedoch stieg aufwärts weiter. »Es muss der hier sein«, sagte sie, »ich hätte sie sehen müssen, wenn sie den anderen genommen hätte.« Nach und nach tauchte Unrat am Wegesrand auf – leere Chipstüten, schmutzige Windeln –, Anzeichen dafür, dass wir zur Hauptstraße zurückkehrten. Der Weg wurde breiter, war deutlicher umgrenzt, und ich erblickte weiter vorn etwas Helles. Niemand sprach nun ein Wort. Marcus und Lou Anne gingen voraus und benahmen sich, als ob ich gar nicht da wäre. Als Lou Anne über eine Wurzel stolperte, stützte Marcus sie mit ausgestrecktem Arm, und sie fasste seine Hand und hielt sie beim Weiterlaufen fest. Und dann waren wir aus dem Wald hinaus und standen auf dem festen Randstreifen einer Straße und blinzelten in die Sonne. Es war die Straße, von der wir gekommen und auf den unbefestigten Weg abgebogen waren, ich erkannte ein Feld wieder, das mir dabei aufgefallen war. Es war als Gymkhana angelegt, und jetzt exerzierte ein Mann auf einem grauen Pferd alle Gangarten durch und ließ es über eine Reihe von Hindernissen springen, die aus farbigen Pfählen gebaut waren.

»Da ist sie!«, sagte Lou Anne. Ich kniff die Augen zusammen und sah Cassie, vielleicht zwanzig Meter von uns entfernt, direkt hinter der Abzweigung zum See, wo die Hauptstraße eine Kurve beschrieb. Cassie in ihrem Badeanzug bot einen seltsamen Anblick, so als sei sie gestrandet oder bei einem Schiffbruch angespült, wie eine Meerjungfrau in einer Kindergeschichte mit ihrem offen auf die Schultern fallenden hellen Haar. Mit dem Rücken zu uns, ging sie mitten auf der Straße und war im Begriff, hinter der Kurve zu verschwinden. Aus der Entfernung hatte sie etwas Imposantes, etwas Ätherisches, und als Licht auf ihr Haar fiel, wirkte sie fast wie verklärt. »Cassie«, rief Lou Anne. Da drehte sie, Cassie, sich um und sah uns. Sie kam uns nicht gleich entgegen, hatte uns aber wohl erkannt, denn sie winkte. Lou Anne hielt noch immer Marcus' Hand, und auf dem Feld nebenan ritt der Mann noch immer sein Pferd, ein stetiges Hufegetrappel, zwischen den Sprüngen unterbrochen von kurzen Phasen der Stille. Ein Auto kam um die Kurve. Es erfasste Cassie, warf sie in die Luft, die Beine in einem seltsamen Winkel vom Körper abgeknickt. Sie landete auf der Motorhaube, auf der sie noch einige Meter weiterfuhr, bevor das Auto schleudernd zum Stehen kam und sie auf die Straße ablegte.

Jahre später machte ich auf der Rückfahrt von einer Konferenz mit dem Leihwagen spontan einen Umweg und suchte den See, nahm die von der Leihwagenfirma bereitgestellte Landkarte zur Hand und fuhr die Strecke ab, von der ich meinte, sie könnte es gewesen sein. Ich kam schließlich an einem Teich mit dunklem Wasser an, der zwar nicht der See von damals war, wie ich gleich wusste, an dem ich aber trotzdem ein Weilchen blieb. Ohne weiterzusuchen, fuhr ich zurück zum Flughafen, gab das Auto ab und bestieg meine Maschine. Ich unterrichtete inzwischen an einem College im mittleren Westen in den USA. Lou Anne hatte das Haus in Drumcondra ein Jahr nach Cassies Tod verkauft und ein Häuschen im County Clare erworben. Geographisch lebte sie jetzt näher bei meiner Mutter, aber die beiden besuchten sich nur selten, schickten sich allerdings jedes Jahr

Weihnachtskarten. Meine Mutter sagte, Lou Anne erkundige sich darauf nach mir, ich habe sie jedoch nie nach Details gefragt.

Ich zog in den Wochen nach dem Unfall aus dem Haus aus, genau wie Marcus, er und ich blieben aber nicht in Kontakt. Einmal, Jahre später, sah ich ihn auf einer Straße in Temple Bar, sauber rasiert und im Anzug. Er stand zusammen mit etlichen anderen Männern in Anzügen im Eingang eines Bürogebäudes. Als ich vorüberging, sah er schnell zu Boden, und darüber war ich froh. Es kommt nur selten vor, dass ich noch an ihn denke, aber bis zum heutigen Tag kann ich Debussy nicht hören, ohne dass es mir die Kehle abschnürt. Einmal war ich in Denver gerade unterwegs zu einer Besprechung und musste mich nach dem plötzlichen Überfall durch die Fahrstuhlmusik auf die Toilette flüchten und für zehn Minuten in einer Kabine einschließen. Eines kommt mir ab und zu aber doch in den Sinn, auch wenn mir lieber wäre, ich hätte es vergessen: der Nachmittag, an dem wir auf der gepflasterten Terrasse neben dem Haus in der Drumcondra Road Ball spielten. Die Erinnerung lauert unter der Oberfläche, zittert wie eine kleine, aber lästige Zyste. Der trockene Oktobertag, Cassie, der Ball, die Staubwölkchen und Lou Anne, die oben vom Fenster herabschaut, eine Traurigkeit, eine Enttäuschung im Gesicht, die ich damals dem zerschlagenen Terrakottatopf zuschrieb, die aber, das weiß ich heute, etwas ganz anderes war.

IM STURZ

Es war sieben Uhr durch, und draußen im Garten spannte Finn, ihr neun Jahre alter Sohn, ein Tennisnetz zwischen zwei Bäumen auf, aber nicht auf normale Art, wie man es tut, wenn man Tennis spielen will, sondern horizontal, wie eine Hängematte. Finn trug eine Hose, die ihm zu kurz war, vielleicht die Hose der Schuluniform vom letzten Jahr, und war barfuß. Das Gelände auf dieser Seite des Grundstücks war verwildert, aber hübsch und von einer Steinmauer begrenzt, über die man weit über die Felder bis zu den grauen Schieferdächern von Portlaoise sehen konnte. »War vielleicht ein Fehler, ihm das von den Enten zu erzählen«, sagte Bill.

»Es geht nicht um die Enten«, sagte sie, »wenn es nicht die Enten wären, wäre es etwas anderes.«

Sie tranken in einem Zimmer an der Vorderseite Kaffee, einem Zimmer mit hoher Decke und Zierleisten, das sie sich nach wie vor als ihr Speisezimmer dachte, obwohl es nach zwei Jahren immer noch unmöbliert war, wenn man von dem kleinen Mahagonitisch, den sie aus dem alten Haus mitgenommen hatten, und den zwei Armlehnsesseln im imitierten Queen-Anne-Stil absah. Der Raum war lang und schmal, hatte ein Erkerfenster nach Süden hinaus und ein kleineres Fenster mit Blick auf den Garten neben dem

Haus, wo ihr Sohn zwischen den Bäumen hin- und herlief und seine Knoten mehrmals kontrollierte. Er hatte das Netz im Schuppen gefunden. Es war nicht ihr Netz, obwohl jetzt schon, vermutete sie, sie hatten es im Haus vorgefunden, es hatte wohl dem einen oder anderen Vorbesitzer gehört. Finn hatte es requiriert und wollte damit tote oder dem Tode geweihte Vögel fangen. Vögel waren anscheinend die nächsten wichtigen Vorboten der Apokalypse, und laut Finn kam es darauf an, sie im Sturz aufzufangen. Vor den Vögeln hatte es zwei lange Insektenwochen gegeben, in denen er akribische Verzeichnisse zu Spinnen, Fliegen und Käfern anlegte und in einem blaulinierten Notizbuch Strichlisten über die Toten führte.

Bill kam vom Fenster herüber und setzte sich zu ihr an den Tisch. Er hatte ein altes Hemd aus seiner Zeit in der Bank an, ein altes, aber teures von Lanvin mit Nadelstreifen und Umschlagmanschette, ziemlich zerknittert, weil er diese Nacht darin geschlafen hatte, und eine Trainingshose. Er ließ sich die Haare nicht mehr schneiden, und sie hingen ihm nun plattgedrückt und leicht ergrauend bis knapp unter die Ohren.

»Bringst du Finn heute in die Schule?«, sagte sie. Es war teils Frage, teils Aufforderung.

»Schauen wir mal«, sagte er. »Wir wollen doch nichts überstürzen, oder?«

Er nahm ein Buch aus dem Stapel neben seinem Sessel. Es war eins, das sie noch nicht gesehen hatte, eine gebundene Ausgabe, auf dem Umschlag die Abbildung eines kunstvollen Karyobinga, und sie schaute schnell weg und ersparte sich den Blick auf das Preisschild. Sie waren überall im Haus, diese Bücher und auch Zeitschriften, standen in kleinen Türmchen im Bad und neben ihrem Bett, tauchten mit ihren Eselsohren plötzlich auf Küchenregalen und Fensterbrettern auf. Hauptsächlich ging es darin um Kunst: orientalische Kunst, japanische Antiquitäten, Gemälde aus der Muromachi-Zeit, Holzschnitte mit Goldblatt- und Lackdetails. Es war die Sorte Bücher, die sie sich früher vielleicht selbst gekauft hätte, Bücher, an denen sie sogar jetzt noch Freude haben könnte, wären sie nicht so entsetzlich teuer.

»Es ist fast ein Monat«, sagte sie. »Er muss wieder in die Schule. Seine Freistellung ist vor über einer Woche abgelaufen.«

Bill antwortete nicht gleich. Er schlug stattdessen mit feierlicher Andacht eine Seite um, hob das glänzende Papier hoch, ließ es fallen, strich einen monotonen Druck glatt, auf dem eine Reihe unbelaubter Bäume vor einem Tempel stand. »Ich glaub nicht, dass er schon so weit ist«, sagte er und wies zum Garten, wo Finn sich mit seinem ganzen Gewicht in das Netz lehnte und austestete, ob es ihn trug. »Schau ihn dir an. Ist er nicht glücklich?«

Ihr Mantel lag über der Stuhllehne, und sie nahm ihn und legte ihn sich über die Schultern. Es war kalt, dieses Zimmer, sogar im April, trotz des zugemauerten Kamins und des Isolierbands, mit dem sie die gesplitterten Stellen an den Rahmen der Schiebefenster überklebt hatten, die noch die originalen Fenster waren, wie der Makler betont hatte, dem praktisch das Wasser im Munde zusammenlief, weil alles so unglaublich alt war, wie ihr selbst damals ja auch. Für Bill war es einfacher, wenn Finn nicht zur Schule ging, dachte sie; auf die Weise brauchte er nicht mit dem Kind zur Bushaltestelle zu gehen, nicht mit ihm im Bus in die Stadt zu fahren und dann den Rückweg anzutreten, nur um die umständliche Reise zu Schulschluss am Nachmittag zu wiederholen.

»Erstaunlich, wenn man es sich mal genau überlegt«, sagte er, »die räumliche Tiefe.«

»Bitte?«, sagte sie, noch bevor sie merkte, dass er von etwas in dem Buch sprach. Aber da ratterte er schon los, trug ihr aufs Geratewohl Kostproben vor, während sie eine Scheibe Toast aß und ihren Kaffee trank. Über dem Tisch hing ein Kronleuchter aus Bleikristall wie ein Baum im Winter, bei dem der Großteil des Behangs fehlte. Sie sollte ihn herunternehmen und fertig, dachte sie, sollte ihn hinausschaffen in den Schuppen zu dem restlichen Plunder und sich etwas bei IKEA holen. Sie hatte sich ein Leben für die Leute ausgedacht, die vorher hier gewohnt hatten, hatte es aus den von ihnen zurückgelassenen Stücken zusammengesetzt: dem Gestell eines Ponywagens, dessen Gabeldeichsel hinten im Schuppen vor sich hin rostete, den Wärmflaschen aus Steingut. Vielleicht aber, der Gedanke kam ihr jetzt, war das verkehrt, und man erfuhr nicht durch das Zurückgelassene, sondern durch das Mitgenommene etwas über diese Leute, in welchem Falle sie nie etwas über sie erfahren würde. Vor dem Fenster warf Finn unterschiedlich große Steine in das Netz. »Falls du dich dazu durchringst, ihn in die Schule zu bringen«, sagte sie, »ich habe beim Aufräumen im Spielzimmer seine Schulkrawatte gefunden, sie hängt in seinem Schrank.«

»Okay«, sagte er, ohne den Blick zu heben, und sie wusste, dass es für Finn heute keine Schule gab.

Das hatte sie Finn von den Enten erzählt: Im Stephen's Green waren gestern die Enten auf einem Teich gestorben, auf dem kleineren Teich mit dem graugrünen Geländer, dem beim Seitenausgang zum Einkaufszentrum, nicht eine Ente oder zwei, sondern alle. Sie hatte sie gesehen, als sie auf dem Weg ins Büro die Abkürzung durch den Park nahm und stehen blieb, weil sich eine kleine Menschenmenge gebildet hatte. Aber Bill hatte recht, es war keine Geschichte für ein Kind, schon gar nicht für dieses Kind, das so empfindlich war, dass sie manchmal dachte, die es umströmende Luft könne ihm schon die Haut abziehen. Aber sie war spät heimgekommen, war müde und hatte beim Betreten der Küche, wo die beiden in einträchtigem Schweigen am Küchentisch saßen, das Bedürfnis verspürt, sich bemerkbar zu machen, ihnen etwas anzutragen, womit sie Einlass in ihre Welt fand. Und hatte sie deshalb herausposaunt, die Geschichte von den Enten, von denen manche schon fast untergegangen waren, nur noch mit einer Flügelspitze oder Schwanzfeder aus dem Wasser ragten, und andere im Uferschlamm lagen und mit ihren schimmernden Köpfen schnabelförmige Mulden in den Schlick drückten. Eine hatte es bis ins Gras geschafft, lag, zur Seite gefallen, unter den stachligen Ästen eines Weißdornstrauchs und wäre sicher noch warm gewesen, wenn sie sie berührt hätte. Finn sah sie während ihrer ganzen Rede an, und sie hörte förmlich, wie die Gedanken in seinem Kopf surrten. Bill teilte mit erhobener Braue Kartoffelstampf und Erbsen aus, das einzige Abendessen, zu dem Finn sich überreden ließ. Sie schaute zum Herd, ob er ihr vielleicht etwas anderes gekocht hatte. Bill folgte ihrem Blick. »Ich könnte dir ein Ei machen, wenn du möchtest«, sagte er.

»Lass nur«, sagte sie, »schon gut.« Sie wüsste gern, wie Bill eigentlich seine Tage verbrachte, aber dieses Rätsel war für sie so unergründlich wie das Leben der früheren Bewohner des Hauses. Er wendete ja nicht eben viel Zeit für die Instandhaltung ihres Heims auf. Er hatte Visitenkarten drucken lassen, auf denen er seine Dienste als Finanzberater anbot, Klienten hatten sich bisher aber nicht eingefunden. Am Küchentisch setzte sie sich Finn gegenüber und sah ihm zu, als er sein Essen auf die übliche Art aß, zuerst die Erbsen, jede für sich, danach die Kartoffeln, die kleine Stirn die ganze Zeit in so tiefe Falten gezogen, dass sie glaubte, die Enten in seinem Kopf erwachten wieder zum Leben, watschelten gebückt herum, schlugen mit den Flügeln gegen die Wände.

Sie schob die Arme in den Mantel, holte ihre Aktentasche aus der Diele und ging hinaus zu ihrem Auto, das vor dem Haus stand. »Wiedersehen, Finn«, rief sie und hob winkend die Hand. Er winkte zurück und widmete sich wieder seinem Knoten, den er aufband. Sie stellte die Aktentasche ab, ging über die Wiese, wobei sie mit den Absätzen tief in dem feuchten Boden einsank, und blieb am Netz stehen. Wie es wohl wäre, überlegte sie kurz, sich hineinzulegen, die Augen zu schließen, zu schlafen. Finn hatte es geschafft, den Strick zu lockern, und ging damit nun abermals um den Baum herum, einmal, zweimal, um das Netz neu zu befestigen, jedoch weiter oben als zuvor. Am Ende des Stricks angelangt, blieb er stehen und begann, einen Knoten zu binden. »Hier«, sagte sie, »lass mich das machen.«

»Es muss ein Kreuzklemmknoten sein«, sagte er, »kannst du den, Kreuzklemm?«

Sie schüttelte den Kopf. »Dann überlass ich das wohl lieber dir.«

Papierbogen waren auf dem Gras ausgebreitet. Die Blätter, sah sie, als sie in die Hocke ging, waren mit komplizierten Diagrammen bedeckt, die Ränder vollgekritzelt mit Wörtern wie *Seuchen* und *Apokalypse*, und kleinen, mit der Hand gezeichneten Bildern von Vögeln, winzigen Dingern mit aufgetriebenen Leibern und übermäßig langen Beinen und Füßen. Zwischen den Zeichnungen lag auch eine Fotokopie, einer Zeitschrift entnommen, einem Druckwerk, das eine Predigerin ab und zu ins Haus brachte. Sie war eine der wenigen, die sich von der schlammigen Straße nicht abhalten ließen und sie oder vielmehr Bill und Finn aufsuchten, denn die Frau kam immer tagsüber.

»War die Predigerin hier?«, sagte sie und hob die Zeitschrift hoch.

»Du meinst Molly?«

Seit wann war er mit der Predigerin auf du und du? »Heißt sie so?«

»Ja.« Er war mit seinem Knoten fertig und ruckte an den Enden, prüfte, ob er hielt.

»Also, wann war Molly hier?«

»Gestern. Sie konnte aber nicht lange bleiben, sie musste eine Frau besuchen gehen, die von ganz weit gekommen ist, von Virginia, und jetzt oben am See wohnt.« Mit dem Knoten zufrieden, wandte er sich seiner Mutter zu. »Virginia ist ein Mädchenname«, sagte er, »aber auch ein Staat in Amerika. Die ersten in Amerika angebauten Erdnüsse wurden in Virginia angebaut, jetzt bauen die Leute da aber meistens Tabak an, und das ist unmoralisch und führt außerdem zu Seuchen.«

»Wie ist Molly denn?«, sagte sie, wohl wissend, dass sie eigentlich schon unterwegs sein sollte. Für jeden Aufschub musste sie teuer bezahlen; zehn Minuten konnten sie insgesamt eine Stunde kosten, wenn sie zur Unzeit auf die M50 auffuhr.

Finn überlegte einen Moment. »Du kennst doch Sally, die Pferdetrainerin in *Blue Mountain*?«

»*Blue Mountain*? Wo ist das?«

»Das ist eine Fernsehsendung.«

Als sie den Kopf schüttelte, probierte er es weiter. »Du kennst doch Prinzessin Karla aus der *Jupiter Gang*?«

Um Himmels willen, was waren das für Sendungen, die Bill ihn da im Fernsehen anschauen ließ? Sie würde im nächsten Monat einen freien Tag für sich eintragen, beschloss sie; ein halber würde schon genügen. Sie würde einen Termin mit dem Schuldirektor vereinbaren, sie würde einen Kinderpsychologen anrufen, würde endlich die Frau bei der Bank zurückrufen. Es bestand kein Grund mehr, darauf zu hoffen, dass Bill das erledigen würde.

Finn verdrehte die Augen vor Konzentration. »Du kennst doch Angelina Jolie?«, sagte er.

Allmächtiger, dachte sie, diese Bibeltante war nicht das, was ihr vorgeschwebt hatte. Vorgeschwebt hatte ihr – ein Bild, das ein Stereotyp war, lächerlich, es war ihr bewusst – eine matronenhafte Frau mittleren Alters in einem hausbackenen Kleid irgendwo zwischen Mormonin aus dem neunzehnten Jahrhundert und katholischer Nonne, dazu maskuline Schnürschuhe, das ergrauende Haar zu einem Nackenknoten frisiert. »Ja«, sagte sie. »Angelina Jolie, die kenn ich. So sieht Molly aus?«

»So ungefähr«, sagte er. »Sie hat die Haare wie sie und die Augen auch, ist aber nicht so groß. Und ihre Haut ist brauner.«

Es war unsinnig, eifersüchtig auf eine Frau zu sein, die es sich zur Lebensaufgabe gemacht hatte, Stolz, Eitelkeit und fleischliche Sünden anzuprangern, im Grunde fast alles anzuprangern, wenn man nach den Zeitschriften ging, die sie den Leuten in die Häuser trug. Sie machte Anstalten, die Zeitschrift in ihre Aktentasche zu stecken, doch der Junge riss sie ihr aus der Hand, trat ein Stück zurück und setzte sich mit untergeschlagenen Beinen ins Gras. Sie sah ihm beim Lesen zu: so ein ernstes Kind, ernst, eifrig und, auch wenn es ihr wehtat, sich das einzugestehen, fremd. Sie stellte sich neben ihn.

»Wir leben in der Endzeit«, sagte er, ohne aufzublicken. »Bald schon kommen die Heere des Tiers, und es wird Pestilenz und Feuerseen geben.«

»Gib mir das«, sagte sie und griff nach der Zeitschrift, aber er war zu schnell für sie. Im Nu aufgesprungen, rannte er zum anderen Ende des Gartens, die Zeitungsseiten flatterten in seinen Händen. Sie sah auf die Uhr; sie hatte keine Zeit, ihm nachzulaufen. »Bis heute Abend«, rief sie und ging über die Wiese zurück zum Auto.

Sie rollte die Zufahrt hinab, fuhr um die tiefsten Schlaglöcher herum und durch die flacheren langsam hindurch. Im Unterschied zu der bemoosten Steinmauer auf der anderen Seite des Gartens trennte hier zu ihrer Rechten ein primitiver Weidezaun aus Holz ihr Grundstück von der Brache nebenan, die früher einmal zu dem weitläufigen Besitz gehört hatte. Der Immobilienentwickler hatte für das Haus keine Verwendung, umzäunte es und verkaufte es zusammen mit einem Morgen Gartenland. Als sie und Bill es zum ersten Mal besichtigten, stand am Ende der Zufahrt noch ein großes zweiflügeliges schmiedeeisernes Tor, das bei ihrem Einzug jedoch verschwunden war, von einem Gläubiger des Bauherrn demontiert, wie sie später erfuhr. Die Brache nebenan galt als Abschnitt 2 eines Bauvorhabens zur Errichtung von Fünf-Zimmer-Reihenhäusern. Im vorigen Winter hatte ein Sturm die Reklametafeln am Grundstücksrand gefällt, sie lagen nun halb verdeckt im Gras, mit ihren abblätternden Abbildungen von Schaukeln, lächelnden Liebespaaren und Blumenrabatten wirkten sie wie Reste eines alten Mosaiks. Abschnitt 1 lag ein Feld weiter, eine Bauruine, die bereits in den Verfall überging. Sie hatte gehört, ein paar der Häuser seien bewohnt, obwohl sie nicht an die Wasser- und Stromversorgung angeschlossen waren, und als sie einmal über die Brache gegangen war und durch den Zaun gespäht hatte, standen vor einem Haus ein Van und vor einem zweiten ein Berg Müllsäcke.

Es war drei Wochen her, dass Finn in der Geographiestunde den Jungen, der neben ihm saß, mitten ins Gesicht geschlagen hatte. Laut Rektor »aus keinem ersichtlichen Grund«, obwohl später herausgekommen war, dass der Junge die Hand auf Finns Arm gelegt hatte, damit er zu zappeln aufhörte. »Das stellt einen Übergriff dar«, sagte Bill, »Finn hat sich nur verteidigt.«

»Es sind neun Jahre alte Jungs«, hatte sie erwidert. »Können wir bitte aufhören, über sie zu sprechen wie über Angeklagte?« Es war offenbar viel Blut geflossen, hatte eine gewisse Panik gegeben, ein Zahn war ausgeschlagen, obwohl der sich später als Milchzahn erwies und sowieso verlorengegangen wäre. »Darum geht es nicht«, hatte der Rektor erwidert, als Bill diesen Einwand vorbrachte, und sie dachte unweigerlich, dass ihr Sohn vielleicht nur für eine Woche suspendiert worden wäre statt für zwei, wenn sie allein in die Schule gegangen wäre.

In der Mittagspause ging sie mit ihrem Lunch in den Park. Es war ein kühler Tag, fast ohne Sonne, und viele Bänke waren frei. Sie wählte eine, die unter einem Baum stand, und wickelte ihr Sandwich aus. Ein Van der Parkverwaltung kam an den kleinen Teich gefahren und setzte auf der Wiese zurück. Ein Angestellter stieg aus, ging zur Rückseite des Wagens, entriegelte die Türen und ließ die Rampe herunter. Von ihrer Bank hörte sie ihn gurrende, lockende Geräusche machen. Schließlich kam eine Ente angetapst, noch ganz benommen, so als wäre der Van ein futuristisches hartschaliges Ei, aus dem sie gerade geschlüpft war. Verwirrt verharrte sie einen Moment auf der Rampe, und plötzlich waren mehr Enten hinter ihr, schubsten und drängelten, bis es für ein Umkehren für sie zu spät war. Ein Dutzend, vielleicht mehr, watschelten hinab ins Gras, ein Gemisch aus schimmernden Grüns und Blaus mit braunen Sprenkeln, und als der Angestellte sie zum Wasser trieb, begann ein Kind Brotstückchen zu werfen und traf eine Ente am Kopf. Der Angestellte scheuchte sie weiter, und nun wateten sie hinein und schwammen los, zogen erst kleine Kreise und dann größere Bahnen.

Die Enten hätten sie aufmuntern sollen, taten es aber nicht. Sie waren von den tags zuvor gestorbenen nicht zu unterscheiden. Hätte sie gestern früh nicht die Abkürzung durch den Park genommen, wäre sie heute nicht mit ihrem Lunchpaket hierhergegangen, hätte sie das nächste Mal vielleicht sogar geglaubt, es wären dieselben Enten. Es grenzte schon an Betrug, diese Täuschung, die vorspiegeln wollte, die früheren Enten hätten gar nicht existiert, und nur sie allein, ein stummer Zeuge, wusste es besser. Sie warf den Rest ihres Sandwichs in den Papierkorb und verließ den Park, ging ins Büro zurück. Am Computer gab sie später »Enten in Stephen's Green tot« bei einer Suchmaschine ein, die Recherche erbrachte aber nichts Wesentliches.

Kurz nach sechs Uhr abends befand sie sich auf dem Heimweg, im Autoradio lief leise ein Musiksender. Sie mochte diesen Abschnitt ihrer Pendelstrecke, wenn sie den Stadtverkehr hinter sich hatte, über kurvenreiche Landstraßen nach Portlaoise hinein und dann wieder hinaus fuhr. Besonders ein Haus zog ihren Blick jeden Abend an, ein Gebäude aus derselben Zeit und im selben Stil wie ihres, Anfang des neunzehnten Jahrhunderts, georgianisch, aber besser erhalten. Im Winter hingen Kerzen in Windlichtern in den Stechpalmen, und jetzt, im Spätfrühling, blühten Narzissen an beiden Seiten der langen Zufahrt. Diesen Abend fühlte sie sich vom Anblick des Hauses aber nicht beschwingt, sondern ermahnt. Falls es noch hell war, wenn sie zu Abend gegessen hatten, würde sie sich daranmachen, die Bienenstöcke in der südwestlichen Ecke ihres Grundstücks auf Vordermann zu bringen. Sie würde Finn bitten, ihr zur Hand zu gehen; vielleicht lenkte ihn das von all den toten Dingen ab. Sie konnten die Bienenstöcke verschiedenfarbig anstreichen, sie als Pflanzkästen verwenden; sie hatte nicht vor, Bienen zu halten. Gerätschaften für die Bienenzucht – ein Smoker, ein Anzug, ein Hut mit Schleier – hatten bei den im Schuppen zurückgelassenen Dingen gelegen, was sie als Indiz dafür nahm, dass die Leute, die früher hier wohnten, Bienen gehalten hatten, vielleicht war es jedoch ein Indiz für das Gegenteil, und sie waren allenfalls gescheiterte Bienenzüchter. Ohne eigentlichen Grund für diese Annahme wusste sie auch, dass das Imkereizubehör nicht derselben Person gehört hatte, die den Ponywagen besessen hatte; es waren die Hinterlassenschaften von zwei verschiedenen Menschen, die liegengebliebenen Späne zweier verschiedener Leben.

Am früheren Nachmittag hatte es geregnet, dichter, feiner Niesel, und die drei Stufen zur Haustür waren glatt. Über der Tür, direkt unterhalb des Kästchens mit der Alarmanlage, hing eine gewölbte kupferne Türglocke. Der Seilzug fehlte, der Klöppel war aber noch da, und bei starkem Wind schrak sie manchmal immer noch auf bei dem schrillen, hohen Ton. In der Diele meinte sie etwas zu riechen, was nicht Kartoffeln und Erbsen war. Bill kam ihr aus der Küche entgegen. »Stell dir vor«, sagte er, »ich habe ein Vorstellungsgespräch.«

»Das ist ja großartig«, sagte sie und gab sich Mühe, nicht allzu überrascht auszusehen, denn sie vermutete allmählich, dass er sich gar nicht mehr um Jobs bewarb. »Wofür?«

»Eine Position im Museum in Athy.«

»Im Museum?«, sagte sie irritiert. »Du meinst, in der Buchhaltung?«

»Nein, es ist mehr manuell«, sagte er. »Ausstellungen katalogisieren, Archivarbeit, solche Dinge.«

Pass auf, ermahnte sie sich, pass auf, wie du das angehst. Im Geiste überschlug sie schon die Kosten für seine Busfahrten hin und zurück, addierte die Kosten der neuen Arbeitskleidung und die Kosten für eine dritte Person, die ihren Sohn betreute. Um Zeit zu gewinnen, ging sie erst einmal den Mantel aufhängen und sagte, als sie sich danach wieder ihm zuwandte: »Wo ist Finn?«

»Er ist in der Küche«, sagte Bill, »und sorgt sich wegen der Enten.« Er ging durch den Flur zurück, und sie folgte ihm. »Wie hoch ist das Gehalt bei dem Job?«, fragte sie und gab sich alle Mühe, es beiläufig klingen zu lassen.

»Sie sagten, über die Bezahlung können wir beim Vorstellungsgespräch reden.«

»Aber sie bezahlen schon was?«

»Natürlich.« Er blieb im Küchenflur stehen und zog ein finsteres Gesicht. »Du könntest versuchen, etwas zufriedener zu klingen«, sagte er. »Du wolltest, dass ich mir einen Job suche. Tja, und das tue ich.«

Sie hätte am liebsten geantwortet, dass das mit Wollen nichts zu tun hatte, dass ihre Wünsche, seine und ihre, schon lange keine Rolle mehr spielten. »Entschuldige«, sagte sie, »ich hab bloß … weißt du … Wann soll das Gespräch denn sein?«

»Morgen um vier. Das bedeutet, ich muss kurz nach drei hier los.«

»Und wer wird sich um Finn kümmern?«

»Ich dachte mir, du könntest dir den Nachmittag freinehmen.«

»Ich habe Termine«, sagte sie. »Wenn ich es etwas früher …« Sie sprach den Satz nicht zu Ende. Finn saß am Küchentisch, und sie sah, dass das Ding auf seinem Teller, das sie auf den ersten Blick für ein Plüschtier gehalten hatte, in Wirklichkeit ein toter Vogel war. Nur die Ruhe, sagte sie sich selbst. Tief durchatmen. Sie ging zum Tisch und stellte sich neben Finn. Er blickte von dem Vogel auf, den er mit der Gabel anpiekste, und lächelte. Der Vogel war klein und dunkel, mit schwarzen und braunen Federn, die rötlichen Krallen gekrümmt. »Hast du den in deinem Netz gefangen?«, sagte sie. Sie sah es im Geiste vor sich, wie er vom Himmel herabfiel, hart aufprallte und wieder hochflog, nur um abermals herabzufallen.

»Nein«, sagte er, »den hab ich am Fluss gefunden.«

Er klaubte eine Feder aus dem Bauch des Vogels. »Was machst du da?«, sagte sie. »Was, wenn er krank ist?«

»Er *ist* krank«, sagte Finn, »er hat die Pest.« Mit ruckartigen schnellen Bewegungen riss er Federn heraus, unter denen eine rosa getönte Haut zum Vorschein kam, griff nach einem Messer und setzte an der kahlen Stelle an, als wolle er dort den Bauch aufschneiden. »Okay«, sagte sie, »das reicht, jetzt räum ihn vom Tisch weg.« Hinter ihr holte Bill etwas aus dem Ofen. Es war das erste Mal seit Wochen, dass er etwas Richtiges gekocht hatte. Er hob die Folie von einer Bratenform, und als die Dampfwolke sich verzog, sah sie, dass es Huhn war.

Nach dem Essen verschwand Bill in das Zimmer neben der Küche, das sie als Fernsehzimmer benutzten. Die Idee, Finn für die Bienenstöcke zu interessieren, hatte sie aufgegeben; er hatte seine Kartoffeln und die Erbsen gegessen und war anschließend mit dem gefiederten Kadaver in den Garten gegangen, wo er sich setzte und den Vogel so vertieft weiter untersuchte, dass sie es nicht über sich brachte, ihm das Ding wegzunehmen.

Sie spülte erst ab, bevor sie zu Bill ins Fernsehzimmer ging. Es war ein kleiner Raum, ein ehemaliges Dienstmädchenzimmer vielleicht, und leichter zu heizen als die größeren Zimmer an der Vorderseite. Bill saß in einem Sessel und röstete seine in Socken steckenden Füße auf den Stäben des elektrischen Kamins. Der Ehemann einer Kollegin hatte voriges Jahr einen Job in Dubai angenommen. Natürlich sei es nicht einfach, hatte ihre Kollegin gesagt, aber jeden zweiten Monat bringe sie die Kinder zu ihrer Mutter und fliege für eine Woche hin. In drei Jahren würden sie sich finanziell wieder erholt haben, das sei die Sache wert. Als sie nun Bill ansah, der eine seiner Kunstzeitschriften las, wünschte sie sich, er würde ebenfalls nach Dubai gehen; sie erschrak über die Heftigkeit ihres Wunsches und über den Gleichmut, mit dem sie so etwas ins Auge fassen konnte. Sie ging zum Schrank, holte eine Flasche Cognac heraus, die noch von Weihnachten übrig war, und schenkte zwei kleine Gläser ein, eines für sich, eines für ihn. Er nahm ihr das Glas ab, ohne etwas zu sagen.

»Vielleicht könntest du Finn morgen mitnehmen?«, sagte sie.

Er hob den Blick von seiner Zeitschrift. »Mit einem Kind im Schlepptau dort aufkreuzen? Dann kann ich es gleich bleiben lassen.«

Sie sah nun, wie es kommen würde. Wenn sie irgendwann in der Zukunft einmal durchblicken ließ, er solle sich einen Job besorgen, liefe es jedes Mal darauf hinaus, dass er ja gewollt, dass er es probiert und sie es vereitelt hatte. Sie trank einen Schluck Cognac. »Ich finde, du solltest hingehen«, sagte sie.

»Und deine Termine?«

»Den ersten muss ich unbedingt wahrnehmen, aber ich bitte jemanden, mich bei den späteren zu vertreten. Leg Finn eine seiner DVDs ein. Ich bin um halb vier zu Hause.«

»Du meinst, ich soll ihn allein lassen?«

Ihr lag schon auf der Zunge, dass das doch nicht wesentlich anders war als sonst. Soweit sie es überblickte, überließ Bill den Jungen meistens sich selbst.

»Es ist nur für eine halbe Stunde«, sagte sie. »Es wird ihm gut gehen. Mach ihm sein Mittagessen, bevor du fährst.«

»Ich mach ihm jeden Tag sein Mittagessen«, sagte Bill. Nach kurzem Innehalten fügte er hinzu: »Du meinst wirklich, ich sollte hingehen?«

»Ja.«

»Also gut«, sagte er. »Dann tu ich's.«

Höchstwahrscheinlich hatte der Ponywagen einer Frau namens Eliza Harriet Smithwick gehört, der laut Eigentumsurkunde 1886 in ihrem Ehevertrag ein lebenslanger Nießbrauch am Haus und an hundert Morgen Land eingeräumt worden war. Einer ihrer Vorfahren hatte das Land für die fürstliche Summe von achtzig Pfund zehn Shilling vom Earl of Mountrath erworben. Darüber hatten sie und Bill mit dem Anwalt sehr gelacht – achtzig Pfund, zehn Shilling! –, denn zu der Zeit konnte alles lustig sein, buchstäblich alles. Sie hatten in den allerletzten Wochen vor dem Zusammenbruch gekauft, als der Markt, wie ein Ball im Fluge, plötzlich still und unmerklich nicht weiter stieg und für eine Millisekunde am höchsten Punkt seiner Flugbahn in der Luft stand, bevor er zu fallen begann.

Daran musste sie denken, als sie am nächsten Abend zu schnell die Zufahrt entlangfuhr, die Knöchel ihrer Hand weiß auf dem Lenkrad. Es war gerade Viertel nach fünf durch. Bei ihren Terminen hatte niemand sie vertreten können, oder vielmehr war niemand dazu bereit gewesen. So war es neuerdings in ihrem Büro: Alle taten sehr beschäftigt, alle waren wachsam wie Kinder, die bei einem Gesellschaftsspiel ihren Stuhl im Blick behalten, weil sie wissen, dass die Musik jeden Moment aufhören kann. Um zwei hatte Bill angerufen und wissen wollen, wo ein bestimmtes blaues Hemd abgeblieben war. »Denk daran, die Tür abzuschließen«, hatte sie gesagt, worauf er erwidert hatte, das tue er immer, was eine glatte Lüge war. Sie sagte ihm nicht, dass sie später käme als gedacht.

Die Haustür war, stellte sich heraus, tatsächlich abgeschlossen. Beim Betreten der Diele vernahm sie Gelächter von der Konserve und den Soundtrack eines Zeichentrickfilms. »Hey, Finn«, rief sie, stellte die Aktentasche ab, hängte ihren Mantel auf und steckte den Kopf um die Tür ins Fernsehzimmer. Ein Teller Erbsen stand verlassen auf dem Fußboden neben dem Sessel. Eine DVD lief, aber das Zimmer war leer. »Finn?«, rief sie noch einmal. »Finn, Liebling, Mami ist zu Hause.« In seinem Zimmer war er auch nicht. Sie ging oben durch alle Räume und anschließend wieder hinunter, wo ihr im Speisezimmer auffiel, dass sich die Vorhänge bewegten und das Fenster offen war.

Sie rief weiter seinen Namen und ging um Haus und Garten herum. Stieg durch den Zaun aus Pfählen und Latten auf die Brache nebenan. Von da, wo sie stand, konnte sie bis zu dem unbefestigten Weg am Fluss und zu den unfertigen Häusern auf dem Feld daneben sehen. Mit den hohlen Händen am Mund rief sie: »Finn.«

Ein Mann kam mit schnellen Schritten den Weg entlang, verfiel ab und zu ins Rennen. Er bog ab und kam auf sie zu, den Kopf gesenkt, die Hände in den Taschen seines Anoraks. Er war in den Dreißigern, vermutete sie, hatte strähniges braunes Haar und einen rötlich-braunen Bart; auf einer Wange siedelten Pickel. »Ich hab Sie rufen hören«, sagte er. »Ich weiß, wo er ist.«

»Wo?«

»Da drüben.« Er wies auf die Häuser. »Ich hab ihn vorhin dort gesehen.« Sein Anorak war zerrissen, und er trug schmutzige graue Turnschuhe ohne Socken.

»Vielen Dank«, sagte sie höflich, machte einen Schritt vorwärts, doch der Mann blieb vor ihr stehen.

»Ich hab Sie manchmal mit dem Auto wegfahren sehen«, sagte er, »morgens.«

Sie überlegte, ob das ein Versuch war, ihr Angst zu machen, doch der Mann grinste, es war ein unverstelltes Grinsen, ein bisschen hohl, und sie befand, er sei wohl doch harmlos. »Ja«, sagte sie, »das stimmt. Ich arbeite in der Stadt.« Sie ging um den Mann herum und schritt schnell aus, um Abstand zwischen sie zu legen, stieg über eine Rolle weggeworfenen Draht, die sich schlangengleich durch das Gras wand. Er holte sie ein und ging neben ihr her, so dicht, dass sein Arm ihren streifte. Sie würde zu einem der bewohnten Häuser rennen, falls er unangenehm wurde, dachte sie; sie war denen jetzt näher als ihrem eigenen Haus.

»Hier durch«, sagte der Mann. Er war vorausgehastet und hielt ihr eine Öffnung in dem Maschendrahtzaun auf. Er agierte eifrig wie ein Kind, lächelte, als er den Maschendraht zur Seite bog, und ihr fiel auf, dass seine Handgelenke schmal und schwach und vernarbt waren. Sie musste sich bücken, um durch die Lücke zu kommen, spürte beim Durchschlüpfen für einen Moment die Hand des Mannes auf ihrem Kreuz. Auf dem nächsten Feld sah sie sich Dutzenden Häusern gegenüber. Die meisten Fenster waren eingeschlagen, blind standen sie im Licht des späten Nachmittags, umgeben von Unkraut und Unrat. Die Müllsäcke, an die sie sich vom letzten Mal erinnerte, waren immer noch da, aber kein Van, nichts, was darauf hindeutete, dass hier jemand lebte. Der Mann führte sie über ein mit Dosen und Glasscherben bedecktes Geländestück zu einem Haus in der Mitte einer Reihe. »Hier rein«, sagte er und kletterte über einen Fenstersims, doch sie schüttelte den Kopf. Die Erde unterhalb des Simses war zerwühlt und schlammig, zeigte Spuren von Fußabdrücken verschiedener Größe. »Wo ist mein Sohn?«, sagte sie.

Der Mann stand in einem wohl einmal als Wohnzimmer gedachten Raum. Der Boden war harter Beton, in dem die in Risse gewehten Samen Wurzeln gebildet hatten und Unkraut sich nach oben schob. In einer Ecke sah sie einen Becher, der Finn gehörte, und daneben die Jacke, die ihre Schwester ihm zum Geburtstag geschenkt hatte. Wie lange kam er schon hierher? Wie lange lungerte er schon bei diesem Mann herum? Dessen Habseligkeiten befanden sich ebenfalls hier – Kleider, Pappkartons, ein Schlafsack –, alles in der Mitte des Raums aufgetürmt. Sie holte tief Luft. »Sie haben gesagt, Sie hätten ihn gesehen«, sagte sie, »würden Sie mir nun bitte sagen, wo er ist?«

Der Mann nahm eine Metallstange von einem Abfallhaufen und schlug ein paarmal auf den Boden, schwenkte sie vor sich hin und her und durchquerte den Raum zum Kamin. Da begriff sie, dass das, was sie für ein Bündel Lumpen gehalten hatte, ein Hund war, der tot auf dem Boden lag, den Kopf in einem seltsamen Winkel vom Körper weggestreckt. Der Hund hatte eine große, runde kahle Stelle auf dem Rücken und, in der Mitte des Kreises, einen weinroten Fleck, wie ein Geburtsmal, das nach außen hin in blasseres Rot und Rosa auslief. Den Stab mit beiden Händen fassend, hob der Mann die Arme, nahm sie wieder herunter und bohrte ihn dem Hund durch den Bauch.

»Wo ist mein Sohn?«, schrie sie und schlug dabei mit der Faust auf den Fenstersims. »Was haben Sie mit ihm gemacht?«

Der Mann sah sie ausdruckslos an und rieb sich mit dem Handrücken die Augen, als sei er gerade erst aufgewacht. »Heute Vormittag war er hier«, sagte er. »Ich weiß nicht, wo er jetzt ist.«

Sie machte kehrt und rannte, zurück zu der Lücke im Zaun, stolperte unterwegs, fiel hin und zerriss sich die Strumpfhose. Mit zitternden Händen mühte sie sich mit dem Maschendraht, bog ihn auf und zwängte sich hindurch. Als sie eine kurze Strecke zurückgelegt hatte, blieb sie stehen und schöpfte Atem, blickte zurück, ob der Mann ihr folgte. Von ihm war nichts zu sehen, und sie überlegte einen Moment, was sie tun sollte. Es war ja möglich, dass Finn inzwischen nach Hause gegangen und durchs Fenster wieder eingestiegen war und jetzt dort auf sie oder seinen Vater wartete, der bald zurück sein würde. Möglich war auch, dass er unten am Fluss nach toten Dingen suchte, so in sein Tun versunken, dass er sie nicht gehört hatte. Andere Möglichkeiten folgten diesen auf dem Fuße nach, doch die blendete sie aus. Sie blickte zu ihrem Haus hinüber und sah es, wie ein Fremder es sehen, wie es sich für andere ausnehmen mochte. Es wirkte wie ein verlassener Außenposten, imposant, aber verkümmert, geplündert. Die Sonne stand nun tiefer am Himmel und traf auf das Glas der Fenster, die aufloderten, als wären sie in Brand gesteckt worden. Für einen Augenblick meinte sie das gegen eine Scheibe gepresste Gesicht einer Frau zu sehen. Was war eigentlich aus Eliza Harriet Smithwick geworden, fragte sie sich, und was würde sie denken, wenn sie sah, was man ihrem Haus und ihren Gärten angetan hatte? Ein stechender Schmerz in ihrem Bein riss sie aus ihren Gedanken, und sie sah an sich herab. Ihr Knie blutete. »Finn!«, rief sie.

Und dann hörte sie ihn: einen Schrei, ein freudig heraustrompetetes Entzücken, eindeutig die Stimme ihres Sohnes, die vom Fluss herüberschallte. Sie drehte sich um und sah ihn die grasbewachsene Böschung über dem Wasser erklimmen, sein fast weißblondes Haar warf die Sonne zurück. Sie rannte los. Er hatte einen Stock in der Hand und schwenkte ihn zu Schlachtrufen wie ein Schwert in der Luft. Sie war schon auf vielleicht fünfzehn Schritte an ihn herangekommen, da merkte sie erst, dass er nicht allein war. Im Gras lesend, lag eine schlanke, gebräunte Frau um die dreißig.

Sonnenlicht sickerte durch die Bäume, teilte die Schatten am Ufer, warf Streifen in ihr Haar. Die Frau hob die Augen von ihrem Buch. Es war eine in braunes Leder gebundene Bibel, und bevor sie sie zuklappte und sich aufsetzte, legte sie ein gelbes Lesebändchen in die Seite. »Hallo«, sagte sie und beschirmte die Augen mit der Hand. »Ist es nicht ein herrlicher Tag? Eine Schande, drinzubleiben, fanden wir.« Finn winkte seiner Mutter zu, kam aber nicht zu ihr. Er setzte sich neben die Frau und nahm sich eine Zeitschrift von dem auf der Erde liegenden Stapel.

Konnte es sein, dass die beiden die ganze Zeit hier gewesen waren und ihr Rufen nicht gehört hatten? Sie war sich ihrer zerrissenen Strümpfe und ihres blutenden Knies bewusst, der Widersinnigkeit ihres Schneiderjacketts und des Bleistiftrocks an diesem Ort, an dem es friedlich war, an dem Sonnenlicht das blonde Haar ihres Kindes sprenkelte und Wildblumen in einem Gewirr von Blau und Weiß an der Uferböschung blühten. Sie hockte sich neben ihren Sohn und nahm ihn in die Arme. »Finn«, sagte sie, »ich hab mir solche Sorgen um dich gemacht.« Er lächelte, schüttelte ihre Arme jedoch ab und las weiter. Da sie nicht wusste, was sie tun sollte, setzte sie sich neben ihn und schlug die Beine unter, um das blutbeschmierte Knie zu verstecken. Die Beine der Predigerin waren bloß, fiel ihr auf, bloß und braun. War Finn, fragte sie sich, einfach aus dem Fenster zu der Frau hinausgeklettert, oder war sie, bevor sie ihn wie eine Verführerin über die Felder gelockt hatte, zu ihm hineingeklettert? Im Geiste sah sie vor sich, wie sie von einem Zimmer ins nächste geschlendert war, an dem Mahagonitisch unter dem lädierten Kronleuchter gesessen und mit ihren katzengrünen Augen, die, ja, denen von Angelina Jolie lächerlich ähnlich waren, den ganzen Niedergang aufgenommen hatte. »Wir kommen bei schönem Wetter manchmal hierher«, sagte die Frau. »Finn kennt von allen die Namen – von den Insekten, den Vögeln, Pflanzen. Er ist eine wandelnde Enzyklopädie.«

Halt dich fern von meinem Sohn, wollte sie sagen, bleib ihm vom Leibe mit deinen Tieren und deinen Feuerseen und deiner Pestilenz, sagte stattdessen aber: »Ja, er ist ein außergewöhnlich kluges Kind.« Und weil es in dem Schweigen, das nun eintrat, so schien, als werde noch mehr von ihr erwartet, wies sie auf ein Büschel lila Blumen mit gelben Herzen, die ein paar Schritte entfernt wuchsen. Vermutlich waren es Veilchen; sie war noch nie gut bei Pflanzen gewesen. »Die sind wunderschön, nicht?«, sagte sie.

Die Frau lächelte. Sie nahm ihre Bibel zur Hand, schlug sie auf einer anderen Seite als der mit dem Lesebändchen auf und begann zu lesen: »Schaut die Lilien auf dem Feld an, wie sie wachsen; sie arbeiten nicht, auch spinnen sie nicht. Ich sage euch, dass auch Salomo in aller seiner Herrlichkeit nicht gekleidet gewesen ist wie eine von ihnen.« Ein leises Rascheln war zu hören, ein Geräusch wie von jemandem, der durch hohes Gras ging. Bill kam über die Brache auf sie zu, das Jackett über die Schulter geworfen, sein Schritt lässig, ohne Eile. »Dad«, rief Finn, sprang auf und rannte seinem Vater entgegen.

Sie behielt ihren Mann im Blick, bis er so nahe war, dass er sie gesehen haben musste, und als er nicht winkte und nicht rief, wandte sie sich ab. Sie ließ sich ins Gras sinken und schaute nach oben. Ein Schwarm kleiner Vögel, vielleicht

Stare, flog in einer Pfeilformation hoch über den Bäumen. Sie rückten enger zusammen und bildeten eine vibrierende dunkle Kugel. Für einen Moment sah es aus wie ein Standbild, so als habe jemand Pause gedrückt, und als sie gerade dachte, jetzt fallen sie herunter, zerstoben sie wie Schrot über den Abendhimmel.

DINOSAURIER AUF ANDEREN PLANETEN

Vom Zaun hinter dem Haus sah Kate ihren Mann oben an der alten Forsthütte, wo der mit Gestrüpp gesprenkelte Boden in dicht stehende Baumreihen überging. »Colman!«, rief sie, aber er hörte sie nicht. Er schwang die Axt in einem tadellosen Bogen, man sah ihm aus dieser Entfernung, dachte sie, sein Alter nicht an. In letzter Zeit ertappte sie sich öfter beim Sinnieren darüber, wie er als junger Mann, um die zwanzig, gewesen sein mochte. Zu der Zeit hatte sie ihn noch nicht gekannt; als sie sich kennenlernten, hatte er die vierzig bereits überschritten.

Es war Anfang April, Felder und Straßengräben wurden nach dem Winter wieder grün. Grasstreifen dehnten sich aus, verstopften die Arterien schmaler Fahrwege. »Es ist nichts Schlimmes«, rief sie schon einige Meter, bevor sie bei ihm war. Er war nur im Hemd, hatte die Jacke neben sich ins Gras gelegt. »Emer hat aus London angerufen, sie kommt heim.«

Er setzte die Axt ab. »Wie heim, zu Besuch oder für immer?« Er hatte die Vorderseite der Hütte niedergerissen und eine Seitenwand. Der Rahmen des alten Vordachs lag auf dem Gras, Reste grüner Leinwand wanden sich noch um ein Metallrohr. Auf dem Boden im Innern, falls Boden das richtige Wort war, lagen leere Bierdosen, Decken, eine Kugel angekokelte Silberfolie.

»Bloß für ein paar Tage. Ein Freund aus dem College hat eine Ausstellung. Sie hat sich nicht genauer ausgedrückt, du kennst doch Emer.«

»Ja«, sagte er und zog ein finsteres Gesicht. »Wann kommt sie?«

»Morgen Abend, und sie bringt Oisín mit.«

»Morgen? Und da ruft sie erst jetzt an?«

»Ist doch schön, wenn wir sie ein paar Tage da haben. Oisín ist in die Schule gekommen, seit wir ihn zuletzt gesehen haben.« Sie wartete ab, ob er vielleicht von dem Zimmer anfing, doch er griff wieder nach der Axt, als sei er ungeduldig weiterzuarbeiten.

»Was machen wir, wenn tatsächlich die Waldschutzbehörde kommt?«

»Die haben sich voriges Jahr auch nicht blicken lassen. Die kommen ja nicht mal, wenn wir wegen der Saufgelage oder der Brände anrufen.« Er schwang die Axt gegen einen Holzbalken, der trug, was vom Dach noch übrig war. Lautes Splittern ertönte, doch der Balken blieb stehen, und er holte aus, um noch mal zuzuschlagen.

Sie machte kehrt und ging zum Haus zurück. Die Dennehys, ihre nächsten Nachbarn, hatten Anfang der Woche Mais ausgesät, und eine Krähe hing, mit einem Stück Schnur festgebunden, an einem Pfosten. Der Wind hob sie hoch, als Kate gerade vorbeiging, und ein Stück über der Erde, etwas höher als ein Fuchs, kam die Krähe wieder zur Ruhe. Als sie frisch hierhergezogen waren, wusste sie noch nicht, dass die Krähen echt waren, extra für diesen Zweck geschossen, und als sie Mrs Dennehy fragte, aus welchem Stoff sie die nähte, kicherten die beiden Jungs der

Dennehys, die damals noch klein waren, hinter dem Rücken ihrer Mutter.

Nach dem Abendessen holte sie den Bettbezug mit den blauen Teddybären aus dem Wäscheschrank und breitete ihn auf dem Küchentisch aus. Die Katze erhob sich von dem Läufer vor dem Ofen und ging ihn inspizieren. Mit einem schnellen Sprung war sie auf dem Stuhl und sah zu, den Kopf zur Seite gelegt, wie sie die Falten ausstrich. Sie hatte passende Kissenbezüge und ein gelbes Pyjamasäckchen in Form eines Hasen. Colman war auf der anderen Seite der Küche und machte sich einen Becher heiße Brühe. »Was meinst du?«, sagte sie.

»Sehr schön.«

»Aus der Entfernung kannst du es doch gar nicht richtig sehen«, sagte sie.

»Es ist dasselbe wie früher, nicht?«

»Ja, schon, aber es ist eine Weile her, als sie das letzte Mal da waren. Ich hab überlegt, ob es nicht ein bisschen zu kleinkindhaft ist.«

»Von heute auf morgen wirst du kein anderes finden«, sagte er, und sie spürte, wie das Lidflattern losging, gewöhnlich der Vorbote von Kopfschmerzen. Sie hatte gehofft, der Anblick des Bezugs brächte ihn darauf, ihr anzubieten, seine Sachen woandershin zu bringen oder zumindest das Zimmer freizuräumen, damit sie es herrichten konnte. »Das braune Federbett sieht damit jedenfalls besser aus«, sagte sie. »John ist noch zur Schule gegangen, als wir das gekauft haben«, doch er trank nur seine Brühe aus und stellte die Tasse nach dem Ausspülen verkehrt herum auf das Abtropfbrett. »Gute Nacht«, sagte er und ging hinauf. Die Katze sprang vom

Stuhl, tappte durch die Küche und nahm wieder ihren Platz auf dem Läufer ein.

Am nächsten Morgen fing sie mit seinen Anzügen an. Sie wartete, bis er aus dem Haus war, und trug sie danach aus Johns ehemaligem Zimmer über den Treppenabsatz in ihr Schlafzimmer. Der Kleiderschrank hatte früher für alles gereicht, doch als sie jetzt ihre Mäntel und Kleider auf der Stange zur Seite schob, leisteten sie Widerstand und schwangen zu ihr zurück, schubsten und drängelten, als ob sie sich im vergangenen Jahr vermehrt hätten und dicker geworden wären. Eine geschlagene Stunde ging sie mit Kleidern, Schuhen und Büchern zwischen den Zimmern hin und her. Im vorletzten Winter hatte Colman die Drechselbank – ein Geschenk der Kollegen aus der Genossenschaft zu seiner Pensionierung – aus dem Schuppen ins Haus geholt und im Zimmer ihres Sohnes aufgestellt. Bis spät in die Nacht hinein drechselte er Holz, und es kam oft vor, dass er, wenn sie morgens den Kopf um die Tür steckte, noch in den Kleidern auf Johns Bett lag und schlief. Damals fing es an, dass seine Siebensachen langsam auf Wanderschaft gingen. Das Interesse an der Drechselbank hatte er offenbar verloren – zumindest führte er ihr keine Lampen und Schalen mehr vor –, aber den Großteil des Jahres hatte er nicht mehr in ihrem gemeinsamen Schlafzimmer genächtigt.

Colman hatte Gerümpel ansammeln lassen – Zeitschriften, verbrauchte Batterien, eine angeschlagene Tasse auf dem Fensterbrett –, und sie holte einen Sack, ging in dem Zimmer herum und steckte die Sachen hinein. Die Werkzeuge – Stechbeitel, Hohlmeißel, Messer – lagen auf einem Schreibtisch in der Ecke des Zimmers, und sie verstaute alles in einer Kiste. Sie räumte Colmans Schlafanzüge weg und bezog das Bett frisch; das Federbett sah fröhlich aus mit den blauen Teddybären, und sie setzte den Hasen auf einen Stuhl daneben. Als sie zurücktrat, um ihr Werk zu bewundern, stand Colman in der Tür. Er hatte die Hände in die Seiten gestemmt und beäugte den Sack.

»Ich hab nichts weggeworfen«, sagte sie.

»Warum kann das Kind nicht in dem anderen Zimmer schlafen?« Er ging zu dem Sack, versenkte eine Hand darin und zog eine Batterie heraus.

»In Emers Zimmer? Weil da Emer schläft.«

»Kann er nicht auch da schlafen?«

Er ließ die Batterie wieder in den Sack fallen und wühlte mit erwartungsvoller Miene darin herum wie ein Junge, der Glückstopf spielt, zog die angeschlagene Tasse heraus, wischte sie an seiner Hose ab und stellte sie zu ihrer Verärgerung wieder auf das Fensterbrett.

»Er ist sechs«, sagte sie. »Er ist kein Kleinkind mehr. Ich möchte, dass er es nett hat, wir sehen ihn so selten.« Stimmt doch, dachte sie, es war keine Lüge, und fügte, weil Colman sie groß ansah, noch hinzu: »Und ich möchte nicht, dass Emer Fragen …« Sie hielt inne, breitete die Arme so aus, dass die Geste das ganze Zimmer einschloss: »… Fragen zu dem hier stellt.« Für einen Moment sah es so aus, als wolle er sie provozieren. Sähe ihm ähnlich, dachte sie, dieses Gespräch heute führen zu wollen, ausgerechnet heute, nachdem er ihm ein ganzes Jahr lang ausgewichen war. Doch er griff nach seinem Schlafanzug und einem Paar Schuhe unter dem Bett, die sie übersehen hatte, und ging wortlos über den

Treppenabsatz. Später fand sie den Schlafanzug ordentlich zusammengelegt auf dem Kissen auf seiner Bettseite, wo er ihn früher immer aufbewahrt hatte.

Colman telefonierte in der Diele, als das Auto vor dem Haus vorfuhr. Kate lief hinaus, um sie zu begrüßen, und sah zu ihrer Überraschung einen Mann auf dem Fahrersitz. Emer saß neben ihm und trug das Haar schwärzer und kürzer als in Kates Erinnerung. »Hi, Mam«, sagte sie, stieg aus und küsste ihre Mutter. Sie hatte eine rote Tunika an, die am Brustteil mit Bändern besetzt war wie bei einer Volkstracht, und eine in roten Stiefeln steckende schwarze Hose. Sie öffnete die hintere Autotür, und das Kind sprang heraus. Er war klein für sechs, blass, das Haar rotblond, und er blinzelte, obwohl es gar kein so heller Tag war.

»Sag deiner Omi guten Tag«, sagte Emer und schob den Jungen vorwärts.

Kate bekam feuchte Augen, drückte das Kind fest an sich und machte die Augen zu, um es nicht zu verwirren. »Meine Güte«, sagte sie und trat einen Schritt zurück, um besser sehen zu können, »du wirst deinem Onkel John immer ähnlicher.« Der Junge sah sie mit seinen großen grau-grünen Augen verständnislos an. Sie zerzauste ihm das Haar. »An den erinnerst du dich nicht«, sagte sie, »er lebt jetzt in Japan. Du warst noch ganz klein, als du ihn kennengelernt hast, gerade mal ein Baby.«

Die Fahrertür ging auf, und der Mann stieg aus. Er war schmal und bleich, trug eine marineblaue Sportjacke und eine runde Brille mit dunklem Rand. Er zog einen Fuß ein wenig nach, als er um das Auto herumkam, und kratzte eine flache Furche in den Schotter. Kate hatte die Hoffnung gehegt, er wäre der Fahrer, und Emer würde jeden Moment ihr Portemonnaie zücken und ihn bezahlen, doch er legte die Hand auf die Schulter ihrer Tochter, und sie musste mit ansehen, wie Emer den Kopf drehte und an seine Finger schmiegte. Ganz doppelt so alt wie ihre Tochter war er vielleicht nicht, aber fast, Ende vierzig, schätzte Kate. Die Katze war mit ihr nach draußen gekommen, machte nun einen Buckel und rieb sich mit hoch erhobenem Schwanz an ihren Beinen. Kate wartete darauf, dass ihre Tochter sie einander vorstellte, aber Emer hatte sich Oisín zugewandt, der mit dem Reißverschluss seiner Kapuzenjacke kämpfte. »Pavel«, sagte der Mann und nahm, einen Schritt vortretend, ihre Hand. Dann klappte er den Kofferraum auf und holte zwei Koffer heraus.

»Ich helf Ihnen mal damit«, sagte Colman, der an der Haustür erschien. Er entwand Pavel beide Koffer und trug sie ins Haus, schritt durch die halbe Diele, bevor er stehen blieb. Er setzte die Koffer neben dem Telefontisch ab und blieb mit den Händen in den Hosentaschen stehen. Die anderen blieben ebenfalls stehen, bildeten an der Treppe einen provisorischen Kreis.

»Oisín«, sagte Emer, »sag deinem Opa guten Tag. Er nimmt dich zum Jagen in den Wald mit.«

Die Augen des Jungen wurden groß. »Bären?«, sagte er.

»Bären nicht«, sagte Colman, »aber ein, zwei Füchse erwischen wir vielleicht.«

Pavel scharrte mit den Füßen auf dem Teppich. »Oh, Daddy«, sagte Emer, so als sei es ihr erst jetzt wieder eingefallen, »das ist Pavel.« Pavel streckte die Hand aus, und

Colman ergriff sie nach kurzem Zögern. »Erfreut, Sie kennenzulernen«, sagte er und hob die Koffer wieder hoch. »Ich bring euch in eure Zimmer.«

Kate blieb in der Diele und sah ihnen nach, als sie die Treppe hinaufstiegen, Colman vorneweg mit langen, ausholenden Schritten, die anderen hinterher. Pavel war neu, dachte sie; das Kind war ihm gegenüber schüchtern und hielt sich dicht neben der Mutter, eine Hand an den Saum ihrer Tunika geklammert. Colman setzte einen Koffer vor Emers Zimmer ab und schob die Tür auf, und Kate sah vom Fuß der Treppe ihre Tochter und ihren Enkelsohn in das grässliche, vollgestopfte Zimmer eintreten, an dessen Wänden noch die Bilder hingen, die Emer in ihrer Gothic-Phase gemalt hatte. Den anderen Koffer trug Colman zu Johns Zimmer. »Und das ist Ihr Zimmer«, hörte sie ihn zu Pavel sagen, als sie in die Küche ging, um Tee zu machen.

»Wo kommt der denn plötzlich her?«, sagte Colman, als er wieder unten war.

»Schau mich nicht so an«, sagte sie, »ich weiß auch nicht mehr als du.«

Er setzte sich an den Tisch, trommelte mit den Fingern auf die Wachstuchdecke. »Was ist das überhaupt für ein Name, Pavel? Osteuropäisch oder was? Litauisch? Was ist es?«

Sie erwog im Stillen, das Porzellan herauszuholen, fand das aber altmodisch und griff nach den Steinguttassen. »Das erfahren wir bestimmt später noch«, sagte sie und legte Kekse auf einen Teller.

»Das hätte sie nicht tun sollen, uns den einfach so aufzuhalsen, ohne Vorwarnung.«

»Nein«, sagte sie, »stimmt.«

Sie fand den Trinkbecher aus Plastik, den sie vor ihrem letzten Besuch gekauft hatte. Das war zwei Weihnachten her, und der Becher war mit rundbäuchigen Rotkehlchen und Schneeflocken dekoriert. Sie rieb ihn mit dem Geschirrtuch ab und stellte ihn auf den Tisch. »Wenn ich Oisín sehe«, sagte sie, »muss ich jedes Mal an John denken. Schon als er noch klein war und im Kinderwagen saß, sah er aus wie John. Ich muss das Fotoalbum runterholen und es Emer mal zeigen.«

Colman hörte nicht zu. »Sollen wir überhaupt fragen, was aus dem anderen Mann geworden ist?«, sagte er. »Oder sollen wir gar nichts sagen?«

Ihr Augenlid flatterte so stark, dass sie die flache Hand aufs Auge drücken musste, um es zu beruhigen. »Falls du von Oisíns Vater sprichst«, sagte sie, »fang nicht von ihm an, es sei denn, Emer fängt zuerst an.« Als sie die Hand vom Gesicht nahm, stand ihr Enkelsohn in der Tür. »Oisín!«, sagte sie, ging zu ihm und legte die Hand auf sein weiches, feines Haar. »Komm und nimm einen Keks.« Sie hielt ihm den Teller hin und sah zu, als er die Auswahl musterte, die Hand schon über den Keksen, aber noch nicht zugriff. Schließlich wählte er einen Schokoladenkeks in Sternform, biss vorsichtig ein Stückchen ab und musterte sie, langsam kauend, wie er zuvor die Kekse gemustert hatte, traf eine Einschätzung. Sie lächelte. »Willst du dich vielleicht hinsetzen und uns erzählen, wie es im Flugzeug war?« Sie zog zwei Stühle unter dem Tisch hervor, einen für das Kind und einen für sich, aber der Junge ging um den Tisch herum und setzte sich neben Colman.

Er hatte den Keks aufgegessen, und Colman zog den Teller

näher zu ihm heran. »Nimm noch einen«, sagte er. Der Junge griff wieder zu, diesmal schneller. »Sag mal«, sagte Colman, »wo ist Pavel her?«

»Chelsea.«

»Was macht er?«

Der Junge zuckte mit den Achseln, biss in seinen Keks.

»Colman«, sagte Kate scharf, »würdest du bitte mal nachsehen, ob wir Zitronenlimonade im Kühlschrank haben?«

Er sah sie genauso an, wie die Katze es manchmal tat, wenn sie sie beim Schlafen auf dem Sofa erwischt hatte, schuldbewusst und trotzig zugleich, erhob sich jedoch wortlos und holte die Limonade.

Sie hörten Schritte auf der Treppe und Gelächter, und Emer kam mit Pavel im Schlepptau in die Küche. Sie ging an den Kühlschrank, nahm einen Liter Milch heraus und trank gleich aus dem Karton, wischte sich mit der Hand den Mund ab und stellte die Milch zurück. Pavel nickte Kate und Colman zu – ungezwungen und entspannt –, setzte sich aber nicht zu ihnen an den Tisch, sondern trat ans Fenster, durch das man auf den Garten, das Unterholz und den angrenzenden Wald sah. »Die sind wie Götter, nicht?«, sagte er und wies auf die drei Windräder, die sich auf dem Berg langsam drehten. »Man möchte ihnen gleich ein paar tote Hühner bringen – einen Ziegenbock schlachten oder so etwas.«

Seine Stimme erinnerte Kate an einen Mann, der im Fernsehen Sprecher bei historischen Dokumentationen gewesen war, schwach klang darin aber noch etwas anderes an, etwas Melodisches, eine minimale Dehnung der Vokale. »Lassen Sie den Krieg aus dem Spiel«, sagte sie. »Diese Dinger haben unendlichen Ärger gebracht.«

»Vielleicht nicht genug Ziegen?«, sagte er.

Sie lächelte und wollte ihm gerade Tee anbieten, da hakte Emer sich bei ihm unter. »Wir gehen in den Pub«, sagte sie, »bloß auf einen Schluck, wir bleiben nicht lange.« Sie warf Oisín eine Kusshand zu. »Sei artig bei Oma und Opa«, sagte sie, als sie zur Tür hinausgingen.

Der Junge saß still am Tisch und aß weiter Kekse. Kate fiel das Brettspiel ein, das sie am Vormittag gefunden und auf dem Stuhl im Gästezimmer deponiert hatte. Sie erwog, es zu holen, aber Pavel fiel womöglich auf, dass es nicht mehr dalag, und dann wusste er, dass sie in seiner Abwesenheit in dem Zimmer gewesen war. Oisín nahm sich noch einen Keks. »Wir könnten mal nachschauen, ob es Zeichentrickfilme im Fernsehen gibt«, sagte sie, »würde dir das gefallen?«

Colman sah sie so wütend an, als hätte sie vorgeschlagen, das Kind in einen Bergwerksschacht hinabzulassen. »Fernsehen verdummt ihn bloß«, sagte er. Er beugte sich zu dem Jungen hinüber. »Wie wär's«, sagte er, »wenn du und ich die Füchse jagen gingen?«

Der Junge stieg sofort von seinem Stuhl herunter; Kekse und Limonade waren vergessen. »Was machen wir mit den Füchsen, wenn wir sie fangen?«

»Das überlegen wir uns, wenn es so weit ist«, sagte Colman. Er sah Kate an: »Du wolltest nicht mitkommen, nein?«

»Nein«, sagte sie, »geht ihr nur, ich fang mal lieber an, Essen zu machen.« Sie brachte sie zur Hintertür und sah ihnen nach, als sie durch den Garten zum hinteren Zaun gingen. Der Junge blieb mit den Haaren hängen, als er sich unter dem Stacheldraht durchzwängte; wenn sie jetzt hinginge, fände sie seidige weiße Strähnen, lockig wie die Wolle, die von den Lämmern daran haftete. Auf dem Feld auf der anderen Seite gelandet, überquerten sie die Brache, stapften durch Gras, Dornensträucher und wilde Schösslinge, Colman vorneweg, der Junge dahinter fast rennend, um Schritt zu halten. Das Gras hatte jetzt im Frühling den ersten Wachstumsschub. Im Sommer, wenn es höher stand, würde es dem Jungen bis über den Kopf reichen und wäre gelb, wenn es, ungemäht, zu Heu wurde. Sie kamen bei dem Holzhaufen an, der einmal die Hütte war, und Colman blieb stehen und hob etwas von der Erde auf, hielt es mit einer Hand hoch, gestikulierte mit der anderen und gab es dem Jungen. Gott weiß, was er dem Jungen da zeigte, was für Unsinn die da auflasen. Was immer es war, der Junge, sah sie, warf es ins Gras, und sie marschierten weiter und wurden immer kleiner, bis sie schließlich im Wald verschwanden. Sie hantierte in der Küche herum, bereitete das Essen zu, wässerte die Topfgeranien am Fenster. Beim Abspülen des Plastikbechers sah sie zu, wie sich der Himmel über den Schuppen der Dennehys veränderte, sah das vertraute Wechseln des Lichts, mit dem der Tag zur Neige ging.

Eine Stunde später waren ihr Mann und ihr Enkelsohn wieder da, kamen in die Küche gepoltert. Oisíns Schuhe und Hosenbeine waren mit Schlamm bedeckt. Er trug etwas in den Armen, hielt es an die Brust gedrückt, und als sie hinging und ihm beim Schuheausziehen helfen wollte, sah sie, dass es der Schädel eines toten Tiers war. Colman ging in den Hauswirtschaftsraum, wühlte in den Wäscheschränken herum, warf Pfannen und Bürsten um und schlug mit den Türen. »Was suchst du denn?«, sagte sie, doch er verschwand nach draußen auf den Hof. Der Junge blieb in der Küche und streichelte den Schädel, als ob es ein Kätzchen wäre. Der Schädel war gelblich-weiß mit einer langen Nase und einer breiten Stirn.

Colman kam mit einem Plastikeimer und einem Zwanzigliterkanister Bleichmittel wieder. Er nahm dem Jungen den Schädel ab, legte ihn in den Eimer und schüttete so viel Bleichmittel darüber, bis der Eimer randvoll war. Der Junge schaute andächtig zu. »So«, sagte Colman, »jetzt wird er schön sauber. Das lassen wir zwei Tage einwirken, dann wirst du sehen, wie weiß der wird.«

»Guck mal«, sagte der Junge, fasste nach Kates Hand und zog sie zum Eimer, »wir haben einen Dinosaurierschädel gefunden.«

»Wird wohl eher ein Schaf sein«, sagte sein Großvater, »ein Schaf, das sich im Draht verfangen hat. Die Dinosaurier wurden vor Millionen von Jahren von einem Meteoriten getötet.«

Kate spähte in den Eimer. Kleine schwarze Dinger, Fliegen vielleicht, hatten sich bereits vom Knochen gelöst und schwammen herum. Der Rand um die Augenhöhlen war grün, und erdige Adern hatten sich tief in den Knochen eingedrückt.

»Was ist ein Meteorit?«, sagte der Junge.

Die Haustür ging auf, und sie hörten Emer und Pavel durch die Diele kommen. »Das Kind weiß nicht, was ein Meteorit ist«, sagte Colman, als sie in die Küche traten.

Emer sah ihre Mutter an und verdrehte die Augen, schnupperte und kräuselte die Nase. »Hier drin riecht es wie in einem Krankenhaus«, sagte sie.

Pavel ging neben dem Eimer in die Hocke. »Was ist das?«

»Ein Dinosaurierschädel«, sagte Oisín.

»Ganz genau«, sagte Pavel.

Kate wartete auf Widerspruch von ihrem Mann, doch Colman hatte sich in seinem Sessel in der Ecke niedergelassen und war hinter der auf Brusthöhe gehaltenen Zeitung verschwunden. Beim Blick auf Pavels Hinterkopf fiel ihr auf, dass sein Haar einen feinen Anflug von Kräuselung hatte und dass oben ein Büschel in die andere Richtung abstand. Der Geruch seines Shampoos war scharf und süßlich, würzig wie von einer Duftkugel mit Orangenaroma. Sie sah weg und hinaus in den Garten, wo der Abend schwand. »Ich hol noch ein paar Kräuter«, sagte sie, »ehe es zu dunkel wird«, und ging mit einer Schere und einem Korb ins Freie. Zuerst schnitt sie Petersilie ab, dann Thymian, wischte kleine Insekten weg, die über ihre Hände krabbelten, schimpfte die Katze aus, die den Kopf in den Korb steckte. Im Haus schaltete jemand das Licht an. Aus der Dämmerung des Gartens sah sie Gestalten durch die Küche gehen, eine Abfolge von Familientableaus, gerahmt von geblümten Fenstervorhängen: mal Colman und Oisín, mal Oisín und Emer, dann wieder Emer und Pavel. Ab und zu vernahm sie plötzliches Gelächter.

Als sie zurückkam, saßen Colman, Oisín und Pavel am Tisch, vor sich einen alten Pappkarton von Tayto, der unter der Treppe gestanden hatte. Sie legte die Kräuter an der Spüle in ein Sieb und trat zum Tisch. Oben lief röchelnd Wasser durch die veralteten Leitungen des Hauses; Emer ließ sich ein Bad ein. Colman zog eingestaubte Schulzeugnisse aus dem Karton, einen Lastwagen aus Metall, an dem die Vorderreifen fehlten, eine Blechdose mit Spielzeugsoldaten. »Ah«, sagte er, »ich wusste doch, dass wir das aufgehoben haben.« Er zog einen langen Papierzylinder hervor und stupste damit spielerisch auf Oisíns Haupt. »Ich zeig dir mal, wie ein Meteorit aussieht«, sagte er.

Sie schaute zu, als Colman den Bogen Papier auseinanderrollte und flach auf dem Tisch ausbreitete. Als er sich wieder einrollte, zog Colman zwei Bücher von einem Bord in der Nähe und legte sie oben und unten auf den Rand, um den Bogen zu beschweren. Es war ein Plakat, gut einen Meter lang und gut einen halben Meter breit. »Das hier«, sagte Colman, »ist der Asteroidengürtel.« Er fuhr mit dem Zeigefinger über ein kreisrundes Muster in der Mitte des Bogens, und als er die Hand zurückzog, waren seine Fingerspitzen grau vor Staub.

Pavel trat zur Seite, damit Kate besser sehen konnte. Über die Schulter ihres Mannes hinweg spähte sie in die Weite des Alls, eine überwältigende Galaxie aus Sternen, Monden und Staub. Schwindelerregend schon die schiere Größe, die unvorstellbare Weite von Raum und Zeit, das riesige, sich drehende Universum. Wir sind da, dachte sie, wenn wir uns nur sehen könnten, wir sind da, genauso wie die Dehennys, genauso wie John in Japan. Das Plakat hatte früher im Zimmer ihres Sohnes gehangen. Es war an den Rändern geknickt und eingerissen, aber vollständig. Kate betrachtete die Planeten, stellte sich vor, wie sie sich all diese Jahre in dem Karton unter der Treppe gedreht hatten, lautlos umkreist von ihren Monden. Sie musste an eine kleine Spieluhr aus ihrer Kindheit denken, die sie Jahre später auf dem Dachboden ihrer Mutter gefunden hatte. Sie hatte den Riegel gelöst und den Deckel hochgeklappt, und wundersamerweise begann sich die kleine Ballerina zu drehen, und obwohl ihr Tüllröckchen zerrissen und vergilbt war, bewegten sich die Arme doch im Rhythmus der Musik.

»Das ist unser Mann«, sagte Colman und zeigte auf die linke obere Ecke. »Das ist der Übeltäter, der die Dinosaurier auf dem Gewissen hat.« Der Junge stand auf den Zehenspitzen, bestaunte mit großen Augen das Plakat. Er tippte mit dem Finger auf das von Colman bezeichnete Ding, einen Flammenball aus Stein, der Staub und Kometen hinter sich herzog. »Hat der nur den Planeten Erde getroffen?«

»Ja«, sagte sein Großvater. »War das nicht genug?«

»Auf anderen Planeten könnte es also noch Dinosaurier geben?«

»Nein«, sagte Colman genau im selben Moment, als Pavel »Höchstwahrscheinlich« sagte.

Der Junge sah Pavel an. »Echt?«

»Ich wüsste nicht, warum nicht«, sagte Pavel. »Es gibt Tausende andere Galaxien und Milliarden andere Planeten. Ich wette, da gibt es viele andere Dinosaurier. Vielleicht sogar viele andere Menschen.«

»Wie Aliens?«, sagte der Junge.

»Ja, Aliens, wenn du sie so nennen willst«, sagte Pavel, »obwohl sie uns sehr ähnlich sein könnten.«

Colman hob die Bücher von den Enden des Plakats, und es rollte sich mit einer kleinen Staubwolke wieder ein. Er gab es Oisín, legte die übrigen Gegenstände in den Karton zurück und klappte den Pappdeckel zu. »Okay, Kleiner«, sagte er, »bringen wir das wieder unter die Treppe«, und der Junge folgte ihm zur Küche hinaus, das Plakat wie eine Muskete unter den Arm geklemmt.

Nach dem Abendessen wollte Kate keine Hilfe haben. Sie schickte alle zum Kartenspielen ins Wohnzimmer, räumte den Tisch ab und trug das Geschirr zur Spüle. Drei rote Lichter schienen vom Berg herab, die Nachtlichter der Windräder, Warnsignale für den Flugverkehr. Kate füllte das Spülbecken mit Seifenlauge und sah zu, wie die Blasen psychedelische Waben bildeten, Tausende und Abertausende winziger Kuppeln, die auf den schmutzigen Tellern glitzerten.

In der Nacht, der ersten seit fast einem Jahr, in der sie das Bett teilten, zog Colman sich vor ihr aus, als ob sie gar nicht da wäre. Nüchtern und sachlich streifte er Hemd und Hose ab, faltete sie über einen Stuhl und zog seinen Schlafanzug an. Sie ertappte sich dabei, dass sie seinen Körper begutachtete, als ob es der eines Fremden wäre. Hier, ohne Wald und Berge als Hintergrund, ohne die Axt in seiner Hand, sah sie, dass er alt war, dass die Muskeln an seinen Beinen verkümmert und sein Brusthaar grau geworden war; es stieß sie jedoch nicht ab, sie nahm es nur wahr. Sie zog ihr Nachthemd unter dem Kissen hervor und begann, ihre Bluse aufzuknöpfen. Beim dritten Knopf konnte sie nicht weiter und ging ins Bad, um sich dort auszuziehen. Ihre Figur hatte sie nicht ganz im Stich gelassen. Wenn sie ihre Brüste umfasste, waren sie zwar eingefallen, aber sie war immer noch schlank, und ihre Beine, ihr ewiger Stolz, waren immer noch wohlgeformt. Bis jetzt hatte das Alter die Abkehr der Haut vom Knochen noch nicht eingeleitet; ihre Oberschenkel und ihr Bauch waren fest, zeigten keinerlei Anzeichen von Erschlaffung, von Nachgeben, wie es manchmal passiert. Er war ihr erspart geblieben, der Verfall, den andere Frauen erlitten, in denen man die Mädchen, die sie in ihrer Jugend gewesen waren, nicht mehr wiedererkannte. Vielleicht kam das noch, sie war ja erst zweiundfünfzig.

Als sie ins Schlafzimmer zurückkam, las Colman Zeitung. Sie schlug die Bettdecke auf ihrer Seite zurück und stieg ins Bett. Er schaute kurz zu ihr herüber, las jedoch weiter. Es war still im Raum, nur die Zeitung raschelte, und irgendwo auf dem Berg bellte ein Hund. Sie las ein paar Seiten in einem Roman, konnte sich aber nicht konzentrieren.

»Ich dachte mir, ich könnte mit dem Jungen morgen fischen gehen«, sagte er.

Sie legte das Buch ab. »Ich weiß nicht, ob das eine gute Idee ist. Er hat heute schon sehr viel erlebt. Ich hab mir überlegt, wir könnten in die Stadt fahren und mit ihm ins Kino gehen.«

»Ins Kino kann er in London gehen.«

»Warten wir bis morgen ab«, sagte sie und nahm ihr Buch wieder hoch.

Colman legte die Zeitung weg und schaltete auf seiner Seite das Licht aus. Er ließ den Kopf aufs Kissen sinken, setzte sich aber sofort wieder auf, schüttelte das Kissen auf, drehte es um, bis er es so hatte, dass es ihm recht war. Sie schaltete die andere Lampe aus, lag im Dunkeln, passte auf, wo sie ihre Arme hinlegte, richtete sich neu in dem ihr zur Verfügung stehenden Platz ein. Eine Tür ging auf und zu, sie hörte Schritte auf dem Treppenabsatz, dann eine andere Tür, auf und zu. Kurz darauf vernahm sie leise, gedämpfte Geräusche, dann wiederholte dumpfe Schläge, die eines Kopfteils gegen eine Wand. Das Geräusch drang sicher auch in Emers altes Zimmer, in dem der Junge jetzt allein war. Was, wenn er nachts wach wurde, umgeben von diesen merkwürdigen Bildern, Dutzende Raben mit langgezogenen Hälsen, seltsame hybride Wesen, halb Vogel, halb Mensch? Im Geiste sah sie, wie Farbkrümel sich von der Wand lösten, als schwarze Asche auf das schlafende Kind fielen. Colman hatte sich von ihr weggedreht, lag mit dem Gesicht zur Wand. Sie sah zu ihm hinüber, als die dumpfen Schläge lauter wurden. Er war mucksmäuschenstill, so still, dass sie ihn kaum atmen hörte und sofort wusste, dass er wach war, denn ihre ganze Ehe hindurch war er immer ein lauter Schläfer gewesen.

Am nächsten Morgen war sie kaum unten an der Treppe angekommen, da wusste sie, dass sie nicht als Erste auf war. Es war, als sei jemand schon vor ihr durch diese Luft gegangen, hätte die unsichtbare Membran zerrissen, die sich über Nacht bildet. Aus dem Hauswirtschaftsraum drang das aufgeregte hohe Stimmchen des Jungen. Er war im Schlafanzug, hockte neben dem Eimer mit dem Bleichmittel, neben ihm, in Jeans und einem T-Shirt, das Haar von der Dusche noch nass, war Pavel. Aufgeregt zeigte Oisín auf etwas in dem Eimer. Im Loch einer Augenhöhle schwamm etwas, etwas Kleines, weiß und gedrungen.

Kate beugte sich hinab. Ihr Arm streifte Pavels Schulter, aber er rückte nicht von ihr ab und wechselte auch seine Position nicht, und sie blieben so, einander nur fast berührend, und schauten in den Eimer. Das weiße Ding war eine Made, ihr bebänderter Bauch weiß und aufgetrieben. Oisín sah von Pavel zu Kate. »Kann ich die rausnehmen?«, sagte er.

»Nein!«, riefen sie unisono, und Kate lachte. Sie errötete und richtete sich auf, trat einen Schritt vom Eimer zurück.

Pavel stand ebenfalls auf, fuhr sich mit der Hand durchs nasse Haar. Der Junge beobachtete weiter gebannt die Made. Er war so dicht darüber, dass sein Atem das Wasser kräuselte, sein Pony fiel ihm vors Gesicht, tunkte fast in die Bleiche ein. »Okay«, sagte Kate, »das reicht«, fasste ihn am Ellbogen und zog ihn behutsam hoch.

»Kann ich den Schädel rausnehmen?«, sagte er.

Pavel zuckte mit den Achseln und sah zu Kate herüber. Er wirkt heut Morgen niedergeschlagen, dachte sie, stiller, in sich gekehrt. Sie sah hinab auf den Schädel und die Ablagerungen, die sich von ihm gelöst hatten, und irgendetwas daran, seine Leere, seine Leblosigkeit, entsetzte sie, und mit einem Mal war ihr die Vorstellung unerträglich, dass der Junge ihn mit seinen kleinen Händen anfasste. »Nein«, sagte sie, »er ist noch nicht fertig. Vielleicht morgen.«

Emer kam nicht zum Frühstück, und als sie schließlich auftauchte, war klar, dass es Streit gegeben hatte. Sie machte sich einen Kaffee und ging damit, einen Mantel ihres Vaters um die Schultern gelegt, nach draußen. Sie setzte sich auf die Eisenbank an der Seite des Gartens, rauchte und telefonierte. Ab und zu sprang sie auf, schritt vor dem Küchenfenster auf und ab und redete laut, das Handy am Ohr. Als sie wieder hereinkam, ging sie nicht in die Küche, sondern rief aus der Diele: »Hol deinen Mantel, Oisín. Wir fahren mit dem Auto.«

Oisín und Pavel saßen am Tisch und spielten mit dem Inhalt des Tayto-Kartons. Der zweirädrige Lastwagen war für Kriegsanstrengungen beschlagnahmt, bei denen auch die Soldaten und ein aus Puzzleteilen aufgeschichteter Turm zum Einsatz kamen. »Ich dachte, Oisín bleibt bei uns«, sagte Kate.

Emer schüttelte den Kopf. »Nein«, sagte sie, »er fährt mit mir mit. Er mag Galerien.«

»Ich fahr euch«, sagte Pavel leise und stand vom Tisch auf.

»Nein, vielen Dank, ich komm schon zurecht.«

»Du bist das Auto nicht gewöhnt«, sagte er. »Ich muss deine Freunde nicht kennenlernen, ich kann dich absetzen und hol dich später wieder ab.«

»Da geh ich lieber zu Fuß«, sagte Emer.

»Hört sie euch an«, sagte Colman zu niemand Bestimmtem, »die große Zufußgeherin.« Er hatte einen Schraubenzieher in der Hand und nahm einen kaputten Toaster auseinander, deponierte die Teile neben seinem Sessel auf dem Boden. Er legte den Schraubenzieher beiseite, seufzte und stand auf. »Wir fahren mit meinem Auto«, sagte er, nickte Oisín zu: »Na, komm, Kleiner«, und ging ohne ein weiteres Wort aus der Küche. Der Junge verzichtete sofort auf sein Spiel und trottete seinem Großvater in die Diele nach. Er hatte bereits seinen Gang übernommen, einen komisch übertriebenen Schritt, die Hände tief in die Hosentaschen versenkt. Emer gab ihrer Mutter einen flüchtigen Kuss und folgte ihnen.

Als sie fort waren, entschuldigte sich Pavel und sagte, er müsse arbeiten. »Leider, ich möchte nicht unhöflich sein«, sagte er. Er ging hinauf, und Kate beschäftigte sich mit der alltäglichen Hausarbeit, fütterte die Katze, legte Wäsche zusammen; das Staubsaugen ließ sie aus, um ihn nicht zu stören. Sie überlegte, womit Pavel seinen Lebensunterhalt verdienen mochte, und dachte sich ihn erst als Architekten und dann als Techniker auf irgendeinem Gebiet. Sie zog die Gartenhandschuhe an und brachte den Abfall auf den Kompost.

Der Garten sah wüst aus. Nach dem Winter lagen überall abgebrochene Äste, Kienäpfel und sonstiger Sturmbruch herum, Folge des langsam näher rückenden Waldes. Vor Jahren, fiel ihr ein, war einmal ein Mann von Tür zu Tür gegangen und hatte Luftaufnahmen verkauft. Er hatte ihr ein Foto ihres Hauses und, direkt daneben, des Waldes gezeigt, und sie hatte überrascht festgestellt, dass der Wald, aus der Luft gesehen, ein perfektes Rechteck war, so als sei er mit einem Zeichendreieck angelegt, alle Linien schnurgerade.

Mittag ging vorbei, der Tag floss in den frühen Nachmittag. Sie horchte, ob Pavel oben im Zimmer herumwanderte, aber alles war ruhig. Schließlich ging sie doch hinauf, vielleicht wollte er ja etwas zu Mittag essen. Sie klopfte, hörte das Quietschen der Bettfedern und Schritte auf dem Boden. Als er die Tür aufmachte, waren Unterlagen über das ganze Bett verteilt, schwarz-weiße Straßenbilder, in denen einzelne Abschnitte mit blauer Tinte schraffiert waren, und dachte: Also doch Architekt. »Sie hätten den Tisch im Esszimmer nehmen können«, sagte sie. »Hab ich nicht dran gedacht.«

»Es ist gut so«, sagte er, »ich kann überall arbeiten. Ich bin sowieso fertig.«

Sie hatte eigentlich fragen wollen, ob sie ihm ein Sandwich bringen sollte, hörte sich stattdessen aber sagen: »Ich mache einen Spaziergang, falls Sie mitkommen wollen.«

»Sehr gern«, sagte er.

Sie zog sich die Gummistiefel an und fand ein Paar für ihn im Schuppen. Sie nahmen nicht die Abkürzung durch das Feld, sondern gingen am Ende der Zufahrt über die Straße und folgten einem alten Forstwirtschaftsweg, der um die Brache herum verlief. Als sie an dem Holzhaufen vorbeikamen, der einmal die Hütte war, sagte er: »Ich hab Ihren Mann heute Morgen Holz hacken sehen. Er ist bemerkenswert fit für sein Alter.«

»Ja«, sagte sie, »er war immer kräftig.«

»Sie müssen sehr jung gewesen sein, als Sie geheiratet haben.«

»Ich war dreiundzwanzig«, sagte sie, »nicht gerade eine Kinderbraut, aber nach heutigen Maßstäben wohl doch jung.«

Sie kamen an einen Zugang zum Wald. Ein Schild, das den Gebrauch von Schusswaffen und das Entzünden von Feuern untersagte, war an einen Baum genagelt; die Hälfte der Beschriftung fehlte. Pavel zögerte, und sie ging voraus, einen grasbewachsenen Weg entlang, der mit Kiefernnadeln übersät war. Sie verlangsamte ihren Schritt, damit er sie einholen konnte, und sie spazierten nebeneinander, sanken mit den Stiefeln in den Boden ein, der nach dem letzten Regen noch aufgeweicht war. Ab und zu mussten sie sich ducken, um Ästen auszuweichen, und blieben auf dem breitesten Weg, links und rechts neben ihnen tiefe Bäumetunnel. An einer Mülltüte mit Haushaltsabfall blieben sie stehen – Windeln, Eierschalen und Folienverpackungen waren über den Waldboden verstreut.

»Wer macht denn so etwas?«, sagte Pavel.

»Einer von hier, höchstwahrscheinlich«, sagte sie, »die Leute kommen nachts, wenn sie nicht gesehen werden.« Pavel wollte den Müll in die Tüte zurückschieben, ein sinnloses Unterfangen, so als wollte ein Chirurg Därme in ein aufgeplatztes Abdomen zurückstopfen. Als er sich aufrichtete, waren seine Hände mit Schmutz und Kiefernnadeln bedeckt.

Sie zog ein Taschentuch aus der Manteltasche und reichte es ihm.

»Kommt das oft vor?«, sagte er.

»Nur am Waldrand«, sagte sie, »die Leute sind faul.« Er war mit dem Säubern fertig und unsicher, was er mit dem Taschentuch tun sollte. »Ich brauche es nicht wieder«, sagte sie, und er steckte es sich lächelnd in die Tasche.

Je weiter sie in den Wald vordrangen, desto stiller wurde es, desto seltener waren Vögel oder das Geraschel eines unsichtbaren Tiers im Unterholz zu hören. Pavel erzählte von London und seiner Arbeit, sie erzählte davon, wie sie aus der Stadt hierhergezogen waren, von den Jahren, als die Kinder noch klein waren, von John in Japan. Sein Hinken wurde stärker, merkte sie und verlangsamte den Schritt.

»Danke, dass Sie sich mit dem Zimmer so viel Mühe gemacht haben«, sagte er.

»Es war keine Mühe.«

»Ich war wirklich gerührt«, sagte er, »vor allem von dem Bärenbezug und dem Hasen.«

Sie warf ihm einen Blick zu und sah, dass er sie auf den Arm nahm, musste lachen.

»Sie hat Ihnen nicht gesagt, dass ich mitkomme, was?«, sagte er.

»Nein, aber das macht nichts.«

»Tut mir leid, dass es Ihnen Umstände gemacht hat«, sagte er. »Ihr Mann ist verärgert.«

»Er ist über Emer verärgert, nicht über Sie. Aber das ist nicht so wichtig.«

Sie spürte, dass er müde wurde, und als sie zu einem umgestürzten Baum kamen, setzte sie sich auf den Stamm, und er setzte sich neben sie. Sie legte den Kopf in den Nacken und sah nach oben. Himmel war hier keiner, aber Licht, und auf seinem Weg durch die Bäume nahm es mal einen zartgelben, mal einen grünen Schimmer an. Sie sah die Unterseite der Blätter, die von oben angeleuchtet wurden, und das Geflecht ihrer grünen und weißen Adern. Eine Gruppe von giftigen Pilzen, braunen Bovisten, spross neben ihren Füßen aus dem Gras. Pavel stieß mit dem Stiefel daran. Eine Wolke stechend riechender Sporen flog auf, und er beugte sich fasziniert hinab und stupste sie mit dem Zeigefinger an, bis sie noch mehr freisetzten. Er zog sein Handy hervor und machte ein Foto.

»Ich habe Oisín in den letzten vier Jahren dreimal gesehen«, sagte sie. »Morgen fährt Emer mit ihm wieder nach London, und ich ertrage es nicht.«

Pavel steckte das Handy ein und nahm ihre Hand. »Es tut mir leid«, sagte er. »Ich verstehe nicht, warum Emer woanders leben will, wenn sie doch hier leben könnte. Aber ich verstehe Emer wohl sowieso nicht.«

»Ich bin eine Fremde für ihn. Ich bin seine Großmutter und bin eine Fremde. Er wächst auf und weiß nicht, wer ich bin.«

»Er weiß bereits, wer Sie sind. Er wird sich erinnern.«

»Erinnern wird er sich an den blöden Schädel in dem Eimer«, sagte sie verbittert.

Sehr sacht begann er, ihre Hand mit dem Daumen zu streicheln. Sie zog die Hand weg und stand auf, kehrte ihm den Rücken zu, zeigte, immer noch in die andere Richtung blickend, auf einen dunklen Baumkorridor, der senkrecht zum Hauptweg verlief. »Das ist eine Abkürzung«, sagte sie.

»Sie führt zum Fahrweg zurück, das weiß ich noch aus den Jahren, als die Kinder klein waren.«

Der Weg wurde nur selten benutzt, war mit Gestrüpp überwachsen und stellenweise von Bäumen versperrt, die, schräg über dem Weg liegend und von anderen Bäumen gestützt, noch nicht ganz umgestürzt waren. Farne standen hoch und entrollten ihre Wedel, und das Moos wuchs zentimeterdick auf den Baumstämmen. Sie meinte in der Stille die Blattrippen knacken zu hören, wenn ihre Stiefel sie in die Erde drückten. Sie hielten die Hände beim Gehen neben sich, so nahe, dass sie sich, wenn sie unvorsichtig wären, berühren konnten. Der Pfad führte sie unweit der Hauptstraße aus dem Wald heraus, und sie gingen schweigend zum Haus zurück, wo sie in dem Moment eintrafen, als Colmans Auto auf die Zufahrt einbog.

Sie waren alle wieder da: Colman, Emer, Oisín. Emers Stimmung hatte sich verändert. Jetzt war sie von dem hektischen Tatendrang erfüllt, der sie oft befiel, zog die Schubladen des Glasschranks im Wohnzimmer auf, breitete den Inhalt auf dem Teppich aus und suchte nach dem Katalog einer alten Ausstellung an ihrem College. Oisín besaß einen neuen Spielzeuglaster, den sein Großvater ihm gekauft hatte. Er sah fast genauso aus wie der Lastwagen aus dem Karton unter der Treppe, nur dass er vier Räder hatte. Oisín setzte sich damit auf den Küchenboden und ließ ihn zum Geräusch eines aufheulenden Motors vor und zurück über die Fliesen fahren. Colman war kleinlaut. Er kochte eine Kanne Tee, nicht seine übliche Sorte, sondern den mit Zitrone und Ingwer, den Kate gern trank, und sie setzten sich zusammen an den Tisch.

»Wie bist du mit Captain Kirk zurechtgekommen?«

»Gut.«

Emer kam aus dem Wohnzimmer herüber, hatte das Gesuchte gefunden. Sie schenkte sich Tee aus der Kanne ein und trank ihn am Fenster. Pavel war am Ende des Gartens und machte Fotos von den Windrädern. »Wisst ihr, woran die mich erinnern?«, sagte Emer. »An die Hummeln, die John und ich immer mit Gläsern gefangen haben. Er hat ihnen ein Stöckchen durch den Bauch getrieben und in die Erde gesteckt, und wir haben uns angesehen, wie sie mit den Flügeln rotiert haben.«

»Emer!«, sagte Kate. »Die waren immer tot, wenn er das gemacht hat.«

Emer sah vom Fenster herüber, lachte schrill auf. »Hab ich vergessen«, sagte sie. »Sankt John, der Auserwählte.« Sie kippte den Rest ihres Tees in die Spüle. »Glaub mir«, sagte sie, »diese Hummeln haben noch gelebt. Zumindest am Anfang.«

Oisín stand vom Fußboden auf und ging zu seiner Mutter, den neuen Lastwagen in der Hand. »Wenn ich mein Laserschwert nicht mitnehme, darf ich dann den?«, sagte er.

»Ja, ja«, sagte Emer, »und nun lauf und schau, ob du mein Feuerzeug im Wohnzimmer findest, ja?« Sie machte scheuchende Gesten.

Der Junge blieb stehen, wo er war, und besah sich den Lastwagen. »Oder ich nehm das Schwert und dafür nicht mein Lego«, sagte er, »Legos gibt's in Australien bestimmt viele.«

»Australien?«, sagte Kate. Sie blickte über den Tisch hinweg zu Colman, aber der starrte in seine Tasse und schwenkte die letzte Neige Tee am Tassenboden.

Emer seufzte. »Entschuldige, Mam«, sagte sie. »Ich wollte es dir sagen. Außerdem ist es noch lange nicht so weit, nicht vor Sommer.«

In der Nacht begann sie im Bett zu weinen. Colman schaltete die Lampe an und drehte sich zu ihr herüber. »Du weißt doch, wie das Mädchen ist«, sagte er, »bis jetzt ist sie nie lange bei irgendwas geblieben. Wird bei Australien nicht anders sein.«

»Woher willst du das wissen?«, sagte sie, als sie die Worte herausbekam. »Vielleicht bleibt sie für immer dort.«

Sie vergrub das Gesicht in seiner Schulter. Wie er roch, wie er sich anfühlte, wie ihr Körper sich seinem anschmiegte, es war, wie sie es in Erinnerung hatte. Sie stieg auf ihn, so dass sie längs aufeinanderlagen, knöpfte seinen Schlafanzug auf und legte den Kopf auf sein drahtiges Brusthaar. Er tätschelte ihr ungelenk durch das Nachthemd den Rücken, während sie noch immer weinte. Sie küsste ihn, auf den Mund, auf den Hals, streichelte ihm, als sie die restlichen Knöpfe aufgemacht hatte, den Bauch. Er reagierte nicht, wehrte sie aber auch nicht ab, und sie schob die Hand tiefer und unter den Bund seiner Schlafanzughose. Die ihren Rücken tätschelnde Hand hielt inne. Sacht am Handgelenk zufassend, zog er ihre Hand heraus und legte sie neben ihren Körper. Dann schob er sich unter ihr hervor und drehte sich zur Wandseite.

Ihr Nachthemd war über ihren Bauch heraufgeglitten, und sie zog es sich unter die Knie, rutschte zentimeterweise über die Matratze auf ihre Seite und lag ganz still und sah zur Decke. Es war ruhig im Haus, keins der Geräusche der vorigen Nacht. Sie hörte Colman an seiner Wäsche nesteln, und als sie aus dem Augenwinkel hinübersah, machte er sich die Knöpfe zu. Er schaltete die Lampe aus, und nach einer Weile, einer halben Stunde vielleicht, hörte sie Schnarchen. Sie wusste, sie sollte auch versuchen zu schlafen, konnte aber nicht. Morgen fuhren sie nach London zurück: Oisín, Emer und Pavel. Bestimmt wollte Oisín den Schädel mitnehmen. Sie sah es im Geiste vor sich, wie er wieder so früh aufwachte und beim ersten Tageslicht zu dem Eimer schlich. Sie schwang die Beine über die Bettkante und ging mit bloßen Füßen hinunter.

Die Lampe auf dem Telefontischchen, eine von Colmans Holzlampen mit rotem Schirm, warf ein rosenfarbiges Licht in die Diele. Die Katze kam angerannt, miaute und rieb sich an ihren Knöcheln. »Was machst du denn auf?«, sagte sie, bückte sich und streichelte ihr den Rücken. »Warum bist du nicht im Bett?« Die Tür des Wohnzimmers, in dem das Katzenkörbchen stand, war einen Spaltbreit offen, und sie horchte, weil sie etwas zu hören meinte. Die Katze war ihr eine Zeitlang um die Füße gestrichen und machte nun einen kurzen Vorstoß in das Zimmer, kam unter leisen Klagelauten aber wieder herausgerannt. Kate ging zur Tür und sah in dem durch die Diele einfallenden schwachen Licht eine Gestalt auf dem Sofa. Es war Pavel, eine Wolldecke über sich gezogen, ein Sofakissen unter dem Kopf.

Er setzte sich auf und griff nach seiner Brille auf dem Beistelltisch. Er schien verwirrt, so als sei er eben aufgewacht, doch sein Ausdruck änderte sich, als ihm klar wurde, dass sie es war. »Kate«, sagte er, und sie nahm sogar in dem Halbdunkel wahr, wie seine Augen über die dünne Baumwolle ihres

Nachthemds glitten. Es war vollkommen still im Haus, auch die Katze hatte sich beruhigt und neben ihren Füßen auf den Teppich gelegt. Pavel schaute sie an, sagte aber nichts mehr. So blieben sie, beide reglos, und sie begriff, dass er wartete und ihr die Entscheidung überließ. Nach einer kurzen Weile machte sie kehrt und ging durch die Diele in die Küche, die Katze hinter ihr her tapsend.

Im Hauswirtschaftsraum zog sie sich ein Paar Gummihandschuhe über, tauchte die Hand in den Eimer und hob den Schädel heraus. Bleiche tropfte auf den Boden, und sie griff sich ein Handtuch und trocknete den Schädel, fuhr um die Ränder der Augenhöhlen und in die Spalte des Kiefers, setzte ihn auf die Waschmaschine und betrachtete ihn, und er erwiderte ihren Blick mit leeren, hohlen Augen. Ohne sich mit einem Mantel aufzuhalten, schlüpfte sie in Colmans Gummistiefel und trug den Eimer mit dem Bleichmittel hinaus.

Es war kalt mit einem Anflug von spätem Frost, und sie zitterte in ihrem Nachthemd. Auf dem Feld hinter dem Haus sah der Haufen des frischgehackten Holzes fast weiß aus im Mondlicht, und Mondlicht schimmerte auf dem verzinkten Dach des Schuppens der Dehennys und versilberte die Baumwipfel im Wald. Sie kippte den Eimer aus, verteilte die Bleiche über die Erde. Für einen Moment bildete sie eine Pfütze, bevor sie langsam versickerte und nur noch Reste toter Insekten die Steine sprenkelten. Kate setzte den Eimer ab und sah hinauf in den nächtlichen Himmel. Da waren die Sterne, in Millionenzahl, die vertrauten Sternbilder, die sie seit ihrer Kindheit kannte. Aus der Entfernung sahen sie kalt aus, starr und schön, aber sie hatte irgendwo gelesen, dass sie sich ständig bewegten, zusammengehalten nur durch ihre eigene Schwerkraft. Es waren weißglühende Wolken aus Staub und Gas, und wenn man ihnen zu nahe kam, blendete einen das Licht.

DANK

An Declan Meade für seinen Glauben an und seinen Einsatz für die Kurzgeschichte, darunter auch die in diesem Band versammelten, ebenso an Thomas Morris und alle bei The Stinging Fly Press, die zum Erscheinen dieses Buchs beigetragen haben; an Fergal Condon für die überirdisch schöne Gestaltung des Umschlags; an die fulminante Lucy Luck bei Aitken Alexander, die glücklicherweise meine Agentin ist; an das Munster Literature Centre, insbesondere Patrick Cotter und Jennifer Matthews; an meine Schreibgruppe – Marie Gethins, Barbara Leahy und Marie Murphy –, die mir so ungeschminkt wie liebenswürdig, eine hervorragende Mischung, Feedback gegeben haben; an Lory Manrique-Hyland für ihre Workshops von 2010 und 2011; an den Arts Council, der mir ein Stipendium für die Arbeit an dieser Sammlung zuerkannt hat; an die Listowel Writers Week und an Noelle Campbell-Sharp für die Zeit, die ich schreibend im wunderschönen Cill Rialaig verbringen konnte; an Kate Medina bei Random House und an Mark Richards bei John Murray für ihren Glauben an mich und an diese Erzählsammlung; an Tessa Hadley und M J Hyland, in deren Workshops Teile dieses Buchs Gestalt annahmen; an Anne Enright, Eilis Nu Dhuibhne, Cressida Leyshon und Deborah Treisman vom *New Yorker*, an Ita Daly, Ethel Rohan und Joe Melia, die mich auf verschiedene Weise ermutigt haben; an die Zeitschriften, Ausrichter von Schreibwettbewerben und Betreiber von Webseiten, die meinen Erzählungen Raum für eine Publikation gewährt und mir Preise zuerkannt haben; und an all meine schreibenden Freunde für ihre überaus großzügige Unterstützung.

Ein ganz großes Dankeschön an John und unsere Kinder Ellie, Aine und Rory für so vieles, dass ich es hier nicht einzeln aufzählen kann.